每天都在失去你

一段每个人都拒绝经历却难免经历的至亲送别

一曲每个人都不忍回味却反复回味的亲情追忆

韩青辰 著

江苏凤凰文艺出版社
JIANGSU PHOENIX LITERATURE AND ART PUBLISHING, LTD

图书在版编目（CIP）数据

每天都在失去你 / 韩青辰著. — 南京：江苏凤凰文艺出版社，2018.2
ISBN 978-7-5399-9830-5

Ⅰ. ①每… Ⅱ. ①韩… Ⅲ. ①纪实文学－中国－当代
Ⅳ. ①I25

中国版本图书馆 CIP 数据核字(2016)第 307107 号

书　　名	每天都在失去你
著　　者	韩青辰
责任编辑	蔡晓妮
责任校对	袁　雯
出版发行	江苏凤凰文艺出版社
出版社地址	南京市中央路 165 号，邮编：210009
出版社网址	http://www.jswenyi.com
印　　刷	徐州绪权印刷有限公司
开　　本	890×1240 毫米　1/32
印　　张	11.25
字　　数	270 千字
版　　次	2018 年 2 月第 1 版　2018 年 2 月第 1 次印刷
标准书号	ISBN 978-7-5399-9830-5
定　　价	39.00 元

父亲四十五岁

父亲五十五岁

父亲六十五岁

父亲母亲

迷上画画的母亲

我和父亲

我和母亲

母亲成为老年大学优秀学生，作品连年参加书画展，她在晚年走进生命的春天

2017年元旦我们庆祝母亲八十大寿青春永驻

前言

那是一个午后，父亲坐在我家阳台上。他右手的中指往水晶烟缸里轻轻弹着烟灰，袅袅的青烟辣着我的眼睛。我很着迷父亲这个动作，没有一个男人把烟抽得这么深邃。因为父亲，我一度认为香烟是男人最重要的饰品。

父亲微眯着眼睛深深吸了最后一口，然后将烟头摁进烟缸。"等到那天，你们想到我要心疼死了。"他说。

阳光洒在父亲魁伟的肩上，我把散落在桌面上的烟灰拈起来，摇摇头笑了，对父亲的话既肯定又否定。我们心疼他，一直都心疼，不管到没到"那天"。

我笑他错了。还笑他杞人忧天，那天遥远着呢，不着边际地远，根本不必去想。

六十多岁的父亲没到老糊涂的年龄，他那么说略微有点任性，多少有些怪我们不理解他。

父亲母亲青梅竹马，在那个保守的年代，他们属于新派的自由婚姻。历尽艰辛，把我们兄妹四个培养成大学生——完成了由农村向城市的转移。"功成名就"的父亲，感情却另有去处。

父亲不能接受我们哪怕再委婉的建议。就像后来我们对父亲的病无能为力一样，当年我们对父亲的情感同样无能为力。

事实上我们一直听之任之,并没有难为他,包括母亲。

大部分时候我们保持缄默,父亲也选择了缄默。我们和父亲的交流始终有那么一截阴影,或者彼此不涉足的禁区,常常打哑谜。

“多在南京住住,年纪大了,你一个人在老家我们不放心。”我们由衷地说。

“乡下空气好,朋友多。”父亲揶揄着。

“以后回家带上妈妈,妈妈也想家啊。”我们小心翼翼地嬉笑。

父亲想了想,没接话。

这些话仅仅是在父亲心情特别好的时候我们才会半俏皮半当真地说。事实上我们已经接受了他那部分生活。母亲和我们经常这样感慨,随他去吧,只要他幸福!

我们希望父亲幸福,幸福才能健康长寿。

更多的,我们担心母亲。常年靠药物和莫大的隐忍支撑的平稳随时都有倾覆的可能。我们清晰地看见她的不幸,父亲其实也看见。

后来父亲在南京的时间多起来了,对母亲也无微不至,甚至抢着洗碗。以至心死的母亲对未来重新生出希望,她说,“他会回心转意的,老了就好了。”

母亲不懂父亲,他爱我们但也爱那一个。他爱人永远多于爱自己,哪怕他再多情。他的情谊都是真挚的。

父亲陷入了情感的峡谷,进退两难。罪与赎罪的矛盾隐藏在他貌似幸福、强大的内心里。难怪他要在电话里对我说,“我真的想谁都不要,一个人去流浪,去寻找我年轻时走过的地方。”

枭雄了大半生的父亲,老境除了所谓的爱情,其他光环一一黯淡，一旦绝望，那是真正绝望。

如果再多些时日，父亲是不是会彻底地爆炸一次。事实上那些年他需要一次远行，彻头彻尾的一个人。如果那样，父亲的“那天”是不是就不会突兀地到来？

父亲的晚年并不快乐，不管我们怎么孝顺。他陷在自己复杂而矛盾的性情里谁也帮不了。甚至我们对他越好，他越觉得罪过。从某种意义上说，生活是强大的，谁也不可以任性，任性就会被罚。

父亲是否意识到了这些？不然他好好的，怎么跟我说起“那天”来。

未曾想一语成谶！

二○○三年清明，我突然急切地要回老家。

我们火烧火燎地登上了最后一班车，非走不可。赶到家天已经黑透，远远看见父亲和他身后空寂的大院，灯把他的影子拉得好长。我由衷地感到父亲一个人生活的凄凉和孤独。那是我长大后唯一一次不顾一切地回到他身边，事实上是那么容易。

父亲当时非常健康，我们的聚会也是前所未有的欢愉。临别我第一次拥抱了父亲，感觉是那么温暖而美好，只是没料到那竟是最后一次。

五月“非典”，单位给我十六天假期，我产生了写《水印》的念头。其中部分内容涉及丧亲，我也不知道为什么要那么写。我写得特别苦，后来忍不住停笔打电话给父亲。我一定要听到他的声音，否则小说无法继续。

父亲接听手机向来彬彬有礼：“喂，您好！您是哪里？”

他的声音是那么洪亮而富有生机，我听了就呵呵笑起来。世上最幸福的莫过于想念一个人，拿起电话就能把他从红尘中找出来。

“二小姐啊?！我在打麻将，我很好！放心！放心！”

我真的无法放心，那是我第一次想象失去他的可怕，虚幻的文字和情节却真切地让我先验了那份剧痛。甚至我开始设防和戒备，每天必须跟他和母亲通话。

“你嗓子怎么沙哑了?”非典与呼吸道疾病有关，父亲嗓子沙哑让我惊慌不安。

我催他赶快来南京，发动姐姐妹妹一起催。

父亲被迫来了，等他到南京，嗓子已经好了。

父亲那次在我们身边住了七十多天。哥哥带他去体检纯属例行公事。自从他一九九二年肝炎病愈，父亲每年一度肝功能检查，每次都结果喜人，可这一次却出人意料。

我突然明白我为什么写《水印》，为什么急切地要回到他身边，为什么来不及似的拼命，为什么总对他放心不下。原来我们之间有一种感应，旁人无法企及的。

二〇〇三年八月到二〇〇四年四月，父亲经历了三次手术。

父亲从虎背熊腰到枯瘦如柴，从昂然抗争到徒然昏迷，父亲始终不甘不屈，他从来就不相信自己会离开。至今记得父亲最后一次锻炼，身上挂着引流袋，双腿像拖着沉重的锁链却不肯少走半步；最后一次自己吃饭，筷子越过菜碗像翻越崇山峻岭；最后一次写字，颤颤巍巍拿不住笔，却坚持对医生写下“谢谢”后面的三个重重的感叹号；最后一次回家，他主动笑对镜头放声高歌；最后一次流泪，他抓住妈妈的手说他最放心不下的人是她；父亲最后一次上厕所，身体无法直立，他匍匐而摇晃着前移，却砰的一声关上卫生间的门，把我们关在外面……

父亲的自尊和强大一路坚持到生命的尽头。他依恋所有爱他和他爱的人，昏迷中一双手饥饿而焦躁地伸在半空，不住地喊“拉手、拉手、来拉手——”

直到终了父亲也没有丝毫妥协，他傲骨铮铮地劝我们，“死亡是人生必经之路，你们不要为我哭泣。”

我们心痛，却无奈何死神，只能使尽其他解数，让父亲最后多点开心。母亲甚至请来了父亲的“爱”人。在死亡面前，人定胜天似乎是个笑话，但爱能。父亲说，“这是我心上最大的一个结，你们能和解，我死也闭眼了。”

我一直觉得是父亲生就了我，或者说父亲完成了我的全部生命。我的激情、梦想、信念、追求……几乎所有的精神内核都是父亲赋予的，也是为父亲存在的。

失去父亲，我的生活简直无以为继。父亲患重症的第一刻，我决定记录下全部，我知道我们互相拥有的不多了，每一分每一秒都金贵。我点点滴滴记录着，企图用文字的方式把父亲保鲜。我要让他的气息他的语言他的精神他对我们的爱永远活着，想念就能看见。

父亲最后所住的医院在南京最繁华的新街口，19楼之下日夜喧闹着车水马龙，夜晚霓虹闪烁，灯红酒绿。显然，那是人“生”的海市蜃楼或极乐世界。谁也不会想到人原要奔赴的是这样寂静而无奈的终点。人生的“极乐”与“极限”如此之近，楼上楼下。

父亲和我们难舍难分的日子，我常常趴在窗口往下看。我相信人们无法想象头顶的人正在经历怎样的煎熬与悲痛，然而它却是我们先后的一个必然。这结局如此的坚决而不可更改，我们的内存再强大也敌不过生命的有期限。

我们每天都在互相失去。生命是杯沙漏，是段起点终点明确的铁轨。我们只是那呼啸而去的火车上神态万千的旅客。看起来我们在前进,轰轰烈烈,势如破竹,一路征服,不断收获。以至于浑然不觉那份失去——我们在无可挽回地失去光阴、生命、一切的一切,每时每刻啊。

这份记录一直坚持到父亲最后,我清楚地记得当时电脑统计数字是二十六万多。除此之外我还仔细收录了父亲最后八个月的图片、笔迹和日用物品。

父亲走后,我把它们装进书橱。整理完碰掉了一只旧信封。里面竟是最后为父亲剪脚趾甲的剪刀。我留在这里准备做纪念的,差点忘了。

父亲不让忘!

这"啪嗒"一声凭空掉地的信封让我惊讶不已。

书上说"生命不死"。我和父亲之间难道依然存在"心有灵犀"?!

那两个月我一直处于瘫痪状态,直到后来我每周必须去医院打针。我渐渐明白陪葬没有意义,我存在父亲才存在。

再次开始写作已经是五个月之后的事了。然而上帝又一次将我无情捉弄。我居然将一份八万字的记录覆盖了那二十六万字。那是我用最大的毅力完成的啊,关键,它保存了最后的父亲,我无法复活的。我疯狂地在电脑上寻找,打开所有的文件所有的软盘,我颓然心痛,像再次失去父亲。

我怎么也不能原谅自己。

午夜醒来,重新满怀希望打开电脑,挨个点开所有文本。

突然,父亲的照片满屏跳出。万籁俱静中黑白分明的父亲猛烈地撞击着我的身心和视听。

我相信这是父亲跟我的又一次"心有灵犀"。

他在忠告我，我的错误就像失去他一样是人生永远的遗憾。凡事没有完美，生活无法备份，你不能从头来过。就是这样，不要不承认。

我凭借记忆一次又一次修复这份记录，每每打开，悲痛就会将我淹没，真的改一次，痛一次，病一次。

然而我没有退路，父亲最初确立了我与文字的关系，父亲最看重我的写作，这像是我跟父亲之间的一场契约。何况父亲还是我笔下难以回避的典型——一个热忱地活过爱过抗争过精彩过的人。我相信父亲的光荣与梦想、博爱与无奈、激情与苍凉中有我们的影子。那被岁月拉得长长的，一代一代永远跟着我们剪不断理还乱的影子。

我把这份生与死的记录——一份无法拷贝的生命和可以复制的情感，一份从死的绝望中抽芽而生的希望分享于世，既为对父亲的祭奠，也为对天下之轻吁：珍惜吧，让我们相知相爱。

莫至人去楼空寂寥，莫待爱无寄处悲切！

目录

1. 惊觉

2003年8月8日星期五

这一天我的心沉甸甸的，什么也不想干，什么也干不了。与人交往还好，一旦静下来，酸痛就会泛滥而上。我不能不想起爸爸，我在心底喊他，为他难过、叫屈、祈祷。

昨晚知情后，整个人就被莫大的悲痛控制了。时时想哭，时时想去靠近他陪伴他，总觉得为他付出的太少太少。检点三十二年来，多少次伤他的心让他失望令他勃然大怒啊。

我多想抱抱他说：我是多么爱你，爸爸！你要勇敢，不管如何要镇定。

虽然现在还没最后确定，也许只是虚惊一场，可这提前到来的恐惧和忧伤让我无一刻安宁。

爸爸出现一次无名腹痛，肝功能检查结果不好，甲胎蛋白高达九十多。虽然不算很高，但是危险信号。

“可能是那个。”昨夜妹妹在电话里告诉我的时候哭了。

仅仅是可能，检查未必精确。病人的情绪好坏等等都会引起甲胎蛋白高的，还不一定。

可是万一呢？

上周末，妹妹无来由地对我感慨，“看见爸爸看丁丁的眼神，觉得爸爸真是太好了，真难以想象将来要是——”

隐隐地我也这样担忧。

如果能够，我愿意借我一生给爸爸，也许他永远也不明白我们有多爱他。

近些年我开始竭力地对他好，回报他，安慰他，生怕将来留有遗憾。我懂事得太晚。事实上爸爸一直对我放心不下，他总是不遗余力地勉励我，生怕我一朝松懈。

我所有的努力只不过是为了告诉他，爸爸，我长大了，你放心吧！

爸爸，还记得我们一起畅想你八十岁的光景吗？想象我们一个个都很成器的样子，想象以我们的成器为成功的你。时间怎么就突然来到猝不及防的今天?!

当我看见你喝酒，看见你忧郁、熬夜、操劳——为什么没有想到这一天会提前到来？十二年前你患肝炎的时候不是已经知道你的身体需要什么了吗？我们怎么都忽略了呢？还是被一直平稳而良好的体检结果所麻痹?!

和姐姐、妹妹、嫂嫂约好中午会合，整个上午恍恍惚惚。

电话里的爸爸却谈笑风生，喊我“二小姐”。

爸爸老爱这么调侃我，带着他对我独一无二的确认和风趣，每次都把我逗乐。

我也谈笑风生，强作欢颜。

伤心没用，得为爸爸做点什么。现在医疗条件那么好，多少人都能转危为安。就算是也不可怕。这样想着，依然心存侥幸，希望检查结果有误。

爸爸明天复查，后天他回老家。

不知道爸爸的生命还有多久，恨不能放弃一切时刻陪在他左右。他回老家我想跟他走；看见纸我想给他写信；看见电话忍不住做咨询——没有人比他对我更重要。我知道他是世上最爱我的人，而且他帮助了我，让我成为一个独立而勇敢的人。

他也是，独立而勇敢。

上帝保佑爸爸，拿出所有的勇敢吧，我们一起努力！

8月9日星期六

爸爸回老家了，一周后返回。

爸爸知道肝功能检查结果不太好，转安酶高。回家之前，他去药店买了降转氨酶的药。妈妈说老头子着急，买的都是进口药，花了好几百。

这是他十二年来第一次体检出问题，爸爸的焦急可想而知。

8月17日星期日

今天妹妹三十岁生日，爸爸从老家回来。

中午聚餐，我和爸爸坐在一起。爸爸明显瘦了，面色发红。精神不如从前，话很少。他告诉我回去睡眠好多了，复查转安酶一定能下降。

我也这么安慰他。

他好像很顾忌自己的病，今天他没抱丁丁和汐汐。一家人因为爸爸，团圆饭吃得并不热闹。

我是孩子里最脆弱的，这个时候爸爸可能最不需要我。回家的路上，我故意放慢脚步，把陪爸爸的任务让给了明朗的妹妹和妹夫。另外妹妹最小，就算说漏了什么，爸爸也不会敏感。

我远远地看着爸爸微微有些弓的背，他左右摇摆急匆匆向前、一贯不变的走姿。我们姐妹三能从千千万万人中一眼认出来、独一无二的身影。

我又一次想起妹妹前不久无意中说的那句话，“真难以想像将来要是……”

我由衷地懊恼那番对话，那时候爸爸好端端的，我们为什么那么感伤。难道一切真是冥冥之中注定。

晚餐在万豪，哥哥开车接我们。这家酒店对我们来说非常亲切，我们曾在这里多次聚会，妹妹把我们爱吃的菜都点遍了。

气氛比中午好。我买了蛋糕，米黄色的晶亮上面，立着一只巧克力色的老虎。妹妹属虎，爸爸也属虎。但愿爸爸能沾上小寿星的活力和生机。

如果爸爸没生病，或者没有那个疑虑的阴影在我们心底，一切该是多么美好啊。

丁丁、汐汐和田田吃了一会儿就玩去了。没有三个小宝贝，一桌子的大人又感觉到那丝灰色。

好在饭菜很好，灯光很好。

我们劝爸爸多吃点，爸爸就一直闷头吃，或者除了吃他什么也没做，尤其没说话。

哥哥多次主动挑起话题，爸爸不理。看样子他还没有原谅哥哥——前不久乡亲托爸爸的事，哥哥尽了力但对方不满意。爸爸觉得有负于人，一味怪罪哥哥。

因为肝火旺，爸爸有史以来没生这么大的气。听说他还哭了，他哭着对哥哥说："这辈子我再也不找你办事了。"

哭对于爸爸简直是很荒谬的事。

爸爸生气雷霆万钧、怒发冲冠、目眦欲裂、力拔山兮气盖世、可以拼杀却不可以退、软、碎。爸爸这辈子独闯江湖，从一无所有慢慢应有尽有，成为谁也不能欺负谁也必须服气的响当当的大丈夫，做了许多别人想都不敢想的大事。

他怎么会哭？六十六岁在儿子面前哭。

那个乡亲跟我们关系很远，爸爸为来为去还是为了他心中的那个"义"？爸爸这样伤心绝不是为自己。

在他眼里，哥哥是有用之人。爸爸觉得有用之人就得普度众生，能帮忙尽量帮忙。他自己一辈子就是这么做的。奶奶曾经这样形容爸爸，“三句好话一说，他能把裤子脱给别人。”

古道热肠的爸爸单单忘了哥哥也会有难处。

我没见过爸爸哭，但是妈妈告诉我的时候我信了。

当年妈妈回老家，发现一件陌生的花衬衫。妈妈负气跑回南京，从此与爸爸电话争吵。我们也在电话里半劝半怪爸爸，意思妈妈难得回去，何故要让她受刺激。

爸爸非常委屈，一再对我解释他怎么努力，如何用心，说到关键处他终于忍不住了，在电话里哭起来。我记得他哭泣的声音，也记得那一刻我的心碎，只剩下嘴巴在惊慌地喊：“爸爸、爸爸——”

如果知道爸爸的幸福就那么几年，我们何故要计较。

在大家对爸爸离经叛道较为“反感”的年月，我最先和爸爸贴近了，当时爸爸只能和我掏心窝。

那种时候，爸爸的神情总是特别静穆，眼睛很少看我，声音也低缓。他的倾诉总让我想起那压抑在山底的喷泉，而我听着一动也不敢动。仿佛我们一起坠进了一个狭窄的隧道，稍微动弹都会成倍地互相消耗。

爸爸妈妈相爱成婚，同甘共苦冲击了无数风浪，好容易把我们培养成人，两人应该安享晚年，爸爸却迷上了妙姨。爸爸自有许多理由，那些理由在我听来只有一个，妈妈毫无原则的善良。

妙姨年轻妈妈十多岁，风流漂亮。她是借着和妈妈做姐妹的机会赢得爸爸的。那时候我刚上大学，在家的时间非常少。至今记得妙姨睡在我们家的躺椅上朝爸爸微微娇笑，单纯的妈妈却蒙在鼓里。

妈妈同情妙姨，觉得她年轻守寡带儿子不易，时时处处想着她，还发动爸爸一起帮她教育儿子。

等妈妈明白过来那仇恨自是解不开，她恨爸爸，恨妙姨，更恨自己引狼入室。她知道她不是妙姨的对手，妙姨不仅年轻，不仅漂亮，关键年轻漂亮还早早死了男人。最要命的，她比妈妈狠。

换了妈妈，即便遇上喜欢的她也会前思后想而作罢。

爸爸越陷越深。这对奋斗了大半生的夫妻，老了圆满了清闲了却闹起了感情危机。

妈妈到底善良，而且懂得尊严，再伤心也没放开过手脚，闹得最狠就是让爸爸在电话里哭。

妈妈后来对爸爸一让再让，让到自己濒临崩溃。

那些落叶满地的深秋，我挽着妈妈一趟趟去医院。我记得神经内科那间朝阳的诊室，胖胖的专家让妈妈数那些花花绿绿的塑料球。我那为爱伤透心的妈妈，笨拙地数来数去，数来数去。那些日子，妈妈在我手里像个迷路的孩子。

这些年我们非常担心妈妈，谁料最先出问题的却是爸爸。

后来两年，姐姐妹妹相继为爸爸敞开了倾诉的密道，爸爸就跟我交心少了。当然这一切都瞒着妈妈。

谁让我们都爱爸爸呢，最终是爱的，不管他做了什么，爱让我们先后妥协。

不知爸爸后来为什么跟我倾诉得少了，是因为倾诉的地方多了，还是因为我偶尔对他流露出的不耐烦。

毕竟我也爱妈妈，加上妈妈一直隐忍负重、身体摇摆不定。建立在妈妈身上的同情难以让我再心平气和地分享他与妙姨的幸福。爸爸跟我倾诉的时候，我常常半听半推，或者委婉地转移话题。敏感而率真的爸爸一定洞察了我的心意，他是否在我这里受到过伤害？

这让我不安和遗憾。

深夜，妹妹来电话，她说这个三十岁的生日她过得一点也不开心。爸爸买单的时候说，“这是我最后一桩人生大事。”

爸爸的话让我们都很难过。尤其是妹妹。她说吹蜡烛的时候看着爸爸差点哭出来。

爸爸怎么变成这样，一言不发，沉默寡言。爸爸难道真的老了?! 过去爸爸是那么风趣、潇洒、霸气十足，往哪里一坐都是中心，侃侃而谈，气势磅礴——

我们在电话里流着泪哀叹又伤心。

8月23日星期六

陪爸爸，晚餐他要请妹夫喝白酒。

白酒刺激了我的神经，我强烈地反对和阻止。爸爸愣愣地看了我一眼，最终放弃了。

一夜懊恼，觉得这样对爸爸是不是太粗暴?

对一个身体欠佳信心受挫的人，而且这个人是爸爸，这么埋怨与否定是不是大逆不道? 纵然有道理，难道就不能委婉一点?

直到钻进被窝，自责仍像刀子一样刮着心。

8月24日星期日

妈妈想在金鹰的悠仙美地请爸爸，邀我作陪。

那里茶吧幽雅，西餐可口。这些年我怕妈妈闷，常请她去那里消闲。

妈妈知道爸爸身体不妙后，一定要请爸爸去那里坐坐，"让老头子也享受享受。"

我们一家三口陪着爸爸妈妈去浪漫。

结果在金鹰意外地遇到了姐姐姐夫。

爸爸情绪很好，但他显然不适应西餐的格调，他更愿意和女婿们坐在广场上悠闲地抽香烟。

8月26日星期二

爸爸复查的结果很好。

中午我在红友订了包间，庆祝爸爸虎口脱险。

包间有缓缓的音乐，大红背景墙上写满福字，很喜庆。

红友生意好，菜上得慢。我们不停地跟服务生开玩笑，爸爸也笑容满面。他轻松地摇着黑纸扇说，“我的CT结果一点问题都没有。医生给我做得非常细，我待在里面的时间最长。你哥哥说要查仔细点，不要有疏漏。”

看得出，爸爸跟哥哥“和解”了，想必哥哥的孝顺和尽心感动了他。

“报告单我看过了，全正常。”妹妹喜滋滋地在一旁说。

今天她在市中心买了大房子。我们要她请客，她却咬定妈妈请她的客，因为她错过了昨天的浪漫。

爸爸健健康康，大家都开心，像从上帝手里抢回来一个宝贝。我们劝爸爸想开点，以后彻底戒酒，安心养身。我们甚至提议爸爸妈妈去欧洲旅游，潇潇洒洒，老有所乐。

下午三点上班，我在写《我们之间》。

三点四十妹妹来电话，声音低沉，语气不对，我紧张起来。

“爸爸拿到的那份报告是假的，是哥哥让人家做出来的。姐姐问了哥哥，我也问过了。”

妹妹在电话里哭起来。我像遭了雷击，但因为周围有同事，我压低声音劝解她，“别乱想，还不一定呢！晚上回家再说。”

搁下电话我停滞在电脑前，爸爸真的得了那种病吗，不是他以为的结果很好?！我担心的不是病，而是爸爸。

八月八日甲胎蛋白AFP为九十尚存的种种可能——检查不精确，检查精确但没长瘤，AFP高与爸爸当时的不良情绪有关,这些都不存在了。爸爸真的有了病,他所不知道的也是他最不愿意发生的。

中午他谈笑风生表述理想的检查结果的那份自得和欣慰仍在我眼前。

爸爸将如何接受?

哥哥一定是怕爸爸受不了才请人做了假报告。可怜的爸爸,这意味着他将经历一番非人的折磨。我停在电脑前,被泪水重重挤压着,不敢弄出动静。

中午爸爸妈妈把汐汐带走了,下班我得去接孩子。

擦掉眼泪,不能留下痕迹,能瞒多久就瞒多久吧。哪怕一夜的平安,哪怕短暂的一小会儿。

一贯粗心的姐姐打电话来叮嘱我,晚上去接汐汐小心说话,千万别流露情绪。

六点多,爸爸来电话说他们已经喂饱了汐汐,让我定定心心吃了晚饭到市民广场等。

下班扎进书房,书橱里一排爸爸妈妈的照片。有一张是新近放大的——爸爸清明在老家的庭院里,他西装革履坐在他写的“龙腾碧海”下面,富态又潇洒。

“龙腾碧海,凤立丹山”是爸爸每年要写的对联。我们三姐妹的名字都带有一个“凤”字。小时候就听爸爸说,“我的女儿不叫什么美啊香的,她们都叫凤凰,注定远走高飞。”

“龙”自然指他最得意的儿子。

爸爸一生倾注在我们身上。他苦苦努力将我们一个接一个送上大学,离开面朝黄土背朝天的原始农庄,享受大都市的文明和光华。他的目标总算达到了,理想变成现实。

爸爸晚年常说,“我得到了最大的安慰和满足。”

爸爸这张照片拍得很理想,把他的才气、霸气、名气、骨气都拍了出来。我放大了三张,装帧好,一张送爸爸,让他带回老家;

一张送妈妈，放在哥哥家；自己留下一张。

这仅仅是四个月前的事！

四个月前我这么做什么也没想。

养儿方知父母恩，有了女儿，我更加珍惜与爸爸妈妈的聚首。我不想留下遗憾。现在想想我那么珍惜也不对，肯定招徕了某种不祥。看着这些照片，忐忑和后悔同时袭上心头。

可是我还是庆幸自己给爸爸拍下了这组照片，庆幸清明回了老家，看见爸爸六十六岁风光洒脱的样子。我记得在老家的酒桌上，爸爸举着酒杯对我们说，“我只把自己当十八岁。”

如果没有疾病，爸爸一定还是那样生机昂然，一副“世界是我的”老顽童样。他那样我们多高兴啊。

看着照片上志满意得的爸爸，泪水哗哗而下。上帝知道我是多么不愿意失去他，他是我的精神统领，我的依靠和敬畏。我愿意为他拼搏、努力。除了他，还有谁能让我那么不顾一切。

也许还有汐汐。可汐汐注定是我怀里柔软的一团，汐汐不是我背后永远屹立无坚不摧随时可以偎依的墙或岸。我终于明白为什么爸爸能让我那么勇敢——爸爸那么相信我。

他确信从他顽强而高傲的血脉里流出来的绝不会平庸。

普天之下还有谁对我那么笃信。

我将湿毛巾捂在脸上，后悔自己哭出来。马上就要见爸爸，我不能让爸爸有所察觉。

邹说你哭成这样，让我去接汐汐。

我点头，反复用冷水冲脸。

吃过饭，再去洗脸照镜子，让邹看我的眼睛红不红。

夜晚的广场灯光模糊，爸爸妈妈年纪大了，只要我情绪高昂，保持中午的开心，他们应该看不出。

我想见爸爸，在这个日子里。

我还是决定去接汐汐，邹也想去。

穿过大半个广场以及广场上悠闲的人群，我抢在邹前面飞奔，像任何一个孩子去寻找他最厚实的怀抱那样急切和焦灼。人们诧异地望着我。

看见汐汐，她后面跟着我的爸爸妈妈，蒙在鼓里的一对老人，生命已经遭遇厄运。

我的泪水又要冲出来。

我抱起扑进怀里的汐汐，亲她的小脸，感受她见到妈妈的喜悦。

爸爸穿着白汗衫和蓝色西装短裤。

进城多年，妈妈的装束早已改变，但爸爸依然停留在过去。他喜欢西装，喜欢皮鞋，拒绝休闲系列。绝不肯穿运动鞋或布鞋，就连拖鞋，他也只喜欢皮质。

我多次劝他穿棉质的休闲衣裤，可是没用，爸爸喜欢穿得有型有款。

这条西装短裤穿了好多年，城里买不到，前面被烟头烫了个洞，爸爸也舍不得扔。

爸爸这样的穿着让我心酸，觉得自己从没真正关心过爸爸。要是我买了布在城里做好他能拒绝吗？城市边边角角小裁缝多的是。我就没那么用心过，婚后一直忙工作忙孩子忙写作，爸爸真是白疼我了。

为了调整情绪，我让汐汐跳舞。

爸爸对汐汐很器重，满月的时候我们说她叫函芝。爸爸举着肉球一样的汐汐，“这个名字真好啊，邹家的人韩家的‘志’。”

汐汐自小文静乖巧，与活泼的姐姐不同，我表示庆幸。爸爸说，“没到时候呢，瞧她的眼睛就知道是个厉害角色。”

爸爸的厉害不是贬义，完全是骄傲。他认定自己就是个厉害角色。

爸爸对孩子的褒扬一般都留有余地，包括对我们几个，但对汐汐另当别论。不知是不是因为他知道我的心性。

两年前他帮我装修房子，每想出一个创意，他一定要说给我听，在图纸上画给我看，直到我赞成，他才高高兴兴实施。开玩笑的时候他说过，“你这个姑娘是个讲究人，我知道。”

爸爸看着汐汐跳舞，嘿嘿笑着。他还停留在自己检查结果完全正常的快乐上。他摇着扇子对我说，“你减肥要注意方法，不能不吃饭，要锻炼。你看我身体这么好，就是有什么病也能扛得住。你哥哥老怀疑我得了什么大毛病，其实我自己有数，我不会得癌症的。我每天坚持锻炼……”

我的心痛苦地揪了一下，望着他一脸的轻松和自信，想到不久的将来他要接受那个他怎么也想不到的事实，心急速地下沉。

借口带汐汐去麦当劳，给他们买冰红茶。

爸爸埋怨我乱花钱。我们坐在广场中央半圆形的靠椅上，我紧挨着爸爸。爸爸说话的时候我伸手搂住他的肩，我的心踏实多了，觉得这样厚实的爸爸不会有太大的事情。

分手的时候，广场的露天电影在放《公安局长》。爸爸喜欢看。因为我们俩是警察，爸爸特爱看法制片，每天中午他都要看《今日说法》。

爸爸总希望我们穿警服回家，“下次回来，一定要双双穿上警服，不然我不让你们进门!”

清明的时候，爸爸都说狠话了。可见他是多么向往，这简直成了他的一个梦。

这么些年我们一直不听话，总觉得那样虚张声势。不过，以后有机会，我们一定穿上警服回家，让爸爸满足个够。

爸爸妈妈要留在广场看电影。说了再见，却放心不下。怕他们渴，送两瓶矿泉水过去。

3路车经过广场时，我急切地在人群中寻找爸爸妈妈。没看清，眼泪又一次呼啦啦地涌上来。

8月27日星期三

昨晚我就犹豫今天要不要把汐汐送过去。

爸爸身体不好，汐汐在那里会不会增加他们的负累。可爸爸妈妈坚持要帮我带汐汐，如果不送去他们会怀疑的。也许可爱的汐汐跟他们在一起能调节气氛，转移注意。这样一想，我还是决定把汐汐送过去。

哥哥带爸爸去军区总院检查身体。妈妈乐呵呵地一个人在家，但是面色很差，是倦了，还是晚上没睡好，或是有所感觉。

我的心悬着。

有谁会在我走投无路、万念俱灰、灭顶之灾当头的时候让我毫无顾忌地去投靠呢。我陷入了茫茫荒原般的孤寂和沉痛，幸亏还有兄弟姐妹。

好朋友不忍心打扰，觉得徒添伤悲。

不能告诉亚明，一九九九年春节她父亲匆匆离去的伤痛还没愈合。阿君跟我通话时我提了一下，只是轻描淡写地说，“父亲身体不太舒服。”完了又安慰她一番说没什么。

与其这样还不如不说。我发现自己陌生的一面。

姐姐妹妹不同，她们的同事都知道了，她们可以在办公室任意伤心，而且有人安慰。

我顽固地觉得抚慰不顶事，我怕公开使它成为很具体的事实。具体到周围的空气都染上了灾难的色彩。于是别人看你的眼神别人问候你的语气都与那不幸相关，那样我就怎么也拔不出来了。我相信那团温暖会弱化我。我怕自己再也站立不好了。我一个人承受很好，我的世界独立，周围的世界完整，考验着我，也历练着我。

闷闷地待在格子间修改《我们之间》，我必须在这周完工。

下面所有的时间都要花到爸爸身上，不能再安逸地写东西了。心口疼，姐姐妹妹的电话，关于爸爸的消息，棒槌一样轮番敲上来，疼痛一阵紧似一阵。

好不容易坚持改完《我们之间》，写作就暂停吧，以后再慢慢写。我得去帮爸爸渡过这个难关，让他再活几年，哪怕只活到七十岁。毕竟七十岁在老家算得上是有福之人。爸爸一生做了那么多善事，达到了别人难以企及的成就，上帝应该把他排在这一序列，否则就是我们的不孝。

挨到下午四点，乘车去哥哥家。3 路车刚开，雨就哗啦啦下了起来，到站雨大得不好走，只好躲进路边店。

想买一件大红 T 恤，大红吉利。我开始责怪自己为什么近年来从不肯穿大红。

我把眼睛盯着那些炫目的大红，一件件试，最后选了一件长袖 T 恤。买完出来天就放晴了。这是个好兆头，人也神清气爽。

汐汐看见我很高兴。爸爸在收拾妈妈的房间，忙得满头大汗。我说我来吧，他不让。

爸爸这几年对妈妈真是体贴，他抢着洗碗，怕妈妈热，在厨房安了电风扇。现在又这样洒扫，精细得像个妇人，这对爸爸来说实属罕见。爸爸一辈子从不琐碎，在我们眼里，他只是个叱咤风云做大事的男人。

爸爸显然老了。看着头发花白的他甘心情愿在锅台边洗洗刷刷，我们难免不心酸，同时也感到欢欣。爸爸对妈妈毕竟是有感情的，他们依然是一对相亲相爱的夫妻。我们和别人一样有对恩爱的父母，我们的家依然温馨完整。虽然我们有家有室，可还是在意能不能体会到父母之间的温情。

每当他们相亲相爱，姐妹三会像鱼一样在他们之间游来游去，满足而俏皮。

我们会抛却这些年在外面浸染的各种修养和风度，徒手抓着刚盛进盘子里的好东西吃，在妈妈胖胖的身子上摸来摸去，或者抱住爸爸的肩，把头靠上去，拈拈他白色的长寿眉，跟他说说笑笑。

那时候爸爸会咧开嘴巴，长寿眉笑得飞翘，开心得完全是一个老头子或者老顽童，没有丝毫叱咤风云的霸气和威严。

如果这样的幸福倏地从身边消失，我会怎样？

爸爸在阳台上收衣服，我跑过去帮忙；爸爸转身又收拾饭桌，我和他一起搬椅子，拿筷子。

忙完了，妈妈在厨房炒菜，汐汐在阳台上玩弹珠。

爸爸坐到沙发上，我蹲在汐汐旁边看她玩。

爸爸站起来到阳台转了转，又回到沙发上。

我感觉他有话要说。

他故意不看我，面朝窗外怔神。他的样子又一次让我心酸，随即觉得他的所有从容都是强装的，为的是不让我担心，或者自己不乐意接受那个现实，他正在拼命回避，拼命较劲。

我何尝不是在装，我们彼此息息相通到这个份上却不能付诸言语，彼此的痛苦捧在手心清晰可见，却无能为力。

我多么渴望给爸爸一些抚慰。怎么开口，我犹豫不安。

爸爸突然把头扭过来朝我望，我感觉一道光划过心房，我被激活了似的。像过去无数次爸爸在我身后让我鼓起勇气那样豪情万丈。

那瞬间，爸爸给了他和我无尽的勇气，我们都轻松了自信了强大了起来。

“嗯?!”我询问爸爸，只有默契的我们才可以这样开始。

“今天上午我又去查身体了。”

“是吗?”我移到爸爸对面的凳子上，这样我们就可以眼睛对着眼睛，心对着心。

我望着爸爸，我希望他能主动对我说点什么，与其说让他倾诉放松倒不如说给我打气补充养分。

眼下他不再对我谆谆诱导，他在说自己的病。

我这辈子前三十年一直在爸爸的谆谆诱导下走来，我叛逆、好奇、独立、天生不安，总想自己走出一条路。哥哥曾经不客气地对我下过无异于死刑的判决——是爸爸一次又一次把我拽回来。

爸爸为青少年期我的冥顽不化伤透了脑筋，用他的话来说养育我烦过养育十个孩子。不要说今天，即便在当时，爸爸对我怒发冲冠，我也不觉得自己冤枉。成长过程中我就没喜欢过自己。

好不容易长大了，做了人家母亲，爸爸省却了许多教导，但我还会时不时地感到他对我的不放心。

爸爸对我虽然在说病情，可姿态依然是在帮助我安慰我。

爸爸把哥哥怎么找人帮他做赫兹共振细细讲给我听。末了他说应该没什么大问题，就是转安酶老是高。我接着他的话说，就是有什么也不怕，认真治疗就是了。

“人啊，关键时候需要勇气。爸爸你记不记得我刚工作那一年，那时候我多泄气啊。是你鼓励我说没问题。我现在不是很好吗。要是没勇气，肯定不会走到今天。”我努力寻找字句。

“我不害怕，大风大浪经历了那么多，就不要说病痛了。”爸爸振奋起来。

我一把抓着他的手，握在手心摩挲，这是我以前少有的动作。

印象中第一次握爸爸的手是二十二岁。那时候已经读大三，爸爸患肝炎来南京住院。那晚，我去车站接爸爸。

从公交车上下来，我走在前面。

爸爸被挤得有些踉跄，我一把牵住了他，我的手握着爸爸的手。

我们手牵手匆匆走在空荡荡的人行道上，听得见彼此的呼吸，但我们互不看对方。走了老远我仍惶恐，竟不信自己握着爸爸的手了。

月光皎洁，世界是银色的，道旁的树篱笼着薄薄轻纱。好一会儿，爸爸才松开我的手。

那时候我们之间多么遥远啊。

或许在爸爸眼里，我依然是个不值得托付什么的孩子。患病的爸爸面色抑郁而沉重，我们的交流只停留在“爸爸说我听”的层面上，所以常常曲里拐弯，疙疙瘩瘩。

现在我们紧紧握着对方，这一握让我们开诚布公，似乎给了爸爸无穷的力量。

爸爸继续说，“我反复地想我的身体怎么会出意外。这回在南京待了七十多天，你妈妈生病，我累了十来天。其他没什么啊。估计跟生气有关，我老看不惯你哥哥和虎子。”虎子是爸爸读高二的孙子，其实那是个没什么毛病可挑的好孩子，热情善良，聪明大气。爸爸老看不惯他玩，可又有哪个十七岁的男孩不爱玩呢?!

“不管因为什么，我相信你能创造奇迹。你以前经历过那么多考验，这对你来说应该是小事一桩，或者说一次警醒。你操心了一辈子都为别人，现在该静下来照顾你自己了。”

爸爸点点头，做了个挥手的动作，意思说，“小事一桩，我能照顾好自己。”

我又逮住他的手，“我们打赌，你一定能赢。一定!”我显得很孩子气。

爸爸笑笑，又是他平日里老顽童式的亲切、随意、快乐的笑，这样的笑已经消失了好久，自从上次体检不好他就没这么笑过。我发现裹在他身上的那层忧郁的外壳彻底粉碎了。

爸爸能这么笑出来可能还因为哥哥，他一定没想到繁忙无比的哥哥一旦面对他的病，这么精细这么不厌其烦。爸爸需要我们的爱。

我们谈得很愉快也很投机，汐汐已经吃好晚饭。带着汐汐，我欢欣地离开爸爸妈妈。回来迫不及待地把这场意义特别的谈话转述给姐姐妹妹。我劝她们乐观些，乐观才能让事情逢凶化吉。

这个晚上我没哭。

8月28日星期四

农历八月初一，爸爸生日。

一早起床，天高云淡，晴空万里，很高兴。

喉咙有些痛，想到马上要照顾爸爸，不敢生病。上班后就去人民医院。拿了药，来到对面的乌龙潭公园。那里有花鸟虫鱼市场，还有著名的放生池。

我想为爸爸买只乌龟放生，妈妈说生日放生乌龟最好。

卖乌龟的摊头人很少，湿漉漉的，虫子却多。刚落脚就被叮了好几个包。

太阳火辣辣的，一时间汗味、腥味、臭味让人站都站不住。

摊主很年轻，一个精力旺盛的小伙子。借他的健康和阳光，给点爸爸该多好啊。

"你想怎么买？"

"父亲生日，买了放生。"

"买这些长生龟好了。"

我在他的指点下买了只花色很深、神情灵活的长生龟。

小伙子用红网兜兜好给我。我拎着小乌龟往乌龙潭深处走去。

公园里人很少，阳光把路畔的花朵照得格外娇艳，池塘波光粼粼，满目生机，尤其是那青色的闪光的草坡。

我边走边对小乌龟说：

“小乌龟，今天是爸爸生日，你要保佑他老人家长寿。保佑他闯过七十岁。你要去想办法，爸爸现在遇到了麻烦，你要努力帮他平安度过。”

小乌龟伏在网兜里，眨巴着眼睛很乖巧很懂事的样子。我走得也有信心起来。觉得一切都很顺利，事态应该没那么严重。

往里走，草地越发碧绿和纯真，湖水也格外清澈。一个游人也没有，阳光下只有我和小乌龟。

池塘尽头，在两棵经年的老柳树下，向右拐出一片深潭，“放生池”三个石刻的大字还在。可惜池子浑浊恶臭，仿佛一潭死水。

赶紧回头，来到清澈的水边。

依傍了一棵老槐，对小乌龟一番默祷，将它轻轻放下水。

小乌龟沉了沉，往远处游了两步，居然回头看我。早听说乌龟放生会回头谢主，不想这只小乌龟这么灵。

“去吧，小乌龟，去帮爸爸想办法吧。”

小乌龟停了停向远处游去，两下，又回头了。

我不放心，痴痴地望着它。等它彻底消失了才离开。

阳光正面晒着我，我觉得天地一片光明，浑身轻松。

爸爸好像不愿意过生日，他说等两天，等到周末大家有空，他怕给我们添麻烦。

我们从没认认真真给爸爸庆祝过生日。以往要么他一个人在老家，要么凑我们的假期，不是朝前挪就是往后推。

妈妈早就说了，“这回要给你爸爸过生日，认认真真过。”

姐姐买生日蛋糕，我准备压岁钱。钱太旧，去银行换了连号的新钞，装进大红压岁包。

在哥哥家楼下，遇见姐姐和田田，我们分别穿了大红的裙子，很喜庆。

妈妈说汐汐真聪明，看见钟点工就说，“阿姨，不用烧饭，我们要去饭店，今天外公过生日。”

我抱了抱聪明并以聪明惹得父母高兴的女儿。

妹夫在花店给爸爸订了一大束华贵而艳丽的玫瑰。红友聚会那天，得知爸爸的病情，他无心上班，早早预定了生日玫瑰。

爸爸说，早上六点就有礼仪小姐送来鲜花和祝福。爸爸从未享受过这份时髦，他一定很意外。

可是，爸爸兴致不高。至少没昨天我离开的时候好，他神色凝重，不安。

我给他压岁包，哄他说，“这是我冰心儿童文学奖的奖金。”

爸爸果然兴奋，提高了嗓门说，“好，谢谢，我要借二小姐的好运气。”

寒暄片刻，爸爸急急忙忙去打电话。听起来，好像在跟他过去的生意伙伴对账。

他忙里偷闲地对我们说，“明天回老家要账，一个礼拜之后再回来。”

我和姐姐感到愕然，现在怎么能再去烦那些。

“别管了，你身体……”姐姐刚开口。

“身体，身体，身体——再急，三五天还是让得开的。手术等个三五天有什么关系？”爸爸勃然大怒。

姐姐满脸通红，但她坚持细声细气地说，“手术还得要准备呢，不是说做就做。”

我轻轻地补充，“最好不要烦这些。生意上的账这么多年都拖下来了，还在乎这几天？再说，我们也不差那几个钱。”

“我们约好这个时间结账。你们这些人，不要干预我好不好？你们一干预我反而不安，这对我的身体没好处。”爸爸的牛脾气上来了，八匹马也拽不回。

这么多年，我们拿他的牛脾气一直没办法，他要干什么，最后都顺了他的心遂了他的愿。

爸爸眼里全是恼怒，再说下去就意味着惹他生气。其实他已经很不高兴了。

今天是他的生日，我们应该让他高兴。我们很想让他高兴，我们更想挽留和延长他的生命。爸爸的任性与火气却让我们陷入了矛盾，一筹莫展。

我失望地觉得，他回家可能还是为了妙姨，要账只是一个借口。这样的选择伤害了我们，我们的反对同样也更深地伤害了爸爸。

我回避到小房间，和汐汐、田田挤在一起看动画片。看不进去，为爸爸焦虑，更为我们和爸爸拧着失望。

爸爸看我们沉默了，不再说话。他进来拿东西时，我让了让，没看他。其实我应该对他笑一笑。

我马上站起来追到客厅，和爸爸说起家常，故意嘻哈。爸爸不理会，我觉得我们没有真正和解。

夕阳正红，我对自己和这一刻非常绝望。我多希望像预想的那样和美、愉快、亲密地围拢着爸爸，给他一个真正的生日快乐。

该去饭店了，下班高峰出租车一律满载，我们决定乘公交。

三〇三路等啊等啊就是不来，没有出租车。

我、姐姐、两个孩子、爸爸、妈妈站在马路边，一起焦急地望着来来往往的车。

“不如走过去。”我提议。

“如果走的话早到了。”姐姐附和我。

田田和汐汐也要走。

妈妈不同意，说走也要花时间，和等车一样。爸爸在抽烟没发言，他的态度和妈妈一样。

焦急、失望、期待让我们的心渐渐靠拢。

妈妈说对了，三〇三路来了。

上车后我们被挤得七零八落。

好不容易找到爸爸，他在前面，正回头望我们。我们交换了一个眼色，那是最轻捷也是最深重的一瞥，超越一切。没有人和我可以达到这份深度和密度。我的心底一暖，感动涤净了不快。我相信爸爸和我一样，他的愠怒一定也消解了。谁让我们是父女呢！

一站过后，爸爸妈妈都坐下了，田田和汐汐也有座位。车厢里空多了，我可以轻松地看见爸爸，看见他宽阔厚实的肩膀，还有他飘摇在风中的白发。

我静静地看着他，爸爸回头看着我，问了一句，大概要我过去坐。汽车太闹，没听清，我微笑着对他摇摇头。他终究是爱我们的，我们也最真地爱着他。

我们来到二楼带飘窗的包间。那里可以俯瞰一楼的繁华，楼下有婚礼，还有钢琴和美声歌唱的姑娘，孩子们很激动。

我们在烛光中为爸爸唱起了生日歌。

歌声很好，因为留恋，我们连唱了三遍，中文的英文的中文的。

爸爸妈妈跟着歌声拍手，孩子们唱得很认真。

多么让人感动的旋律啊！

爸爸没唱，我也没敢看他的脸。我觉得今晚他有些异样，不是激动，也不是感慨，好像他要努力置身事外。

看起来他很被动，他被动地接受着这个浓重的生日宴会，爸爸有些黯然。

小时候，爸爸总在城里出差。常常闻见挂面香，奶奶说，今天是你们爸爸的生日，吃长寿面。奶奶把长长的面条捞进白瓷碗，左右倒两下，面条形成整齐的两排。不够整齐的，奶奶会用筷子重新加工，直到满意了再一碗一碗分给我们。我们喜欢爸爸生日，可以不吃粗茶淡饭，换一回口味。

爸爸即使在家，也总在外面应酬，很少和我们一起吃饭。但是管他在家不在家，奶奶都要让我们吃爸爸的长寿面。

爸爸说他从不在意生日。他在新疆独自过了十个生日，在内蒙古、哈尔滨、沈阳、重庆、江西甚至云南边境等地方都过过生日。大部分时候他忙忘了，想起来顶多吃碗面。

爸爸大半生都在城里忙生意，他走南闯北跑啊跑啊。他得谋生，他要让我们在王园子过得舒坦些、宽裕些，别再吃穷苦、受穷气。他还要囤积财力供我们读书，考大学。谋我们未来的幸福。

爸爸回回衣锦还乡，他就没输过。或者他从没让自己在亲人面前输过、落魄过。爸爸输了宁可不回家。

有一年，爸爸在江西经营木材生意，待了大半年。妈妈左一封家书右一封家书地催。后来才知道，爸爸在那里历经考验——遇过土匪，装载不顺，困于山巅。几回身陷绝境，但他最后还是回来了，带着他的成果，轰轰烈烈。

当年他创办了第一家大型木材厂。

爸爸那次带回一辆二四式金狮牌自行车。车身金黄，车头车尾都有爸爸最喜欢的“凤凰”装饰——我们姐妹三就是他的凤凰。

那是我们第一次见到如此娇巧华美的自行车。

轻便好骑不消说，关键是它太时髦太漂亮了。当时在苏北农村别说是买，就是看也看不到。

爸爸把这辆车送给我和妹妹上学。

奶奶啧啧嘴说，“我这个儿子为他的三个宝贝丫头真是拼命啊！全世界找不到他这三个宝贝。”

爸爸听奶奶这么说，忍不住哈哈大笑。

我们骑着爸爸送的新自行车，一路引起围观和羡慕。

可惜因为它太漂亮，骑到学校很快就被年轻的班主任看中。他借过去约会，深更半夜摔了大跟头。车摔得变了形，好几块金漆也掉了。

不管春夏秋冬，爸爸回家就是过节。

我们可以得到许多意想不到的礼物。但那时候我们并不真正喜欢爸爸，我们甚至害怕他，因为发完礼物接下来他就要严格地过问学习，比老师还难对付。

爸爸不折不扣，不打不骂。一个意思，要好好学习，学习要好；学不好也别急，要用心。他相信世上无难事，只怕有心人。凡事没有做不好的，只有不用心的。而且他允许你输，但结果一定要赢。

在爸爸面前，我们没有退路，没有学不好的理由。一个字——学。或者一个信念——成功。

那样的道理那样的爸爸，你只有拿成功的结果才能交代。因为他给我们最好的物质保障和享受，他提供了最好的理念和信念，规划了正确的跑道和目标。他已经竭尽全力。

那时候我们惦记爸爸，是从惦记爸爸的礼物开始的。

爸爸要回来了，我们焦急地等啊盼啊。爸爸一到家，我们就迫不及待地扑向他的旅行包。爸爸不会让我们失望，各式精致的糕呀饼呀糖呀。后来我们大了，着意穿着胜过零食，爸爸开始给我们买衣服。

那回他给姐姐买了一双白球鞋，后来流行两头翘的旅游鞋，他一气买了五双，连妈妈奶奶都有份。

我和妹妹穿着那种两头翘的旅游鞋去学校，同学们好奇极了。

不知道为什么，念初二的我偏偏不喜欢那种鞋，觉得它难看，尽管它时髦得要命。上课的时候，好几个老师都低头去看。

我们喜欢爸爸买的连衣裙，大红收腰带百褶的、浅紫宽边镶水钻的、淡黄灯笼袖的。三款颜色不一，款式各异。

我一眼看中那条大红的百褶裙。低圆领口，外加一圈同色大荷叶翻领，领口和袖口带黑色缠金丝线绲边，面前有三路白竖条。腰身很窄，下摆很大，百褶散开，飘逸如飞。

当年正在热映《红衣少女》，穿上它，我一下子找到了少女安然的感觉。走亲戚、去同学家、进城带虎子都穿着它。它成了我的最爱和代表，像一团纯洁的初起的火，红艳艳地燃烧着。

奇怪，那条裙子就像照在我身上裁的。姐姐穿了嫌小，妹妹穿了嫌大。想想爸爸真是神啊。

姐姐选了高雅的紫，妹妹选了活泼的黄，我们姐妹三穿着连衣裙去姨妈家，老远人们就在田埂上望。

还有那条米色小喇叭裤，那种合身的感觉，活像我们就在爸爸跟前试穿过一样。乡下裁缝即使照着我们身子裁，也裁不到那么好。

姐姐那件粉红右襟绣花的衬衫，简直是我的一个梦。无奈我瘦小，衬衫在我身上像袍子。

好容易我能穿上，已经是两三年后的事了。它的面料和绣花居然还像新的一样。穿着它去镇上，人们纷纷稀奇，问我，“在哪里买的？”

我心血来潮，让绣花的姑娘绣了一只喜鹊在左襟。想不到，这只喜鹊呆头呆脑，分外土气，活活地把那件梦中的衣裳给害了。

爸爸给我们买的衣服从没过大过肥过小过窄，回回都合体。可以想象他购买的时候多么细致和用心。莫非我们的高矮胖瘦都在他的心里，他那整天装着大山、树林、火车、轮船的心啊。

等我们开始发育，爸爸出门的时间太长了，他怕我们长得快，就换成买布料。他给我们买过乔其纱的嫩黄、粉红、大红、纯白。给妈妈奶奶也买过深蓝和藏青。

难以想象，爸爸那样一个疾步如风的男人，在城市的街头，他怎么想起他乡下一屋子老老小小的女人们。也许是他千辛万苦做成了生意，心情异常轻松。于是他走进商场，先买糖果糕点，再去看布料。他一遍遍精挑细选，比较，抉择。关键，他的选择从来只会让我们惊讶和欢喜。

王园子的孩子大部分只有过年才添新衣，而我们除了过年，爸爸回家的日子也会有新衣新鞋和新零食。

那时候真不懂事，得了爸爸那么多好处，却总记恨爸爸成天在外面，心里不满足。甚至想过爸爸要是像别人的爸爸那样成年累月在家多好啊。

我们总羡慕人家的爸爸不出门，羡慕人家的孩子跟爸爸亲。

爸爸在家仅有的时间只够关心我们读书和吃用，他从不抱我们。漫长的少年期，爸爸和我们一直很遥远。

记忆中难得和爸爸亲近，还是因为病。小时候我体质最差，每到年根，总要大病一场。

老病号的我从不怕吃药。一大把药一口吞下去，吃糖一样容易。但是我怕打针，每次打针，都会哭天喊地，试图挣扎逃跑。王医生老威胁我，“不能动，再动，针就要断在里面了。”

小时候我特别害怕这个打针的王医生。

王医生和爸爸是棋友，爸爸带我去打针，顺便找他下棋。我喜欢爸爸带我去打针。

王医生配药的时候，我就开始颤抖、流泪。爸爸笑着，把我拉进怀里。针来了，我想躲，爸爸用双腿夹住我小小的身体。

我趴在爸爸怀里呜咽。爸爸安慰着“没事，别怕”，一边让我的上半身掩到他背后。从空间上我不可能看到针头。一旦王医生拿药棉在我身上擦，我会死命地把脑袋抵住爸爸的腰放声大哭。

那样的哭只是撒娇了，因为可以被爸爸那样夹着搂着，真是痛并幸福着。

我是多么信赖和依恋那个怀抱啊，直到今天我依然怀念那个温暖的瞬间。我的整个空荡荡的童年因为那样的搂抱都变得满满的，很温馨。简直安慰极了。我一直怀疑小时候我那么爱生病，是不是贪念爸爸的怀抱。

那年月，大人们终日为生活操劳，谁会顾忌一个孩子对拥抱的渴望呢。长大了，邹总笑我患有温情饥渴症。事实上，每每大难临头，我多么渴望像小时候那样一头扎进爸爸怀里，只管放声大哭。

长大了自然明白，爸爸不仅如同那些寻常爸爸一样疼我们，而且爱得更深更有责任。除了普通的舐犊之情，还有重整河山、为改变我们的命运上下求索之累之忍之苦，那是凡常人所不能谋不能为不能抵达和实现的。

爸爸是非凡的爸爸，这是我们四个孩子越大越懂得的道理，也是我们努力的原因。我们不敢让这样的爸爸失望。

枭雄得意的爸爸如今头发白了大半，牙齿换了大半。坐在脱胎换骨、彻底与王园子的黄天厚土决绝了、融入了城市文明、拥有优质生活的我们中间，爸爸苍老了，沉默了。某些时候显得落伍了，颓废了，还有些拘谨、羞涩或者拙讷。

这是多么痛心的变化。

我尽量不去直视爸爸，可我每每发现自己在看他。我多希望我的爸爸还是那么枭雄得意，自信开阔，像他过去那样。他这么抑郁是对病魔有预知，还是对我们有了敬畏和生疏，还是他对自己的晚年不满和灰凉？

十二年前，身体向爸爸发出了第一声抗议，也是爸爸生来第一次生病，爸爸不得不病休。

那年哥哥劝他提前退休，专心养病。

爸爸歇业以后，一直心有所谋，激扬惯了的他觉得这样闲着很难受。中途他试着做了几项事业，可惜因为合作伙伴不理想，先后失败了。

赢惯了的爸爸不服输，他有心栽培，通宵达旦地给那些人讲道理，掏心掏肺，几经折腾，不仅没赚，还赔了十几万。这是爸爸晚年最伤神的事。

一旦我们劝他，他会反过来劝我们，“没什么，我已经很满足了。你们一个个都有出息，这是我最大的梦想。我的梦想已经成为现实。还图什么呢！你们是我最大的财富。”

可是听着这样的话，我总能体味爸爸心中不可言说的苦涩。爸爸才六十多，像一匹烈性的马奔跑了那么多年，其实他最向往的应该还是跑道，超越困厄屡败屡战永不退缩那才是他的状态。

如果爸爸的身体允许，那么他肯定还在那样跑着?！如果爸爸不是为了改变我们的人生，不是将精力集中消耗在我们求学的那几年，那么他现在一定还能跑。可惜他透支得太多，透支得太过分了。

说到底爸爸还是为了我们。像一匹早衰的马，无奈地远远地望着跑道。

我能从他的静默里感觉到那份惆怅和失落。

于是我常常用手去抚摩爸爸的后背，去捋他鬓角的花白头发。告诉他，他是好样的，我们是知恩图报的。我以为我们毫无缺憾尽心尽力的爱能慰藉他的凄苦。谁想到没有时间或时间不多了呢。

上帝对爸爸、对我们是不是太残酷了？他要让我们对爸爸抱憾终身?！

以往聚会，爸爸最后总要站出来邀请妈妈一起回敬我们，祝愿我们每个小家庭都平安美满，每个人都步步高升。爸爸那样举杯致辞的时候依旧潇洒壮阔，每每感动我们。

可是今天他没有，他一点积极性都没有了，好像被什么东西抽空了。他越那样，我的心越痛。

爸爸一直埋头吃饭，被动地跟我们合影。只是看到丁丁、汐汐和田田，他的微笑更深些。

宴席散了，爸爸和我们一起走在繁华的狮子街上。

秋夜凉爽，风把豪华包间里的热气和酒气统统吹散。我们不放心地跟着爸爸。爸爸被我们牵在手上。走着走着，爸爸突然转身：

“没什么，我相信我能活到八十岁。十多年前我在庐山相过命，人家说我至少要活到八十二，你们不要担心。”

爸爸回到天地之间，说话又有了气势，腰也挺得笔直。

爸爸在这个夜晚突然想起来应该安慰我们。

爸爸一旦安慰我们，他就恢复了强大，声气洪亮与铿锵。在他眼里，我们依然是他牧养、疼爱、照顾的孩子，这个时候，他依然在恪尽职守地做着“爸爸”。

2. 手术

8月29日星期五

爸爸住进了人民医院，手术下周进行。

主刀医生是外科著名的王主任。

一九九九年我们相遇过。那年我们的一个朋友胆囊切除，手术就是他做的。感觉他医术高超，医德更好。

朋友一介平民，手术没有托关系。可是王主任一样认真，手术顺利地结束，他还亲自出来安慰家属。态度和蔼，可亲可敬。

我觉得爸爸幸运，有王主任主刀，手术已经成功了一半。

8月30日星期六

周末我们到姐姐家聚会，田田转学，姐夫下基层挂职锻炼，双喜连门，当然要好好庆祝。

哥哥推掉应酬，一早把爸爸从医院接到姐姐家。男士们打麻将。汐汐跟田田、丁丁玩，我们三个陪妈妈，边聊天边做饭。

爸爸手气不错，看他笑吟吟的，麻将打得很开心。

午饭过后，我和姐姐把他拉到书房，本想安抚他一下。结果爸爸坐到我们中间就说，“今天我看到化验报告了，肝癌，3.5 厘米。我不怕，不就是挨一刀嘛。你们不要担心。你们要劝劝妈妈,她太脆弱了。”

爸爸说完就出去玩牌。

六十六岁身患重症的父亲依然不习惯在我们面前虚弱、脆弱、示弱。我们哑口无言。心疼,但也只能干心疼。

姐姐说,“他心里一定很难受,他只是怕我们担心而已。”

如果他能对我们流露点点忧愁多好,那样我们可以安抚他安慰他。我们可以真正意义上地陪他度过,为他分担。

爸爸选择的是轻松,他和儿子女婿说说笑笑,自称将军脾气。

他这样大无畏是个性使然。爸爸习惯了我们是他羽翼下的雏鸟,他必须庇护。尽管他付出了全部代价来训练我们,希望我们强大。可一旦困厄真的来了,他又本能地或习惯性地挺身而出。

爸爸爱我们。

爸爸这样轻轻松松,看起来我们更不必忧愁了,至少我们必须跟着他轻松、乐观和通达。尽管我们不可能不悲戚、不忧伤、不担心。

每个人都需要一个无拘无束释放悲喜的肩膀。

爸爸这样一个铁骨铮铮的男人有那样一个肩膀吗?不可能是妈妈。爸爸几次提醒我们要多做妈妈的思想工作,妈妈也只是他的一个保护对象。那茫茫人海中,在他举步维艰、天塌地陷的时刻,他向往的是谁,是什么,在哪里。

一想到他独自吞咽一切,我就揪心。

8月31日星期天

想写一封信给爸爸。

病情公开后爸爸表现得比我们超脱,他睡眠很好,吃饭也好。最重要的，爸爸不回家要账了，他一心一意准备手术。

晚上，我打电话给爸爸。

爸爸听到我的声音就问，“你去医院挂水了？”

急性咽炎，白天没去看爸爸，害怕把病菌传染给他。

“不要担心我，自己要多注意。我听你的话，不回去要账了。”

这是爸爸对我说的，“我听你的话。”

放下爸爸的电话，泪如雨下。

这叫什么滋味，爸爸说他听我的话。

我真恨自己为什么要在他生日的那个黄昏与他发生争执，如果当时我不说什么，他一样不会回去的。可我就是性子急，急于表达观点。我是不是又一次伤害了爸爸。

这世上我很少要求别人听我的。上上下下左左右右，一切问题能沉默皆沉默，能忍受皆忍受。

唯一对于病着的爸爸。

爸爸傲慢强悍了一辈子，谁也没让过，到头来他竟然在这个时候对他的女儿说，“我听你的。”

这是爸爸在向我认错呢，是不是他以为我生病是为他急的？

在我生病难受的时候，爸爸轻轻松松一弯腰就成了我的依靠。而在他遭难的当儿，我呢，我们怎么就成不了他的依靠？！

睡在床上，眼泪很快就将枕巾打湿。我像一个掉进峡谷的孩子，马上就要陷入绝境，我觉得前所未有的无奈和恐惧。上帝应该知道的，我不能没有这样可爱的爸爸。

9月1日星期一

爸爸在电话里告诉我，手术定在周四上午。

妈妈查过黄历，周四日子不好。

时间是王主任确定的，周三晚上他从广州赶回来，专门给爸爸做手术，周五还要回广州。

王主任在医界德高望重，邀请他的人排着长队等，要人家换时间恐怕不大好。眼下最重要的是让老专家带着好心情上手术台。

左思右想，努力去安慰妈妈，应该相信科学。

手术前一天，爸爸回家吃午饭。我到的时候，爸爸正在吃一碗猪肝汤。

妈妈给我一碗面条，我靠着爸爸坐。我们轻轻松松说着家常，像正常的一次家庭聚餐。只是人员齐全，哥哥嫂嫂、姐姐妹妹统统回来了。

妈妈笑嘻嘻地给每个人面条，吩咐我们吃菜，没有乱阵脚。爸爸妈妈这一生起起落落，经历了太多风浪。我们像他们，心里再乱，也会井井有条。

妈妈让爸爸少吃点，边说边笑。爸爸听话，推开碗笑眯眯地说，反正吃饱了。

哥哥说没事，高兴就多吃点。

姐姐拿出一双布鞋给爸爸，黑直贡呢面料，黑绲口，白里子，千层底。大方轻便舒适，便于术后穿。

爸爸试了试正合脚。

姐姐这个从小粗粗拉拉的人，这回真够细心的，我第一次发现她如此细腻。

爸爸很满意，咧嘴笑笑，是羞涩而满足的笑。看见爸爸笑，我们心底宽慰了许多。

我竟然真以为爸爸是满足而轻松的，他能顺利地度过手术前的这一晚。

后来才知道，爸爸那个夜晚过得很艰难。他给老家的朋友打了电话，把手术的事都说了，让他们筹钱来备急。

他还给妙姨及其在北京的儿子打了电话，安慰他们说是小手术，胆囊结石而已。我能想象爸爸在做这些事情时的绝望、无奈和孤独。

我想要是我们陪着他就好了。偏偏我们把他想得太强大了。那对孤儿寡母显然也不是依靠，只是爸爸心头的另一份牵挂和疼惜罢了。

9月4日星期四

清晨阳光满天，谢天谢地，好天气利于伤口愈合。

赶紧梳洗。

哥哥分配好了，上午去医院的人不必太多，我被安排在下午。

其实是我有意避开的，我总是相信爸爸比我坚强，哥哥、姐姐、妹妹比我坚强。我相信他们比相信自己多一些，甚至觉得自己是个不太走运的人，这个时候远离爸爸也是对爸爸的一种保护。我原来对自己是深深卑怜和不信任的，而且是在所谓的成年和成熟之后，我依然这么弱小。

办公室寥落，杂志即将停刊，人心涣散。

我打开电脑企图像平时一样，冷静下来挑战自己的韧性写东西。挪到那篇写了一年多的《戴着蝴蝶花的小女孩》，写了两段，还好。姐姐打来电话，声线很低，说起爸爸清晨插胃管，说着说着就哭起来了。

我写不下去，脑子里尽是堵塞。时间像山一样移动在心头。每动一下，都牵扯得皮肉疼。

如果顺利，他们在医院仅仅是等候而已。如果不顺利该怎么办。我想不下去。挨到十点，我如坐针毡。焦灼使得我不能忍受。关了电脑，骑车往医院而去。

2
手术

外面的阳光真好啊！

九月了，阳光还这么厉害，晒得人想逃，路上戴帽子和墨镜的人很多。

我喜欢这有力道的阳光，晒得很舒服，它能烘散我心底的阴霾。

混混沌沌走进外科大楼，顺利地找到电梯，侯电梯的人很多。这才知道身陷厄难的人如此之多，而阳光下那些健健康康的人原是多么幸运。

爸爸住在十楼，电梯在二楼停住了。楼道里一个熟悉的身影，是嫂嫂。

“哎，嫂嫂。”赶紧下来。

“你来了，我给你哥送茶杯。”她扬扬手中的杯子，对面的玻璃门上写着“手术重地，闲人免进”。

爸爸就在里面？

嫂嫂在玻璃门外转了转，看见哥哥，嫂嫂拉着我走上去。我们在走廊待了不到二十分钟。

手术室进进出出的医生统一穿着墨绿色的工作服，戴着白口罩，白手套上红红的都是血。

我本能地害怕他们。万一找过来，就说明手术遇到了障碍。可我又希望他们快点传出消息。

左右为难，有人朝我们说：“好了。”

血往头上涌，好消息和坏消息一样，直冲而来，管你能不能承受。

王主任走出来，手里端着一个血淋淋的金属盘子，后面跟着一行医生，手上都有血。

“好了，切得很干净，这一刀十五分钟，前后四十分钟，无须输血。”

我看了一眼盘子里的东西，红红的带血的一团。

足足有半小时我是盲目的,精神悬浮不定,开口说话找不到声音,惊讶、告慰、欢欣,还有摆不脱的幽深的焦虑。给妈妈打电话报平安的事让嫂嫂做了,其实手机就握在手心。

所谓放心地回到十楼爸爸的病房,看到姐夫、妹妹,告诉他们好了。

我的心一会儿起,一会儿落。

等在楼道口接爸爸。

记得去年我切除扁桃腺,睡在推车上从手术室晕乎乎地出来,听见爸爸和邹的脚步声和问候,依稀明白而且非常感动。我想爸爸出来的时候是清楚的呢,还是糊涂的呢,我该不该喊他。

十二点多,电梯打开,推床上白色的被单,护士,点滴,我猜是爸爸。跑上前,果然是,蓝色的帽子罩住爸爸红红的脸。

术后第一夜最难熬,考虑爸爸会很难受,我们让心细的邹陪床,接下来姐夫、妹夫,三个女婿轮流。

可是在手术室门外,姐夫坚持要把难度最大的第一夜交给他,温和的他瞪大了眼睛对邹说,"我是老大,应该我第一个值班嘛。"

为了他们的孝心,我们都忍不住笑起来。

这是漫长的一天以来,我们第一次笑。

9月15日星期一

感冒一直不好,哥哥让我先养病,他们照顾爸爸,主要怕我把病毒传染给爸爸。

每天打电话给姐姐妹妹,知道爸爸恢复得很顺利。

我让医生挂水,医生说用不着。我坚持,因为我要照顾生病的父亲。医生犹豫了一下才同意。

今天感冒好多了,一大早去看爸爸。

走廊里静悄悄，偶尔有病人在散步，也轻得如风。寂静让人心头揪紧，一下子就体会到了那些随时可能降临的危险。

我加紧了脚步，探身进去，十六床空的，十七床夫妇都在，爸爸一个人躺在十八床，盖着毯子，神情木然。我走到床头他才知道。

原来爸爸戴着耳机在看电视。

他显然很激动，可能没料到这个时间会有人来看望。平常上午九点，我们都在办公楼里安静地坐班，哪里想到他如此安静，安静中透着无可言说的孤独呢。

爸爸激动得想坐起来，我抱着帮他。我的手从他的头发、额头、背部抚过。这是我的爸爸，世上给了我最大护爱的人。

去卫生间为爸爸搓毛巾，想给他洗把脸。趁着水龙头哗啦啦地响，眼泪直往外涌。又怕爸爸看出来，马上顿住，开开心心出来。

这是我第一次给爸爸洗脸。当毛巾抚过爸爸的脸，我突然想起很小的时候，爸爸为我们洗澡的情景——仅仅一两次吧。

那是盛夏的黄昏，我和妹妹像两条湿漉漉的鱼。爸爸的大毛巾有力地搓着我们，喷香的肥皂泡沫在我们的头上、身上、嘴角和手心。我们咯咯咯笑。爸爸不说话，专心地搓洗我们。

爸爸的澡盆很大，坐进去水直淹到我们的脖子。

那样的黄昏，紫茉莉会在暮色中绽放，妈妈从地里摘了新鲜的茄子和辣椒给爸爸炒下酒菜，奶奶会做薄脆的煎饼。

我们把门前扫得干干净净，搬出板凳、椅子、凉床、饭桌。我和妹妹一人一把芭蕉扇给爸爸扇风。

晚饭后，一家人坐在月亮下，爸爸会给我们上“政治课”，劝诫我们放弃顽劣，努力读书。爸爸讲完这严肃的一课，会忍不住讲起城里的见闻，或者给我们唱唱歌。

给爸爸认认真真洗好脸，爸爸由衷地感叹，“真舒服啊！”

我说，“洗过了，还是那么帅。”

十七床的老夫妇听到我的话，和爸爸一起开心地笑起来。

病房里渐渐温暖。

9月16日星期二

爸爸食欲和睡眠都非常好，康复很顺利。王主任信心十足地对爸爸说，“这一刀给你二十年生命！”

爸爸很振奋，高兴之余，我们多方打探下一阶段的治疗方案。都说肿瘤切除以后，最好用中药调理一段时间，王主任也赞成。

中医院的方叔叔是爸爸的忘年交，年轻的时候爸爸帮助过他，他主动找了一间病房，优雅清净，适合病后休养。

妈妈的颈椎病犯了，正好和爸爸一起到中医院养病。

病房是朝阳的双人间，崭新的布艺沙发，每天中午我们跑过去，顺道捎上水果、鲜花、点心。

爸爸妈妈简直像度假，我们也轻松起来。爸爸的各项指标都趋向正常，我们想着王主任那句“二十年”，觉得灾难已从头顶移去。

书上说术后半年容易复发，最好做介入预防。姐姐单位有人和爸爸情况相似，术后做介入，十多年下来都好好的。

方叔叔赞成做介入，他不遗余力地安慰我们。

我从网上下载了许多术后保养良方，打印装订好放在爸爸床头。我们开始为爸爸筹划下面的幸福生活。和妈妈一起上老年大学，一起回老家静养，一起游历名山大川……

爸爸这一病我才知道相知多年的王老师，爱人就是著名的肿瘤专家。打电话过去请教，听下来好像不容乐观。

10 月 8 日星期三

国庆长假,邹复习迎考,我每天与爸爸在一起,内心非常安宁。

今天起风了,天气转凉。

中午给爸爸买了两套内衣,他骂我,“就你乱花钱。”

我说,“谁让我最难养活呢。我从小脾气坏,身体又不好,你最费心。”爸爸妈妈相视而笑。

天一冷,爸爸还需要一顶帽子,下午我决定再去一趟商场。

爸爸妈妈也想出去散步,“太好了,我们一起去。”

我走在中间,一左一右挽着他们。

爸爸精神饱满,我问他走得动吗,他说走得动。

商场里人很多,我们买了一顶皮质的鸭舌帽,爸爸一眼相中的。

“再买双运动鞋吧!”我提议。

爸爸术后身体虚,穿皮鞋太硬,布鞋太软,应该买双运动鞋。黑色的,最好貌似皮鞋,爸爸肯定能接受。结果我们真找到了那种鞋。没想到爸爸不让我付款。他们一个抱着我,一个去柜台。心里很失望,早知道还不如买好了带过去。

回医院的路上,遇到一位教签名的流浪艺人。我好奇。爸爸说这没什么好看的,我也觉得是。可稍一犹豫我又回头,说,“我的字很难看,我要看看他怎么写我的名字。”

爸爸一听,忙回身来到摊子前,没地方坐,我蹲着,爸爸妈妈站着。

后来想想爸爸当时一定很累,他一定急于回到病房休息。但他一直安静而耐心地站在旁边看。

那些美丽的签名我一个也没学会,但我始终把它们当宝物一样珍藏。它们让我想起那雾蒙蒙浅灰色的天空，想起我蹦蹦跳跳孩子一样走在爸爸妈妈中间，想起我们被人群挤来挤去，想起爸爸陪我站在马路边，忍着刀口之痛和腿脚酸累。

它们让我看见爸爸对我的爱，看见我多么不懂事。

10月13日星期一

大风大雨，天气异常寒冷，汐汐流起了鼻涕。我打消了让她去故事班的念头，劝她，“下雨了，你生病，我们别去上课吧。”

“不行，我要去。”

“为什么？你生病了，都流鼻涕了？可以请病假。”

“不嘛，我就要去。”

汐汐自己换上雨鞋，穿上雨披，顾自往楼下走。

这孩子倒让我真真大吃一惊，我越是舍不得了。外面的雨如瓢泼，她可能真要被冻坏。

“别去了，孩子，这么大的雨，同学们可能都不去。老师也可能不去。我们回家吧。”我是认真的。

“万一老师一个人去了怎么办呢？”

她真的爱上故事班，真的爱老师。

这是我没预料到的，心疼而高兴。

我陪她去了，并为她的精神感动。这精神可是爸爸从小要培养我们的，不畏艰难，做事要有恒心和毅力，任何时候心怀他人。

为了这精神，爸爸不知跟我们费了多少口舌，至今我们也不能说完全做得到，可五岁的汐汐怎么就做到了。

中午去看爸爸，和爸爸谈起汐汐，他反对我给她报那么多兴趣班。他的意思是要少而精，培养孩子的学习习惯，激发她的学习兴趣。

爸爸也为汐汐的毅力惊讶，他一高兴就点燃了香烟。担心香烟害他，推说烟味刺激喉咙，爸爸就赶紧掐掉了。

“前天梦见你抽烟，我在梦里急死了。”

这些日子只要一天看不到爸爸，我准能梦见他。

坐了一会儿，他告诉我已经一点十四分。一点半上班，起身告辞，走到门外不放心，又回头。

爸爸正匆匆地走出来，好像是为了送我。我们互有感应，彼此放心不下。

我们一直有这样的感应，不管是清醒还是劳顿，人世间再相爱的人也不可能如此默契，唯有血脉相通的我们。想到这些，顿觉凄凉。恨不能付出全身的力气救治爸爸。

不敢往下想，马上嘲笑自己。宁愿去想爸爸很快就能出院，我们的担心很快就要结束，我们至少还有二十年的好时光呢。

如果真能那样，人生该是多么有情义。

10月30日星期四

爸爸顺利出院，在哥哥家休养了一周。他很想回老家，而且坚持一个人回去。

无疑，爸爸是为了妙姨。

这让妈妈非常不能接受。

“都摔了这么一大跤，还不知道从头来过吗？”妈妈偷偷地数落爸爸。

妙姨男人当年丧身肝癌，后来好过一个男人，不久那男人就查出肝脏问题。那人看破，回家和老婆好好过日子，如今健健康康，再也没有犯病。

也许这些纯属巧合。但村里人传说妙姨命硬，爸爸和她在一起凶多吉少。

爸爸一直不信，他对妈妈不耐烦透了。中午三姐妹跑去看他们，发现爸爸非常烦躁。大家无能为力，忧虑重重。

夜里梦见爸爸。王主任帮他复查，说已经好了，可以回家。爸爸很开心，我们都松了一口气。

醒来觉得这样的梦简直太好了，好得让人怀疑。一上班就找妈妈，电话始终没人接。

十点多，我打算去给爸爸买点药，出院后他睡眠一直不好。也许他是为了睡眠问题才闹着要回老家的。

再次打电话找妈妈。

妈妈说不用买药，爸爸已经住到医院去了。

非常震惊。

昨晚七点我接到妈妈的电话，“你们在做什么，邹在吗？”

“我和汐汐在读书，邹值班去了。”

“哦，那——好吧。”

“有什么事，妈妈？”

“没什么没什么。”

妈妈不肯说，我当时就觉得她有点怪。

原来爸爸腹痛了。妈妈本想让邹送爸爸去医院，邹值班，她只好找妹夫。

又一次腹痛？！

爸爸上次发现问题就是由腹痛开始。

心里很慌，同时更怕妈妈慌，中午跑过去陪她。

放心不下爸爸，时时在心里担忧。

夜里汐汐烧到三十九度。我和邹轮番起来喂她喝水、吃药。一觉睡过去，醒来发现邹一直躺在汐汐身边看着她。关键时刻，还是爸爸有责任心。

我和汐汐真有福气，都能享受到这么好的父爱。

3. 腹痛又来了

12月22日星期一

接到任务，陪同公安部金盾影视中心的记者采访扬州、盐城、徐州三地。

我只是陪同，采访是部里两位记者的事，相对比较轻松。只是挂念住在医院的爸爸，每天电话联络。

心里尽管藏着这份担心，但职责在身，我尽量保持乐观昂扬的情绪，工作很顺利。

记者中一位大姐，一路和我同屋。她五十开外的样子，工作很投入，抽烟，鼻孔下面有两道乌黑，像不讲卫生的孩童。她不胜酒力，三杯两盏就醉。周身洋溢着一股率真和热情。想象她应该是一个活在宠爱中不知愁滋味的人。她甚至很陶醉地跟我讲起她的先生和儿子，她说他们是她的家长。

可是最后那个中午，她一边收拾行李一边说，"你知道我这里为什么会这样吗？"她指着她的鼻孔下面。

接着她以最快的语速告诉我她的遭遇，是我怎么也没想到的。又一次让我对人生产生莫大的恐惧和不安。

她的先生、非常宠爱她非常有前途的一个中年人，在她出差期间意外猝死。什么也没对她说，没有告别，没有预料，生龙活虎地消失了。

她惊呆了，十多天不睡不吃，就那么抽烟，后来就得了皮肤灰死症。整个脸可怕的灰暗，抑郁过度的结果。

简直难以置信，那么可爱的一个大姐。不圆满，上帝处处在为难人。

我本能地抗拒这个消息，总觉得这是个不祥的铺垫。为什么近来我总走不出死亡的妖氛。我听见那大姐醉后傻傻地唱：

让我一个人去那黑黑的森林，
像一头棕熊，
去找另一头棕熊，
就让我变成一头和你一样的棕熊吧，
一个人去你黑黑的森林。

她先生猝死在郊外的密林，事发当天是植树节，他带着同事上山植树，毫无预兆地倒下去了。好像是心肌梗塞突发。

幸亏大姐有一个懂事的儿子，一个七十五岁把自行车骑得像飞的母亲，她们带着她。她在苦苦挣扎，她努力工作的样子令我难忘。

晚上我忐忑不安地给爸爸打电话，他很高兴我能安心工作。

"你放心，检查结果相当好，什么指标都正常。再观察几天就能出院了。"爸爸使劲儿安慰我。

带着崭新的心情回到单位，花城出版社来电话，《水印》已经通过终审，即将出版。心头明亮起来，仿佛黑暗真的已经远去。

今日冬至，姐妹三约好中午回家祭祖，爸爸也从医院回来。

妈妈综合我们的口味，包了菜肉饺、豇豆肉饺、青菜蛋饺，忙了整整一上午，浑身是劲。

我们抢先到了，妈妈的饺子快起锅时，门铃响了，爸爸也到了。

"先敬祖宗！"

妈妈端上热腾腾的饺子，插上筷子，点上蜡烛。

我们烧纸，给老祖宗磕头，一边祷告老祖宗保佑爸爸。

爸爸妈妈也磕头，他们跪下来真费事，但是跪得异样认真。我们轮番把他们扶起来。

敬好祖宗吃饭，我们边吃边聊。饭罢我要去洗碗。妈妈不肯，说不洗了，难得见面，大家一起说说家常。

妈妈拿出她的新帽子给我们看，大红的，呢料的，带着圆圆的帽檐，帽檐上有朵同色的花。很别致，很喜气，也很俏皮。

妈妈戴了很好看。姐姐也去戴，效果很好；我和妹妹抢着戴。爸爸频频点头，说，“你们干脆一人去买一顶。”

我们跑到大衣镜前，来回扑到爸爸妈妈怀里，家里有了久违的笑闹，一屋子和气。

爸爸缩在沙发上看我们，他的双手也缩着，看起来很冷的样子。我们扒拉他的衣服和裤子，发现他还没穿毛裤。

“毛裤我给他买了新的。”妈妈赶紧回房间，边走边念叨，“你的毛裤我就放在衣橱里，手一伸就能拿到。”

可是妈妈的手伸进去好半天也没拿出来，妈妈埋头在大衣橱里翻。

爸爸不高兴了。

妈妈着急，妹妹跑去帮她找。

我和姐姐在外边陪着爸爸等，为了驱除他的焦灼，我们陪他东拉西扯。

好长时间过去了，妈妈还是没找到。

爸爸急了，怪妈妈没条理。

妈妈苦着脸解释，“我知道你冷，前天就把你的毛裤翻出来晒。晒得好好的，到哪里去了呢？”

我和妹妹不服气，一起跑进去找。柜子里的衣服全部抱出来，一件一件找，就是没有。

“明明放在这里，怎么会丢呢，谁会拿它呢，不可能啊。”妈妈急得都要哭了。

爸爸可能觉得妈妈不够关心他，加上身体不适，他难以控制坏情绪。他大声地责怪妈妈，他的情绪坏到了顶点。

我们急得在他面前直打转。

妈妈没办法，只好把床掀掉，看看床底下有没有。

还是没有。

爸爸的火上来了就下不去。

我们的安慰和劝阻都没用。

我拿来保暖裤帮他穿上，一边劝他为了身体千万别发火。可他就是控制不住。

妈妈急得失声痛哭起来。

爸爸不喜欢听她哭，简直火冒三丈。

我无奈地站在他们中间。

突然一抬头，阳台晾衣架上有一条毛裤，吊牌还在上面，正是妈妈给爸爸买的新毛裤。我把它拿下来。

爸爸静穆了。

我冲他做鬼脸，他摇摇头，自嘲地难过地笑起来。

都怪我们迟钝，刚刚妈妈不是念叨晒毛裤的嘛，怎么没看看阳台。一边也庆幸，多亏我眼尖，不然这一架还不知道要怎么吵呢。

可是妈妈不高兴了，她躺在床上喊头晕。

回单位的路上，姐妹三忧心忡忡，担心爸爸，也担心妈妈。

晚上，我们小家庭也要祭祖。

我不会写封条。八点多打爸爸手机，向他请教。爸爸的声音很低，“谨赠冥袋，内装白银，请某地某人收。”

挂了电话我照他说的写。

大街上一堆一堆的人都在烧纸钱，那些红红的好看的火苗，让这个日子特别温暖。几乎每个冬至，我都会由衷地感叹：南京是个多么质朴与深情的城市啊。

第二天早上七点多，妹妹来电话。她说爸爸昨天回医院闹了一晚上，腹痛难忍。生病以来都没那么痛过，打了三次针，疼痛才止住。

我赶紧起床去医院，因为心急，右腹也疼起来。

爸爸的胆总管查出了新问题，胆总管不停地扩张，有炎症，不能吃荤，只能吃稀饭、烂面条、馒头。

爸爸说，“这些东西医院都有，你们不必送了。该上班上班，该下班下班，跑来跑去让我担心。”

看着爸爸虚弱的样子，无比心疼。

实际上昨晚我向他请教封条怎么写的时候他就在疼，所以我听到的声音特别低。

懊恼极了，恨自己糊涂。

又接到去徐州采访公安英模的任务。

采访八天，等我回来，爸爸已经回老家了。

他是一个人回去的。

腊月二十我给他打电话，拨的是 05237851218，我们家的电话。

这个电话我很久很久不拨了，但我依然清晰地记得它。记得当年装电话的那个明媚的黄昏，爸爸骑着摩托，风风火火，一脸喜气对我喊，“二小姐，我们家的电话号码是 7851218。”

对数字向来木然的我，一下就记住了这串号码。连爸爸念它们的口型、眼神都记得清清楚楚。

我拨它只是想碰碰运气，没想到一拨就有了回应。是爸爸，他的嗓子有些哑。

“爸爸，你好不好啊？”

“没事，蛮好。”

“冷不冷啊？”

“不冷。”

“自己多注意，没事赶快回来过年吧。”

“后天我就回去，你放心。”

我感到幸福又踏实，爸爸在家里接了我的电话。世界一片祥和。

2004年1月20日星期二

爸爸回到南京。

妈妈说，爸爸给我们带了许多宝贝，其中新鲜的草鸡蛋四家都有份。爸爸在电话里和我说话了，他的喉咙依然沙哑，但底气十足。姐姐妹妹都这么说。

赶采访稿，白天我一直没空过去。晚上与邹一起去山百采购，顺道去拿鸡蛋。电话里预先这样说好了，爸爸妈妈在家等。

爸爸病后已经入秋，给他买了两条厚实的料子裤，爸爸爱不释手，尤其对那条深藏青的。我劝他两条轮换着穿，他舍不得。只肯先穿那条灰条纹的。

给邹买裤子又想到爸爸。只是碰到了一个疑问，爸爸现在的腰围是多少。

上次的裤子唯一让爸爸不如意的就是腰大。那时候爸爸已经瘦了，估计现在更瘦。

如果拿小了爸爸不好穿。拿大了，爸爸会觉得自己又瘦了，反而伤心。

正犹豫呢，手机响了，是爸爸。

我随口问他裤腰多大，爸爸一听，声音立马高上去，生气地喊，“又买什么裤子？上次买的还没穿呢。别买。就这样，你买了我也不要。”

爸爸的心情比裤子重要，不能让他生气，赶紧应允。

匆匆去拿鸡蛋。爸爸的草鸡蛋的确比超市的好。汐汐很爱吃,每次吃的时候都要说是“外公的草鸡蛋”。

1月21日星期三

除夕真忙。

洒扫、贴挂、烹煮、沐浴,一家人忙得不亦乐乎。汐汐很兴奋,一早起来就穿上新衣服,等着去婆婆家吃年夜饭。

没到中午,爸爸就打来电话。

“你们在忙什么?”爸爸的声音不哑了,喜滋滋的。我们好几天没见面,真想念。

“在贴挂啊。”

这是他亲自教我们的传统。

小时候,年三十是最忙最累最快活的一天,全家动手打扫院落、贴挂,烹煮,吃团圆饭,换新衣服,拿压岁钱。

贴挂包括贴喜钱、贴对联、挂年画。

爸爸一听“贴挂”两个字,就开心地笑起来。他听出了我的意思,我在效仿他的浓重和认真,把老家的规矩带进城了。

“这么浓重啊,还贴挂?!”爸爸继续笑。

“你们忙好啦?”爸爸妈妈这些年与时俱进,一切从简。

“我们早就忙好啦。你们来不来玩?我们去饭店洗澡。你们要来就直接到饭店。”爸爸已经想我们了,爸爸的爱让我嗅到了浓烈的年味,心像汐汐一样欣喜不已。

“我们在家洗澡,争取早点过去。”

想来我真是一个幸福的人。出嫁后,一直没离开过爸爸妈妈。每年除夕我都和爸爸妈妈哥哥嫂嫂一起守岁。姐姐妹妹出嫁后就真的出去了,年年到男方家去团圆。除夕之夜,我总说那句“我是嫁不出去的女儿”。

爸爸发出最后通牒:“早点,五点之前必须到。”

当然不敢迟到,主要是知道爸爸想我们,刻不容缓。被爸爸这么惦念比过年本身要幸福得多。我们一家在这种幸福的感觉中整理好房间,换好新衣一起出门。

包间非常开阔,壁上有白色的烛火、微笑的蒙娜丽莎,台上有硕大的玫瑰花簇,真像有九百九十九朵。

哥哥他们很快就到了,我看到了妈妈,最后是爸爸。

爸爸果然气色很好,脸红红的,身子胖胖的。跟以往稍稍不同的是爸爸没穿西装,穿的是棉袄。不过里面是白衬衫,红领带,蓝灰羊绒衫。他把羊绒衫塞在裤腰里,显出几分老态的臃肿和可爱。我很开心,没意识到那是爸爸瘦了的缘故。三尺的裤腰对他来说太肥了,不把羊绒衫塞进去根本系不住。

“爸爸你看上去真好。”

吃饭前我就对他说了这句话,他的眼神一直是喜悦的,因为他一直看着跑来跑去欢快的汐汐。

饭局开始,哥哥照样将致辞的机会让给爸爸,这也是我们家的老传统。每年此时爸爸会简明扼要地总结一年来全家人的成就,然后祈祷和祝福来年的新气象。

爸爸年年言语铿锵、气势恢宏,真正的虎将作派。

哥哥发言要儒雅得多,含蓄得多。我更喜欢听爸爸发言,像雄壮有力的鼓点。

很小的时候,我就珍惜这一刻的到来。我盼着爸爸一个一个地说,然后说到我,他会说我成绩喜人,但也有不足,听得我既振奋又舒服。

大部分时候我只听他说我的成绩,听他怎么夸赞我,并将它无限扩大。

爸爸推托着,他要把发言权让给哥哥,“我们老了,退居二线了。”

哥哥坚持要爸爸说。

我完全没想到爸爸今年依然这样振奋，我以为他总结这个多灾多难的羊年，会有几分晦涩或无力。

爸爸和往年一样，依然言语铿锵，气势恢弘，开口就像带我们撑开一艘快艇来到波澜壮阔的海面。

我记得他的结束语说，“让我们脱掉羊年的晦气，迎来吉祥的猴年。”

我们为这个开场白喝酒，真心地感到爸爸英雄不减当年，我的忧思跑得一干二净。

席间我照例端起酒杯代表三个女儿敬爸爸妈妈，祝愿爸爸妈妈永远健康。爸爸很幽默，反过来祝愿我像猴子翻筋斗一样连跳三级，并且补充说，“是你的精神鼓舞了我。”

哪敢答应。爸爸这么说我，真的受宠若惊。

爸爸后来又特意敬了我一杯，他预祝我早日成为中国作协会员。我好像无意中跟他说过我正在做这方面的申请，可见爸爸对我的用心。我的任何一丝努力在他都是大事情。这份感动引出我内心一番难过，但很快被节日的喜庆给冲淡了。

我忙着给哥哥一家拍全家福，拍完了，他们拍我们。

很遗憾，服务生的拍摄水平真糟，合影很不理想。

说到底我是个简单的人，根本没意识到任何危机。

从初一到初五，上午休息，下午和爸爸妈妈聚会，每天玩到很晚才回家。

爸爸妈妈一直在玩麻将，我在他们身边倒茶、带汐汐看书、吃瓜子。中途，姐姐来电话，查问爸爸的情况。我说爸爸很好啊。谁料初五她回来，瞪大了眼睛偷偷喊，“哎呀，爸爸怎么这么瘦了？”

这句话犹如晴天霹雳。

2月1日星期日

爸爸睡眠没问题，就是吃不下饭，每餐只能喝稀饭。哥哥带他去医院检查，胆总管继续在增大，黄疸有倒流的可能。

妈妈悄悄告诉我，爸爸从初三以后就一直不大舒服，只是他轻易不肯说。

爸爸告诉过邹，要换家医院看病，还说他从老家带了很多钱。

我感觉爸爸的内心已经万般焦急。他是个顾大局的人，他一定在尽力压抑自己的不舒服，努力把这个年平安地过下来。关键他要让我们大家过好年。也许年前他就感到了不适，否则他不会从老家带钱来。

爸爸原来一直在硬撑?!

中午打电话过去，爸爸喜滋滋地喊我“二小姐”。他说他很好。

我一点一滴地问。之前我迷信于他在电话里说很好，听完就沉浸到写作中去了。

爸爸犹豫了一下，说这个上午他还没小便呢。我的心惊住了。爸爸还说大便发白，我觉得这一切太不正常了。

焦急，不知该怎么办，爸爸的身体恶化得太快了。

去看爸爸，发现他眼圈发黑，睫毛好像粘在一起。这双眼睛让我一下想起奶奶最后的模样。当时奶奶大小便失禁，眼圈干枯发黑，没有光泽，眼神无力。

我害怕那样的眼睛。

哥哥计划二月三日让爸爸手术。爸爸胆总管堵塞，医生怀疑可能有石子，取出石子就没事了。当然也可能不是石子，那就坏了。

晚上在檀越轩陪爸爸。奇怪，爸爸的状态突然好转，看见东西就想吃，与前几天大不相同。

爸爸既然好了，大家都松了一口气，手术也想往后推。

当晚爸爸真是高兴啊，爸爸和我们一起玩卡拉OK。我们听爸爸唱《送别》《九九艳阳天》《洪湖水浪打浪》——一首接一首，爸爸唱得特别好，整个晚上我们都开心极了。

可是，第二天爸爸又不舒服了，看来还是要手术。

我在电话里安慰爸爸，“别怕，兵来将挡水来土掩，乐观是最好的药。”

爸爸在那头说，“只能这样了，听天由命。”

我想起他在除夕夜跟我说的话，“你的精神鼓励了我。”

他指我频频出书，爸爸很在意，我知道。只是爸爸不知道我所有的努力都是为了他高兴。

2月5日星期四

元宵节。

爸爸住进了医院，手术定在明天上午。

嫂嫂让我们晚上早点过去，集体陪爸爸吃团圆饭。

事实上爸爸已经不能吃了。第二天手术，医生不让吃。可我们愿意给爸爸一个气氛，让他看看我们每个人，我们也想陪着他。

想想往年元宵节，我们在一起多么开心啊！可是今天，真不知道手术是好事还是坏事。

爸爸笑模笑样的，比我想象的要好。他说他在医院挂了一下午水，什么也不想，自己都觉得自己是不是呆了。

我说你这样的状态真好。

还在檀越轩，妈妈给爸爸带了一锅大麦粥，加了一把米。记得这是爸爸最爱喝的。那时候爸爸年轻，一碗粥从前屋喝到后屋，碗就见底了。

姐姐给爸爸盛了一小碗，小菜是妈妈做的咸菜炒豆瓣。许多年没吃，爸爸现在只想吃这些。

我们吃菜，哥哥点了啤酒，大家无意喝，随便说话。

手术的目的是为了让爸爸吃饭。

爸爸看着满桌的菜对哥哥说，“把胆囊全部拿掉。”

手术真能解决吃饭问题吗？我很担心，但不流露。爸爸看着我们微笑，他心里一定比我们更难过。

汐汐拿着一根炸排骨啃，田田、丁丁都在啃，爸爸看着他们，笑得更开心了。说：“这东西一定好吃，最好吃了。”

几个月来，爸爸没怎么吃荤。

我们问他想吃肉吗？他都说不想。

今天这是他第一次流露出对肉的向往和喜欢，由衷的样子。因为明天要手术，他相信手术会改变他的状况，这才敢于流露的吧。

病魔多么可恶和残酷，它剥夺了人的食欲、体能、一丝一毫的乐趣直至生命。

我们轮番敬爸爸酒。聚会淡淡的，隐藏着一份哀愁。

爸爸突然举起杯子对我们大声地说，“来，谢谢你们大家对我的关心。”

等我们落座，爸爸豪迈地喊，“虎子，帮我点《军港之夜》。”

爸爸语出惊人，于无声处听惊雷了。我们惊讶，惊喜，一齐拍手叫好，为爸爸的洒脱和豪放。

爸爸唱歌了。前天他在这里唱过，今天他还想唱，是勉励自己，也是勉励我们。

我们要拒绝哀愁。

爸爸生的愿望如此强烈，让我们振奋。心想这么豪迈的爸爸应该能战胜病魔，手术肯定没问题。

爸爸拿起麦克风，妈妈帮他唱。他们合唱了《军港之夜》《送别》。爸爸唱得很有力量，不像身患重病几天没吃饭的样子。

我怕他累，给他搬来椅子。可旋律一到，他坚持站着唱。爸爸站着唱歌的样子简直叫倔强。

爸爸的歌声让姐姐落泪了。哥哥眼眶也湿湿的，不停地抽香烟。我在爸爸身边，看着他一字一句，毫不含糊。妹妹在旁边打拍子，孩子们齐刷刷地望着屏幕。邹忙着把这一幕拍下来。

我想我们永远都不会忘记爸爸唱歌的样子。

那是一种腔调，一种姿势，一种精神。

我们受到了鼓舞和感动。最后，哥哥邀请我们所有人一起为爸爸唱《祈祷》。

他说，“让我们一起祈祷我们的爸爸平安。”

是夜带着难过和希望睡去，一颗心沉沉浮浮。

4. 第二次手术

2月6日星期五

六点五十，闹钟响了。

很想去看看爸爸，可哥哥安排的是邹和姐夫上午值班。

我们决定按原计划，邹去医院陪护，我送汐汐、上班。

阳光灿烂的早晨。

阳光刺激着我想去看爸爸，我只想到他那里转转。

已经七点半，手术预约八点，估计爸爸进手术室了吧。即便看不到爸爸，我还是想去。谁让爸爸就在那里，我要到他在的地方转转，这样我才能心安。

我就这样心血来潮地去了人民医院。

十楼，戏剧性地又遇见了嫂嫂——和上回一样。

我喊她。并且预感今天的手术一定像上回那样顺利。

同样的情景，不一样的心情，我们在这场——如果说灾难的话，我们已经在灾难里行走了半年，大家都泰定多了，没有最初的慌张和不安。

爸爸还在病房。

门虚掩着，邹看见我就出来了。不敢进去，怕爸爸不欢迎。我想就待在门外吧。

哥哥笑眯眯地招手让我进去。

没人怪我跑过来，我走进去，看见了爸爸。

爸爸从没这么安详，从没这么清净、明朗。他穿着蓝白条纹的病员服，躺在洁白的床上，露在外面的脸异样干净。爸爸看着我笑起来，微笑使他的眼神很温暖，也很洁净。头发一根一根地整齐地朝后披着。

爸爸最在意他的头发。

记忆中他一直梳这种王园子独一无二的发型。爸爸还爱用生发油。每天早上，他都要对着镜子把头发抹得油亮亮的，拿梳子一根根梳整齐了披向后。这种发型简直非他莫属，而且被他定格出独特的高贵和脱俗，凡常人那样，反倒可笑或油滑了。

“爸爸你洗过头了？”

“洗过，昨天晚上从头到脚都洗过了。”

爸爸的好情绪感染着我们，看他那么安定，也就松下心来。

我说你看上去真好。爸爸又笑。

不说话怕闷，我就说汐汐。爸爸一听孩子们的事就更精神了。

始终笑呵呵的。

等了一小会儿，哥哥让我和嫂嫂出去，医生打术前针。我以为要插胃管，做手术的成主任说，“进去插吧，这样老爷子会舒服些。”

看样子，爸爸和他们已经成了老朋友，老朋友应该会得到很好的照顾。

爸爸躺到推车上。

姐夫在后面推。哥哥走在旁边。我追在后面。

我想爸爸现在是怎样的呢，我有些难过。追到电梯口，我走上前。爸爸很深地对我笑了一下，那笑特别有力量。

我上前抚摩他的脸和耳朵，其实我真想伏下去亲亲他，那么明净的笑脸，那么明净的爸爸。

可我羞怯了，兴许因为我从没亲过爸爸。我那么想亲亲他，却不知为什么，最终退缩了。

电梯门哗啦打开。

哥哥，幸亏哥哥伸出手搭住爸爸的脚，说，“爸爸别担心。”爸爸因为哥哥那一把抚摸，应该不会感到冰凉和孤独了吧？

我对自己充满遗憾，好像这一生都不会饶恕自己。为什么不在爸爸那样的时刻亲亲他，爸爸把我带到人世间我亲了多少脸，为什么不能亲亲他呢。

我没完没了地责怪自己，简直惶惶不安。

好在后面还有机会，总之我一定要亲亲爸爸，我要给他梳头发剪指甲，像他小时候爱我们一样，绝不犹豫。

这样想了才稍稍安宁，而我知道即便我亲过他，我还是会难过。想起一本书《怎么爱你都不够》。亲情就是这样：即便损我筋骨、劳我心力、伤我精神、索我生命，也在所不惜，心甘情愿。

恨不能拆了自己重新拼出个爸爸。

回办公室坐到十点，想想手术应该有结果了，又去医院。因为有经验，直接去二楼的“手术重地”。

哥哥和姐夫果然坐在那里，哥哥很紧张，不停地抽烟。一个穿工作服的手术医生出来方便。

我向他打听，他说，“是王主任的吗？不太好吧，王主任打开了直叹气呢！”

哥哥颤抖着手去拿烟，绝望的滋味淹没了我们，最不愿意的结果。我看看窗外的阳光，不知道该怨恨什么。另一方面也寄希望于王主任妙手回春。寄希望这个人弄错了。

少顷，王主任端着一个不锈钢的杯子出来了，我们迎上去。他说，“没得办法，老爷子真可怜，坏东西转移到胆总管了。”

“没办法到什么程度？”哥哥问。

“胆总管癌，可能是肝癌细胞转移过去的。这问题目前没有更好的解决办法，只能让胆汁体外引流，拖延拖延时间。”

“没有奇迹?”我问。

“不会有了。”

我没法听下面的话，哥哥和姐夫颓然落座，整个世界往下坠，像坐降落伞，无止境地坠落、下滑。

我先回到病房。

妹妹姐姐都在，她们看我的脸色就明白了大半。姐姐哭了，妹妹也掉泪。我哭不出来，现在不是哭的时候。我怕她们一发不可收拾，我冷静近乎残酷地对她们说，“如果你们控制不了自己，就不要在这儿等爸爸。”

她们收住了眼泪，其实我何尝不想纵声大哭。

给妈妈拨了电话，我知道妈妈在等。我告诉她手术顺利结束了，没问题。不能让妈妈知道，先得保全她。

2月10日星期二

一早，送稀饭去医院。妈妈和哥哥嫂嫂已经到了。爸爸不说话用眼睛看着我，看上去他的脸没那么灰暗。

我站到他面前喊他，他笑，对我说，“把棉袄脱了。”

病房里的确很热。

妈妈熬了乌鱼汤。

哥哥喊来换药的医生，医生说爸爸有点腹水，不知道什么意思。妈妈跑到外面去，她说爸爸今天的脸色很不好，黄，特别是眼珠。

姐姐请假陪爸爸一天，有她在我们可以不担心。但我没法写东西，也没法工作。权衡再三去找处长，计划休二十天探亲假。

勉强答应了教育出版社的约稿，六万字。如果往常应该不费劲，只是现在感到力不从心。

我在心里鼓励自己，可又觉得这时候腾出精力做自己的事不孝。我应该投入全部身心给爸爸。

想想又觉得自己在偷懒，为什么不再拼搏一次给爸爸看看。此书六月就出版，或许爸爸还能看到。

中午，当着我和姐姐的面，爸爸说，“这次身体太溃了，太溃了。”姐姐转身躲到卫生间哭去了，她一点都控制不住自己。

爸爸说完，因为药性作用，又打起了呼噜。

等他醒来，我们挤出半碗新鲜的橙汁。爸爸没反对，一口气喝下去。爸爸心里是希望好的，听说安利的蛋白粉管用，我们也买来，他吃。

之前，他才不肯吃广告产品。

2月11日星期三

昨夜邹陪爸爸过夜。爸爸很高兴，他笑眯眯地告诉妈妈，“他在这儿玩的，很晚了，就没回去，说要在这里陪我。”

看得出，爸爸需要我们的爱，只是他不忍心，怕连累我们。

我感觉今天爸爸的精神不如昨天，脸色黄黄的，眼睛更黄了。脸颊凹陷下去了，颧骨高高的。

下床小便的时候，他看见自己的腿，说怎么瘦成这样了。爸爸停留在卫生间的时间比较长。出来我发现他给自己洗了个脸。尽管我和姐姐都说还好，但他的面色暗得让人伤心。

爸爸让我回家，不许我整天陪在病房。为了把我撵走，爸爸甚至冷下脸来说了几句气话。

下午回单位写了一会儿东西，晚上给爸爸送菜稀饭。不管他愿不愿意，一天不陪他我就过不下去，幸亏我休假了，恨不得时时守着他。

爸爸睡着了。我看见他的脸好像更瘦了，牙齿暴露在外面。我从没看到爸爸的牙齿这么多地暴露在外面。真害怕他在镜子里看到自己的病容。觉得病房里安的那面镜子对他这样的病人来说太不人道了。一天一个样子，变得太快了。

我站在爸爸面前有些受不了，随即出去转了两圈。回来爸爸已经坐起来了。看见我，他率先笑起来。我没见过爸爸这样的笑，比哭还难看。他是开心地笑的，但他太瘦，脸色太差，所以那微笑刺骨的凉，我的心急速地疼。

哥哥打电话给我说马上过来，我等在那里，还有姐姐。

爸爸把菜稀饭吃下去两碗，哥哥来了。爸爸看见哥哥马上精神起来。

他告诉哥哥肚子里面疼，动弹、咳嗽、喘气都疼得厉害，不动不疼。哥哥说是伤口没长好。

爸爸问：胆道里的管子暂时拿不掉？

这是我们一直担心的问题，当时我们为这根管子设计了好几套说辞。生怕爸爸怀疑手术，失去信念。

不能让他知道手术是无效的。最后大家决定爸爸不问我们就装糊涂。

现在他问，我们的心都拎到手上。

哥哥说，先放一个月，观察观察，好了再说。

爸爸叹了口气，总要三个月，真正一个月能拿就好了。爸爸是个聪明人。

爸爸又问哥哥，开出来的东西到底是什么，哥哥说那东西不是石头，蛮难弄的。

我接过来说正好我看到的。

“是什么样子？”爸爸把头转向我。

“红红的，一小杯。”

爸爸回过头，不再说话。转而问姐姐，床头的单子上到底写的是什么病。姐姐说没写，我低头去看，的确那一栏空着。

爸爸是有意问的，他开始关注自己的病情了。他已经过了手术后的麻醉，真正清醒过来了。

我们安慰了一会儿爸爸，劝他安心休养，争取早些回家。爸爸睡下后，哥哥和我们一起离开。电梯口，哥哥掏出化验报告：胆囊切除，胆总管出现细胞为原发性肝癌细胞。

中西医两方面的专家都说没办法了。

王主任的意思，让我们尽量做好护理，延缓生命。

哥哥带我们去他的车子里，姐姐哭了。

哥哥说爸爸顶多还有半年。下面将转到中医院调养，方叔叔已经安排好了，那里的护理会比较尽心。我们现在只有尽最大努力，减轻爸爸的痛苦。

怪不得给爸爸做手术的成主任悄悄说，“早点出院为好。”

医院已经无能为力。

爸爸真的到了这个境地了吗？我远远没想到，为什么我这次反应这么迟钝。我真的没觉得自己会这么快失去父亲。

我想起初五去栖霞寺，那一路爸爸的脸黑黑的，不说话，满脸病容。

心疼爸爸，直掉眼泪。

睡在十楼的爸爸怎么也不会想到我们就在楼下，我们在说这些。刚刚他那么焦急那么用心地询问自己的病情——真相就是这样无望。他今天好像特别介意病况。下午还问护士，自己的手为什么这么红。护士说可能跟病情有关。

爸爸一定有预感。

他不知道他的病已经无药可控。

可怜的爸爸，尽管我们一天天陪在你身边，可也只是眼睁睁地看着你离去，看着你消瘦，看着你被病魔撕扯屠宰。爸爸，如果哪一天你自己知道这些，该多心痛。

姐姐说,“他怎么能接受?”

爸爸很敏感。

我们一直在说,“手术很顺利,问题已经解决了,会一天天好起来的。你只要对自己有信心。”

万一他不是如我们所说的一天天好起来,而是如医生估计的那样,一天天恶化,爸爸一定会明白的。他怎么能接受就这样撒手?!

记得去年清明,我们一起开开心心。爸爸西装革履,风度翩翩,倜傥过人。这才大半年时间,爸爸已经骨瘦如柴。这半年,爸爸一直念叨要给奶奶修坟,这成了爸爸的心事,我们总是劝他等身体好了再说。

爸爸今年虚岁六十七。不知为什么,耳朵里常常回响起奶奶的唠叨,“我今年六十七。”她一定没想到,她心爱的儿子只能活到六十七。奶奶那么艰难还活到七十六呢。

我们的天空彻底碎了。

2月16日星期一

早上送汐汐去幼儿园,因为时间紧张,碗筷来不及收拾。换鞋的时候,听见汐汐喊,“妈妈给。”

转身一看,她把碗筷摞得整整齐齐,捧在手上。我很感动,女儿长大了。女儿是上帝派来安慰我的小天使吗?!

昨夜,我在阳台洗衣服,邹陪我。突然我们听到啪嗒一声,一片瓷砖从屋顶掉下来,碎了。

抬头发现,屋顶一排瓷砖全部岌岌可危地翘着,简直千钧一发。如果砸到人,后果不堪设想。

太可怕了。邹赶紧爬上去把它们揭下来,连说不幸中的万幸。

这是爸爸亲手给我们装修的房子。瓷砖是爸爸买的，难道这些瓷砖也为爸爸哀伤吗，它们和我们一起在这个日子里破碎了。

我在捡那些碎片时，深深体会到了人世间重于一切的情义。这个世界到底是多情的，包括这些瓦器。

它们让我感动，让我哀伤，让我温暖。

二〇〇一年秋天，爸爸为我们装修房子。至今记得他迎着西北风为我们擦洗纱窗的情景，风把灰尘打在他的脸上和嘴上，我看到了连声责备和心疼，这些活儿应该交给我们，或者交给清洁工。

爸爸他太爱我们了。这个八十平米的家几乎每一寸地方都被他认真测量、规划、修理、抚摸……最后爸爸跪着一点一点地擦过。

那也是他晚年创业失意得厉害的日子，爸爸似乎把他的热情全部倾注到我们的房子上，他是当事业来做的。表现出他一贯的雷厉风行和一丝不苟，还有久违的激情和创造力。

那种属于他特有的不折不扣。

给我们装修的工人多次被他规训，最后他们还是跟爸爸结成了忘年交。那种状态下的爸爸是我最熟悉最欣赏最钦佩的。

如果，爸爸一直有份让他雄赳赳气昂昂的事业，他会不会要健康得多？这不能不说是我们的一大遗憾。爸爸的晚年没有得到很好的规划，我们有责任。

我们甚至没有来得及顾得上爸爸。

房子装修好了，爸爸舍不得他的战果，偏要帮我们买东西，仔细到我们家的酒杯、碗、花瓶、台布、窗帘，都要亲手挑选。他为我付出了那么多，最后爸爸还送我一对热水瓶。

他说这是我新生活的开始，一定要送礼物的。

搬家那天，天还没亮，爸爸举着两根很高很高的青甘蔗，进门就洪亮地说，“恭喜恭喜，恭喜你们工作节节高、生活比蜜甜……”

爸爸后来告诉我，这两根甘蔗他买了好多地方才买到，“是青的，耐放，有得甜呢！”

爸爸那回真的累坏了，从我这里他连夜回老家。

我送他下楼，初冬了，他穿着单薄的西装，里面的厚毛衣裹得他有些臃肿，但爸爸的脚步还是轻捷的。

楼梯上，我要给他钱。他连声说不要，一路飞快地下楼。

我费了好大劲才追上他，拦在面前，将钱塞进他的西装口袋，心疼地拍了拍他的背。

“你在我这里这么辛苦，回家好好休息休息，给你点零钱打麻将，这样我好受些。”

因为忙乱，我们没有开灯。但因为我们靠得很近，我能听见爸爸的喘息，看见爸爸微皱的眉头和酸涩的笑，他心疼地埋怨我，“你这个丫头。”

爸爸这个人激情、坦荡又磊落。他帮我们装修房子，采购家具，上千张的发票他一一贴在一个本子上。所谓账单，很厚很厚，像新华字典。

完工的时候，他在酒桌上交给我和邹，“你们有空看看，每一分钱我都有记录，看看我这个管家当得怎么样？”

“爸爸，你为我们这么辛苦，怎么还记录这些，难道我们还会不相信你?!”邹都急了，红着脸，举起酒杯敬爸爸。

“唉，亲兄弟明算账。”

爸爸这个账本和我的作品集放在一起。那是爸爸的杰作，那些大大小小不忍细读的票根，写下了爸爸那几个月的辛劳，还有他在一切事情上的忠义。那是世上独一无二的一本告白，是父亲手工赠我的“圣经”。

是的，这个世界上除了我，应该还有这间房子知道爸爸那份沉甸甸的“父爱”。何止屋顶的瓷砖多情，这屋子里的件件物什其实都心疼，都明白。

二〇〇三年春节，凌晨，客厅里“砰”的一声炸响，坏了一只热水瓶。

当时我感到心疼，还觉得不妙，这是爸爸妈妈送我的一对热水瓶。我不能让它们成单，到处去配，可惜终未成双。

最后我只好收起剩下的一只，另外换新。

三月，卫生间的大镜子下端开裂。

五月爸爸来南京，特地来研究了半天。他不相信自己装修的东西这么快就坏了，他有负责到底的精神。马上联系一家玻璃商，不仅把这块破镜子换新，而且把所有的玻璃都换成了磨边加厚的。谁想到三个月后，他的身体就出了意外。

那是爸爸最后一次帮我们，爸爸为他的孩子“鞠躬尽瘁”到最后。

这辈子我欠爸爸的太多太多了，尤其是回到这间房子。

看着爸爸苦心经营的成果再次出意外，联想他的身体，眼泪夺眶而出。玩游戏的汐汐跑过来问，“妈妈，你怎么啦。”

“我想外公了。”

汐汐静穆片刻说，“我也想外公。”

我控制住自己不在孩子面前流泪。可是在给她脱衣服的时候又想到爸爸，想到爸爸身上我无法抓掉的疼痛和病毒。

汐汐看到我流泪，眼睛马上红了，眼泪跟着流出来，“妈妈，我早就想给外公打个电话了。”

“怎么说呢，你？”

“就说‘外公你要保重身体，希望你能早点回来，等我们全家出去玩的时候，我们带你一起去。’”

女儿这么快就懂事了?！她果真是上帝送给我的小天使。

带着这样的感动匆匆去医院。无法言说的那份疼痛，时时刻刻在心底折磨着我。一想到爸爸，骨头里都冷，肌肉仿佛在层层脱落。思念在我们之间已经蚀心蚀骨。寒冷与疼痛说来就来。

事实上二〇〇四年的春天特别晴朗，稀有的风和日丽。

可我走在阳光下总是打哆嗦。

我的爸爸，我每时每刻都在失去他。失去了就再也找不回来了。时间每往后移动一秒，我们之间就少一秒拥有。恨不能时时刻刻守着爸爸，恨不能让时间停下来，病情停下来。我们停在彼此的拥有里。

这样伤心着惶惑着穿行在马路上，脚步也练得越来越灵活，特别是往医院去，腿脚总是迫不及待。

爸爸在吃红枣汤。他穿着病员服，头发梳过了，眼睛瘦得更大，干干净净的脸上多了几处凹塘。

这才一天不见。我的心如针戳，眼泪也直涌，我强迫自己咽下泪。

爸爸吃得快而多。我让他慢点，他不肯。爸爸是想多吃点，病能好得快点，爸爸是为了康复而吃。

看他吃得满头大汗，我去打湿毛巾帮他洗脸。

放平床，让他躺下看电视。一会儿他要如厕，护工扶他下床，我跑进卫生间，抢先擦净坐便器。

爸爸说，“你出去。”

我到走廊上转悠。

从厕所出来，爸爸大口大口地喘着气坐在被子里。

“很吃力？”

“不是。”

我用手抚摩他的背。

“这回我太溃了。”

“连续两次大手术，要补上来肯定不易。”

“太溃了，你看我的腿。”爸爸从被子里费力地抽出他的腿，单手撩起裤管，用手捏着腿上的皮往外拉。

那皮干而且涩，没有弹性，拉出来回不去了。一拉看见干枯的骨头，简直无法想像爸爸昔日的健壮。

我寒心，我知道，我劝阻他别那么做。

爸爸一下一下拉着他的皮肉，然后靠在后面，“我从来不是这个样子。”

爸爸委屈极了，不服输也不甘心。

爸爸闭上眼睛，我以为他累了。可我分明看见一颗晶亮挂在他右眼角。我不相信，赶紧跑到右边。没想到左眼也有。

爸爸哭了。我手忙脚乱，伸出手一把搂住爸爸的头。我用脸去靠爸爸的脸，用嘴唇去亲他。我心疼我的苍老、无力、陷在绝望中的爸爸。

我没忍住自己，和爸爸一起哭了起来。这是我渴望的，也是我害怕的。

我死命地控制住自己。安慰他说，“没关系，别难过。瘦不可怕。你别害怕，有我们呢，我们会帮助你的。”

爸爸的眼泪一串串地流出来。我给他递纸巾，护工老杜也帮我递。

爸爸用它们蒙住脸，可纸巾一会儿就潮了。

我再次抱住爸爸的头，我心疼他啊，我手术前还微笑还唱歌的爸爸！

“爸爸，你真的不要这样，是不是身上疼啊？”

爸爸摇头。

“是不是我们哪里没做好？”

爸爸紧紧地闭上眼睛，强烈地摇头。

我们彼此更为心痛，泪水堵住我的一切，只剩下泪水在活跃。他不说话，我也说不出来了，但我知道自己不能这样。

我是最差劲的一个孩子，怎么能在这个时候这么没经验呢。我应该笑他哭鼻子，以轻松和幽默帮他度过此刻的心理危机。听听我说的是什么。爸爸那么聪明，是不是从我的泪水里读懂了什么。他该有多绝望。

“你坐到那边的椅子上去。别靠近我，我不好。”

“我不怕，你是我爸爸。”

我抱紧他。

爸爸擦了眼泪，抬头看电视，是他引导了我。我赶紧给他塞上耳机，然后坐到他身边。

电视是《铁齿铜牙纪晓岚》。住院以来爸爸就爱看这个片子。看到乐处会呵呵地笑出声。

我一动不动坐在爸爸旁边，希望他很快被剧情吸引进去，忘了伤心。爸爸到底为什么伤心，我心底一片糊涂。

是为自己瘦了？还是为自己好不了？

望着画面，泪水又一次堵满眼睛，我跑进卫生间。不敢弄出动静，怕爸爸难过，只能用纸巾压住眼睛。

出来陪爸爸坐了一会，爸爸看进去了，已经开始笑，也不知是不是为了打消我的难过。

一上午我没敢跟他说什么。

我只是问，“以前看过吗？”

“没有。”

直到妈妈过来，他扭过头来跟我说，“你回去吃饭，中午不要赶过来。”

爸爸的疼爱，让我恨不能在马路上号啕大哭。

下午去医院，征求医生的意见，给爸爸买了十支蛋白。爸爸正好出来散步，他要看药单。怕他阻拦，支吾着说开点助消化的药。

爸爸继续散步，他在走廊上来回地走。每次，他都要走二十五圈。他这么坚持,还是盼着早日康复。

把蛋白交给护士长,回到爸爸身边,发现他坐在椅子上看自己的手。爸爸没事儿总会看自己的手,中医说过,肝不好的人手心会红。

收到哥哥短信,“我去镇江,后天回来。请向爸爸打好招呼,让他老人家不急。”

我回,“放心,爸爸很好。”

晚上汐汐说,“我在幼儿园一天都在想外公。”

“怎么想的?”

“我做饭(过家家)的时候,想外公快点好吧,等我长大了为外公做饭。”

邹去看爸爸,他让汐汐写了“外公我爱您”。是的,我们爱这个人,怎么做都不完善,这颗心要永远遗憾下去了。

咨询王老师爱人,他说时间不会长,可能很快,而且很快就要疼痛。

担忧,痛苦,无法接受。

5. 那种求生欲望顽强得让人心疼

2月17日星期二

爸爸肚子上缝了十三针，留有两只引流袋，一只连接胆囊，一只连接腹腔。腹腔的内容很多，尤其是这两天，一天一袋变成四五袋。

这与医生的宗旨相反。他们希望胆汁多排一点，爸爸的胃口能好起来。让人焦心的是胆汁老不外排。

爸爸胃口不好，很烦躁。姐姐着急，连妈妈也忍不住用手去挤导管，医生说挤挤会帮助胆汁外流。

下午，成主任把胆汁导管往外抽了一段，胆汁哗哗地外流。爸爸的黄疸马上消掉，精神也好多了，可以下床活动。

但他说疼，“肚子里像有个锋利的东西在戳，每动一步就疼一下。没办法，疼我也要走。”

爸爸想恢复体力，躺着实在太难受。他一直不知道胆汁导管要终身挂，私底下他跟我念叨，“这两根管子把我搞死了。”

我劝他要以过去创业的勇气和雄心来对付病魔，他说他会的，声音低低的。可想而知，我的话在他的煎熬面前多么苍白。

随又觉得残忍，如果真像医生宣判的那样，爸爸的豪情壮志岂不可悲。可是不豪情壮志又能怎样，对爸爸来说，多活一天就是奇迹和成功啊。

爸爸不知道这些背景，我们每天都在给他鼓劲，说没事，会好的。他也说，“一天比一天好。”

能下床坐在椅子上了，能洗澡了，能自己刷牙梳头洗脸了。我要喂他喝水，他接过杯子一口气喝光。我要扶他出门散步，结果我一转身他就跑出去了。

下午，我找不着爸爸，老杜早已下楼。爸爸一个人去了哪里，还有两只引流袋子呢，我跑出门去找。

走廊尽头却走来爸爸硬朗的身影，他把引流袋挂在上衣纽扣上，背着手弓着腰使劲走。由于步速快，爸爸与走廊上闲散的人截然不同。

清瘦的爸爸腰背无力，一目了然他在努力，在拼命。

从走廊这头走到那头，我追上去陪他。走了几圈，我感到累。他一把推开我。

爸爸告诉我，他每次坚持走六到八圈。前两天一圈二百八十步，现在步子跨大了，只要二百六十步。

我压根儿没想到爸爸在走廊上边走边想着这么简单而又复杂的问题。每一步他都在数着。为了心中的理想和目标，爸爸走一步克服一步，走一步勉励一步。

如果一个人的生命踏实到脚底下这一挪一动，那他绝对不会膨胀，也不会虚妄。他一定会严谨踏实，一丝不苟。

苍天不会如此薄情吧？爸爸能不能感动上帝。看着爸爸的脚步，我的希望升腾起来。

腹腔管子昨天开始渗漏。中午他坐起来吃药，衣服和被子都浸黄了。我慌忙拿手纸去擦。

爸爸认真地问我，“你洗手了吗？”

后来我给他打铃，他又让我去洗手。

为了阻止渗漏，成主任要缝一针。没有麻醉，我很担心。姐姐和妹妹都打电话来问，下午三点，成主任来了。

我右手抱住爸爸的头，左手抓着爸爸的手。

爸爸说没关系，我给他塞上耳机，抱着他没松。在成主任穿针引线的过程中，我感到爸爸的手像涨满液体的管子一样，鼓鼓地撑着我的手，那是为支撑疼痛来的力量，我死死地握着爸爸。

成主任缝好了，额头上全是汗。

晚上，爸爸说这一针还是值得的，管子真的不渗漏了。他一会儿拎起衣服看，一会儿拎起衣服看。那种求生的欲望真叫人心疼。他满足地说，管子的问题解决好了就好了。

爸爸太渴望康复，他认真锻炼，认真吃药，认真吃水果。以前他最怕吃水果，现在让他吃他就吃。

爸爸不信中华灵芝宝，可是我们买过来，他吃得格外认真，碗边上有一星星药粉，他都要舔掉。我可怜的爸爸啊！

可是爸爸仍没食欲，让他吃饭他就摇头。

医生分析是化疗药物的原因。

2月18日星期三

今天爸爸除了看电视就是睡觉，看不出哪里不舒服。

吃饭也好多了，中午把妈妈送去的饭菜全部吃光，晚上喝了排骨汤。可是爸爸的声音不如先前洪亮，精神也不大振奋。坐起来肩膀都塌下去了，眼神飘渺出很远，问他话要迟疑一会才答。

黄昏的时候，爸爸要下床走一会儿。

老杜给他设计了铁勾，把两只袋子勾在衣扣上。感激老杜，觉得他这样做是出于爱，他见过我们父女俩多么伤心。

我和姐姐扶着爸爸走了一个来回。爸爸恢复了精神，甩开我们，加快了速度。走了四五圈，我们让他停，他摇头继续。我和姐姐望着他从我们面前一遍又一遍地走过去。

走廊上没多少人，除了蹲在地上吃晚饭的老杜，还有几个陪护的家属，大家不约而同地望着爸爸。

爸爸穿着深蓝的羊绒衫，下面是病员服和拖鞋，爸爸的背影苍劲地移动着。因为伤口在左侧，左腿和左手顽固地与疼痛和不适做着斗争，他的移动就有着顽强和努力的味道。

走廊上看他的人一律肃静，是被爸爸的精神感动了吗？谁都明白他在做着最后的挣扎。

第八圈的时候，爸爸明显地累了。我听到他大口大口地喘息，我把椅子搬出来，姐姐喊他停，他就是不理。

这回爸爸把背着或端着的手自然垂下，接着两手幅度很大地甩动，一上一下。

我说，"爸爸你做的动作很好看。"

爸爸认真地做着他的手臂运动，脚下的步子也更利落了。爸爸的顽强不仅感人而且优美，我想那些看他的人都深深地记住了这一幕。为这个身挂两只引流袋的老人的顽强和虔诚。

只是爸爸的表情给我的感觉有点沮丧，因为这些努力是渴望有结果的。爸爸注定要失望，而爸爸的失望将是我们心底最深的痛。

抽空回办公室，接到作协的函，要去交一份东西。作协有两位恩师，黄老师和梁老师，很久未见。交了东西匆匆出来，在楼梯上我竟然遇见了梁老师，一会儿黄老师也来了，像约好的。

天地有情，在这个时候让我遇见他们。

梁老师让我给爸爸多喝鲜果汁，黄老师给我介绍了肿瘤专家穆医生。第二天穆医生就来看爸爸，她悄悄跟我说：没希望了，顶多还有四个月。

姐姐妹妹在电话里频频问我，"怎么可能，怎么可能？"

结论不是我下的，我和她们一样在心底喊怎么可能，只是面对代表科学的专家我们无言以对，剩下的就是希望爸爸自己能拼出奇迹了。

希望我们的爱能创造奇迹。

2月19日星期四

爸爸心情非常糟糕。也许是他对体内的痛苦已经受够了。他用手捂着肩膀,我问他是不是冷,要不要冲热水袋。他没好气地冲我喊,“走走走,我不要你管。”

正巧妈妈来了。

妈妈让我下午不要来。我不怕骂,但怕爸爸发火,发火会伤他的身体。下午我第一次没去医院。

吃晚饭的时候,姐姐来电话,她说爸爸想我了。

我丢下碗就奔过去。

车骑得太急,右腹部疼痛。就这样让它疼吧,这点难受远不如爸爸,再说这样疼可以陪爸爸。

爸爸坐在床上,看见我他笑了。爸爸一笑脸部肌肉和皮肤就紧张,哗啦一下像刀子划在我心上。每次他这样笑我就把视线挪开。可这次没有,我牢牢地接住他的笑。

爸爸的笑带有歉疚,他爱我们,骂了我们一定很难过。我们这样互相笑着,难过才会从他心底消逝。

我带了虾子和肉,爸爸直摇头,说没胃口。手术的伤口日益疼痛,但他看上去很平静。

老杜帮他擦身,我发现黄疸去了好多。

邹来接我,他给爸爸买了两只肉包——爸爸喜欢吃我们单位的肉包,爸爸尽管吃不下,但他依然开心。

晚上电路不正常,停电之后,病房的电视也没了。

爸爸拿着遥控器很失落。

九点,哥哥来了。哥哥瘦了很多,看上去更精干。

哥哥坐到爸爸床边，爸爸开始讲他的想法。听起来，爸爸一点也不知道自己的状况，他以为手术就是在胆总管上安装了支架。（支架之说完全是大家骗他的。）现在安装之后恢复这么困难，加上伤口疼痛加重，他对手术产生了怀疑和失望，他丝毫没有把这些不适跟自己的病根相联系。

爸爸遇事认真的牛脾气上来了，他要求医生立即对他不舒服的支架采取措施，不能拖延。哪怕重新开刀他也愿意。他要康复，要拿掉这些引流袋。

爸爸这样说的时候条分缕析、简约明白、详略得当，像他过去分析每一桩疑难问题。

爸爸还是那么精明强悍的爸爸，只是病魔太霸道了，它超过了人力所能控制的范畴。

哥哥皱着眉头，面对爸爸的发问，他该说什么呢。我感到很棘手。

哥哥说，“再等等，你不要急，急不起来。这样急对康复一点好处也没有。不要怪医生，人家已经尽力了。王主任出差去了，等他回来我们再想办法，恢复肯定需要时间。”

邹说，“你也要给医生观察的时间，看看情况怎么发展，不能轻举妄动。”

妹妹说，“支架与肌肉之间肯定有一段适应期，你要坚强。”

爸爸说，“我现在怎么样都疼，咳嗽疼，喘息疼，打哈欠疼，翻身、走路……稍微动一动都疼。”

我突然明白昨天爸爸为什么那么烦躁，他在走廊上那么利落地走，他从不喊疼，原来他在熬着，他怕我们难过。

他把痛苦都瞒了我们。

可是，即便他告诉我们，又能怎样呢？顶多在睡觉的时候做一些担忧或哭泣的梦，或者在家里偷偷掉眼泪，我们还能做什么？我们根本无能为力。

小时候见过一个母亲，儿子下葬的时候，她哭着跳着要往棺材里钻，她要跟儿子一起去。

众人把她拉住了。

也就是哭着跳着而已，她后来还是活下来了，哪怕活得行尸走肉，但终究没法代替或陪同儿子，因为还有几个孩子要她继续当母亲呢。

爸爸何必要瞒我们呢，我们这些人有多孝顺？我们至多也就是个俗人，哭一哭，伤心伤心，管不了只能听之任之。

休假这些天，想想我为你做了什么呢？我这样哪里配得上你疼痛忍着，疼说不疼。

不如让你骂让你怨——

哥哥说，“你要换一种思维方式，假想一下。假如你的两只引流袋就是不能拿又怎么样。只要能活着，人到了哪一步就算哪一步，变换心态，心平气和，这样才能健康。”

爸爸的头扭向另一边，说，“那还不如死了，拖什么拖，挂着袋子怎么见人？”

爸爸这样像个孩子，需要人哄的样子。我生怕哥哥再说什么，赶快说，“不会的不会的，等等再说。事情肯定会好转的，爸爸你要相信。”

太晚了，爸爸该休息了，我们轻轻告别。

在楼下，哥哥长叹一声，“老头子可能要带着对我们的怨恨走了。”

怨恨就怨恨吧，实在不行，恨也是一种力量，总比万念俱灰好。

2月20日星期五

爸爸正在吃早饭，一碗红枣，一个肉包，一只鸡蛋。

我给爸爸看《周末》,上面有《水印》的介绍。他开始没发觉,我读给他听。他惊讶地说,“啊,《水印》上报纸了?!”

爸爸今天感觉好多了,吃过早饭,一会儿又饿了。能体会到饿当然好。

我给他热牛奶,喝完他躺在床上,一脸安详。

我问他要是辞职在家专门写东西好不好。他不让我说完就说:“怎么可以呢?那么好的工作!”

爸爸一辈子动荡不安,工作换个没停,他坚决反对我们换工作。

我说那样清静,专心。

“还是这样好,两样都做,工作写作一起向前。”

“去年还好,今年不行。爸爸你骂骂我吧,你骂我,我就勤奋了。我是不是又骄傲了?小时候你老说我骄傲。”

爸爸眨巴一下眼睛,没骂我。

隔了一会儿,他说,“今年你心不定,我身体这个样子你定不下心来,我知道。”

我心底泛酸,当然还有自责,我真有爸爸说的那么好吗?没有。

我说:“也不是,我是在偷懒。正好有个借口,其实还是应该坚持的。教育社的书稿我不该推辞,如果坚持一下也写得出。还是不够努力。”

爸爸说,“你是应该坚持写。”转而提高了嗓门骂我,“别整天围在我身边,回家写东西去。”

我惭愧,我究竟写了什么?写东西在爸爸眼里那么重要,甚至神圣。

我想我要一辈子记住爸爸对我写作的这份心,应该用它永远鞭策自己,绝不能辜负。

姐夫领来了老家的爱琴哥哥。

爸爸和爱琴哥哥的父亲是知己，相知一辈子，前年他因为心脏病匆匆过世。

爱琴哥哥得知爸爸病了，千辛万苦地找到姐夫，一定要来看望。爱琴哥哥属于后起之秀，是晚辈，可是很奇怪，他跟爸爸特别近，像父子也像兄弟。

爸爸看见他很兴奋，爸爸兴致勃勃的样子，简直让我想起去年清明，想起他端着酒杯说，“我只把自己当十八岁。”

2月21日星期六

中医院的邵主任来看爸爸，爸爸抓住他的手，哭着说，“我是想活的，哪怕再开一刀，把支架放放好，把管子拿掉。”

邵主任说，“什么都可以解决，就是管子拿不掉。”

爸爸哭得很厉害，妈妈回家也忍不住大哭一场。

我听了，赶紧奔医院。

邹和姐夫都在，爸爸看起来还算平静。我让他们回家，我留下来陪爸爸。

爸爸的脸红红的，明净安详。心里觉得好多了，随即用手抚摩爸爸，安慰他说，“今天比昨天看起来好。”

爸爸把脸扭到一边。

我劝他吃橙子，开始不同意。一会儿又劝，他点头了。橙子很大，挤出半碗汁，喂他一口气喝光。

陪爸爸看《画魂》，最后一集。潘玉良的感情和生命一起支离破碎，很伤感。主人公在说，“我感觉自己的心跳一点点弱下去了，一下一下——”

真不希望爸爸看这么哀伤的镜头。好在爸爸迷糊过去了，我给他拿掉耳机，让他安静地睡。睡着了可以少些痛苦。

爸爸一觉醒来指着胸口，说，“疼得越发厉害了，呼吸都疼。”

一会儿，爸爸又睡过去了。

我到外面散步，迎面碰上爱琴哥哥。

他是第二次过来。

昨天他跟爸爸说，“我最近不忙，我要每天过来陪你玩。”

爱琴哥哥是包工头，这年月哪有包工头闲着的。再说谁愿意老往医院跑？十楼是肝病康复区，很多探病的连凳子都不敢坐，更别说久留。

我以为他是安慰爸爸，没想到他真的来了。

爱琴哥哥对爸爸这么用心让我很感动。也许，在他心里，陪伴爸爸一如陪伴他父亲。爱琴哥哥是个重情义的人，他一定还沉浸在丧父之痛里。

爸爸和他父亲真是知音啊。

当年奶奶去世，爸爸伤心崩溃，是他一手张罗了葬礼。我记得他在我们家做总指挥的从容与大气，他是爸爸生命中为数不多的真朋友之一。

爸爸看到爱琴哥哥就开心地笑起来，两人随即聊起家常，一时忘了病痛似的。

我给爱琴哥哥泡茶，削水果。顺便给爸爸喂苹果。

我切的苹果块儿太大，爸爸吃起来费劲。

爱琴哥哥忍不住说太大了。

爸爸自我解嘲地笑，“我这丫头脾气像我。”

我曾经把这句话写到一篇文章里，说这是爸爸对我的至高评价。我爱爸爸，更在意爸爸爱我。

姐姐来了，还带来了喷香的荠菜饺子。爸爸直摇头，说：“不吃不吃，不想吃。”

我们问他到底想吃什么，他说什么都不想。很无奈，只得哄他，下来走走吧，走走说不定就想吃了。

但凡爱琴哥哥在，爸爸就幽默风趣，活泼得像小伙子。

爱琴哥哥哄他，“等你好了，我们每个礼拜陪你打麻将。”

爸爸迟疑了，说，“我这身体，还不知道能不能……”

爸爸说着摸出香烟，姐姐不让他抽。爸爸调皮地喊：“你不让我抽烟，我连我的命在哪里都不知道，你还管我抽烟?!”

爸爸心里是不是明白?!

爸爸安排姐姐带爱琴哥哥回家吃饭。他是个任何时候都知道应该安排好别人的人，好像这所有的一切都是他的责任。

每当看到爸爸这样，我就会觉得没有爸爸的世界将是多么空洞。他这么强大的责任早在我们周围筑起了一道厚实的墙。没有这道墙，一切就无遮拦地直冲着这颗脆弱的心来了。

在他身边，我不时去握他的手，抚摩他的手掌。

爸爸不反感，爸爸爱我，我多么贪恋这份爱。唯独他的爱是让我永远信赖、心无芥蒂受用的。从不要担心它会失去，也不担心它会变卦。

等大家走光了，爸爸想下床散步，对我说，“你也该走啊!”

我说我听你的，你要我走我就走。

我背上包，想帮他穿袜子。他打掉我的手，他一定怕他的病毒“污染”我。

我陪他在走廊上走，我知道他走一步疼一步。爸爸的背影看上去又瘦了。我让他慢些走，爸爸不肯，他在顽强地挑战疼痛。我想扶他，他拒绝。

迎面走来哥哥嫂嫂虎子，他们拿着中医院的药，好多袋。爸爸让老杜拿回去，哥哥和虎子陪爸爸走。

哥哥让我回家，爸爸也催我走。

外面下雨了，我用围巾包住头。想着爸爸的疼痛与坚持，边走边哭。泪水和着雨水，倒是感谢这绵绵的雨了。路人都走在伞下，我可以哭得肆无忌惮。

晚上九点电话响了，我吓得哆嗦，生怕爸爸出了什么事。

原来是妈妈。

妈妈今天知道真相了，妹妹告诉她的。妈妈哭了，我听她的声音就知道她哭得不浅。

我劝她别急，她说，“什么都不担心，就是担心你。你脾气和他一样，你看他身体急成了这样！没办法，你千万别着急。以后遇到什么事都别着急。好好接受你爸爸的教训吧。”

许久以来，妈妈已经不跟我说教了，我也总是做出我已经很好的样子。可妈妈还是放心不下我。一有事情，自己的灭顶之灾来了，她不关心自己，倒在关心我?!

我由衷地听到心里。过去是爸爸这么说我教我，现在爸爸说不动了，以后只能听妈妈的了。

她说，“爸爸怎么样你都别急，你身体吃不消。”

没有我劝慰她的余地，妈妈在她最绝望最难过的这个晚上拨了我的电话，跟我说了这席话。我是不是天底下最幸福的孩子?!

哎，我亲爱的父亲和母亲啊！

6. 依恋让我一步也离不了爸爸

2月23日星期一

回去上班，心里记挂爸爸。

九点钟给爸爸打电话，听电话的却是妈妈。

妈妈的声音听上去很忧愁，她说爸爸不太舒服，老想吐，夜里就开始了。昨晚吃的稀饭全吐了，早饭也不想吃。

着急。

秘书科通知：马上去政治部开会，所有人都去。

一开会上午就搭进去了。我让妈妈在那里多坐会儿，给姐姐打电话，告诉她爸爸的情况。

另外一种不妙的感觉涌上心头，觉得爸爸危在旦夕。我不知道爸爸的最后是哪天，我害怕我没机会了。

找处长说明情况，申请继续休假。处长非常理解，一再问我，有没有其他困难。

“什么困难也没有，只希望给我时间。”

“去吧，单位的事先放放。杂志停刊，反正也没有什么要紧的。”

十一点二十到医院，爸爸在睡觉。睁开眼睛就问：“你怎么又来了，赶快回去吃饭。”

“吃饭”是爸爸每天要面临的折磨。从吃少到不想吃到不能吃，爸爸每天都在忍受饥饿的催迫和煎熬。是不是因为这个，他一直很记挂我们的吃饭问题。只要吃饭时间一到，爸爸就提醒我们。

我说我吃过了。

“哪有这么早？”

爸爸闭上眼睛，他一上午都在睡觉，我一来他竟然这么清醒。

让姐姐回去吃饭，我留下来。

爸爸口渴，我端给他准备用勺子喂。结果他用右臂把自己撑起来，抱着杯子喝。

看他喝下去那么多水，我放心了。待他躺下，趴过去用手在他脸上轻轻抚摩。从消瘦而突起的颧骨到下巴还有头发，爸爸闭着眼睛。

我说，“太难过了，这次吃大苦头了。”

爸爸不说话，仿佛在享受我跟他之间的这份亲密。好一会儿，爸爸体贴地劝我，“坐下来。”

可是身子落到椅子上，我和爸爸就远了。

爸爸怕我跟他亲，怕他的病毒会传染给我。

邹在我手机上留言，“晚上我送包子给爸爸。”

我念给爸爸听，爸爸闭着眼睛笑。

记得去年冬天，爸爸出院住在哥哥家。下班很晚，我突然心血来潮买肉包子送过去。

哥哥家非常远，骑车到那里天黑透了。

爸爸妈妈已经在吃晚饭，他们很意外。特别是爸爸，开门一再念叨，“你怎么到现在还来？”

这个时间我该回家带汐汐。

我放下包子就走，爸爸妈妈要留我吃饭。我哄他们说汐汐在闹呢。

下楼的时候，爸爸久久不肯关门。走到一楼，我仍听到他特有的大嗓门叮嘱："慢一点儿啊！"

骑车出大院，感觉爸爸一定站在窗口望。于是故意把脊背轻轻松松地挺直，活像背着一轮太阳，穿过城市的熙熙攘攘。

有人在背后注目的滋味是多么幸福，何况是最爱自己的爸爸，用他最宽厚最绵长的目光。

趁着爸爸心情好，我故意轻描淡写地说，"处长同意我继续休假陪你呢。"

爸爸一声叹息，"哎，你这时候休什么假？"

他不是怪我休假，他是怪我把假期花在他身上。

爸爸心疼我的时间。

在爸爸眼里，我的时间都该属于写作。我的写作很重要，至少他认为比陪他这个爸爸重要?!

爸爸如此看重我，让我感动又愧疚。

记得大学第一年寒假，我抱着厚厚的《安娜·卡列尼娜》坐在庭院里看。爸爸好奇地凑过来。

中文系毕业的哥哥说："等她四年读下来就不得了了。"

爸爸扬起脸，满意而骄傲地笑。

爸爸喜欢读书人，他自己最喜欢的事就是读书、学习、进取。尽管他一辈子都在做生意。但他做生意不是为钱，他是为了让我们过上读书、学习、进取，一辈子与知识为伴的生活。

爸爸是土地上的叛逆者，他向往文明。他认为人应该追求高层次的精神生活。这是他背叛土地的原因。他不喜欢蛮荒、愚昧、重复、机械、没有精神追求的人生。爸爸喜欢知识，喜欢创新，喜欢音乐，喜欢远方和朋友。爸爸更喜欢兼济天下。

很小的时候就发现，爸爸枕边总是有书，《春秋》《水浒》《红楼梦》《三国演义》。读书之外，爸爸最在意的事情是写字，他一直信奉字如其人。爸爸只有小学毕业，但他自学成才，字写得龙飞凤舞，自成一体。

大学时代，爸爸爱用狼毫给我们写信，毛笔字在他看来就是艺术。爸爸的字村里村外有名，每到年根，远远近近的人都拿了红纸来请爸爸写对联。公司年底最忙。可是再忙，碰到人家上门求字，爸爸总是欣然应允。

常常我们都睡了，夜半醒来发现堂屋的灯还亮着，爸爸提着毛笔在那里念念有词地写。桌上、椅子、沙发、地板，铺天盖地都是大红的对联。人家得了爸爸的字，格外高兴，乐呵呵的像讨了彩头。

爸爸无偿服务，乐此不疲。奶奶心疼，有时候忍不住偷偷抱怨。爸爸说："写就写吧，省得人家花钱去外面买。"

求字的人多数不为省钱，有的人很有钱，他们对爸爸说："你的字，花钱还买不到呢！"

爸爸退养在家后，写字成了主业。我们家的八仙桌上总是摆着笔墨纸砚。爸爸对字有了钻研的态度，他会读各种字帖，对自己的字越写越不满意了。

大三那年，他跟我说："村里老私塾王先生的字写得才叫好呢！"

爸爸说这句话的神情的确只有十八岁。

爸爸把王先生请回家写对联。拿出好酒好烟，请过来又送回去，恭敬之至。

王先生开始写字了，爸爸冲我们三个喊："小霞儿，过来。"

小霞儿是我的乳名。

从小到大，每遇舞文弄墨，爸爸必定这么喊。

姐姐妹妹习惯了，她们对此不感兴趣，只会把我朝爸爸那里推，"去去去，爸爸喊你这个二小姐了。"

我对文字的感觉最早就来自于爸爸的确认和鼓励。

那是我读小学二年级的时候。坐火车回来的爸爸带了一份

《语文报》，他指着报上一堆文字：

“来，现在我要考考你们，大霞儿先读。”

姐姐读四年级，学习好，爸爸非常器重。我和妹妹没见过报纸，都把脑袋伸过去。一篇古文，要求填写标点符号，然后读出全文。

姐姐拿着报纸，鼻尖都冒汗了，句子断来断去有问题。性急的爸爸眉头马上皱起来。

“我会，爸爸！”

看着那几行黑压压的字，我突然灵光一闪，明白了意思，一口气把句子断开了，文章也朗诵齐全。

“啊呀！”爸爸惊奇地望着我，嘿嘿笑起来。那种快乐和闪光的眼神我永远也不会忘记。爸爸摸着我的头一口气说了好多话，从那以后，他总爱拿字词考我。

爸爸喊“小霞儿，过来”的样子，满脸钟爱、肯定，还有些骄傲，炫耀。觉得他有一个女儿可以被这么喊出来，和他一起欣赏老先生的字，一起学习、领会、共享，是多么幸福和得意。

的确，爸爸和我生来就是灵魂的知己，没有人像爸爸那样相信我，没有人那么懂我。甚至在我是个大傻瓜、沮丧潦倒、自卑自怜的时候，他会大手一挥，喊：“你到新街口看看，有几个是南京大学中文系毕业的？你都自卑，人家怎么办？！”

整个青春期，我沉湎在自卑的深海。是爸爸一步步把我拽出来。

事实上至今我依然自卑，我有深刻的羞耻心，它们潜伏在我的骨髓里。我不懂它们从哪里来，又为什么那么顽固地守着我不放。

这些年我拼命地写，从不让时间浪费。为的就是让爸爸安心，让爸爸早点告别焦虑——你对我最信任可又最放心不下，你说我是最好的，可也是让你最费神的。

这就是爱吗？爱的本质不就是永远悬浮在信与不信之间吗。

我那么拼命无异于说，爸爸你放心吧，我懂了。

我甚至问过你，现在你对我放心了吗？你说还是不放心，你说的时候笑眯眯的。

我相信，爱让你对我永远放心不下。

晚上，邹带着包子来了。

爸爸催我们走。催着催着，爸爸躺在病床上幽幽地骂起我来："你就是要从早到晚团在我这里！团在我这里有什么意思，团在我这里有什么好处？你该干你自己的事情，你这样哪有空写东西？"

邹知道爸爸的心意，赶快说："她写的。"

我轻轻说："我晚上写，我不会不写，我每天都写。"

爸爸闭上眼睛，命令我们赶紧回家。

一路上，我在邹的怀里流泪，耳畔都是爸爸的哀叹和咒骂，"写东西，写东西，写东西——你要写东西！"

2月24日星期二

汐汐的老师暗示我，"对孩子的爱要放在心里，不能放在脸上。"

邹也这么说过我。可我的确就是那么爱她。我总怕这份爱太稀薄，不够营养她满足她。爱她，总是淋漓尽致地表达，从不藏在心里。

读裘山山的《一路有树》，小时候她母亲很严厉，等她做了母亲也很严厉，但她同样感到了快乐，她的儿子也健康快乐。

幼儿园的墙上有一首外译过来的诗，是说，"我需要"。孩子对父母的口吻，第一句就是——"我需要你对我严厉。"

我就是在严厉的爱中成长起来的。可我觉得童年是痛苦而卑微的,我到大学都不相信父母爱我,直到有了孩子。我在严厉中犹疑、摸索、争取。我不想让女儿经历我那种困惑和不安全状态。我要让她知道我爱她,她在我眼里最美最棒。

当然我也知道爱应该有度,适当的"严厉"是必要的。

早上,把汐汐送到幼儿园门口,让她自己上教学楼。

我在远处停下来,假装看报,观察她是不是自己走上去。

汐汐蹦蹦跳跳往前跑,进了教学楼,突然一回头,看见我没跟上,马上兔子一样跑回来。

"干什么你?"

我看见她的鼻头和眼底有些红,但眼泪没冒出来,忍着。

有些心疼。"自己走上去嘛,小朋友们不都是自己上楼的嘛?"

汐汐头抵着我的腿,一只手摸上来抓住我的手。

我的心一软。

朝阳灿烂,清晨美好,我有什么必要让女儿泡上眼泪?不就是依恋我吗?而我急着要去医院陪爸爸,一天又一天,其实还不是一种依恋。我离不开爸爸妈妈,不能想像失去他们的日子,这和女儿舍不得离开我一样啊。我都不能割舍,为何难为小小的她呢。

何况在她猛回头、辛酸伶仃地需要母亲的怀抱、兔子样跑扑过来,恰好我还在。

我还能给她这份依恋。

如果哪一天汐汐在回头的一刹那,发现身后一片空茫,该有几多辛酸、几多伶仃,如同我现在一样了。

牵着她的手,一起上楼。

"为什么要回来?"

"我就是要妈妈。"

“好吧，妈妈愿意送你上楼。但你不要牵妈妈的手，自己走前面，妈妈跟后面。”我努力严厉。

我想好好爱这个孩子，同样我也希望我的爱能让她真正健康幸福。

爸爸今天与昨天判若两人，不仅不吐，精神也振奋，说话声音大了起来，简直声音洪亮。

小便也有了，我特别关注他的小便。王主任分析，肝细胞癌跑进了胆总管，那么一定侵入了血液。癌形状看上去属于高度恶性的一类，全身扩散与转移是肯定的。爸爸不久会有多种不适的可能性，比如转移到胰腺或肾脏上。前些天他小便不正常，我就担心是不是转移到肾脏了。

爸爸气色红润，尽管手臂与腿脚细瘦不堪，但面部依然富态，给人健康的希望。

看着爸爸焕然一新，悬着的心稳定下来，把这个好消息分别告诉哥哥姐姐。

爸爸有一点点好转我们都会松口气，同时期待奇迹的念头也强烈起来。姐姐说，看爸爸的样子我就不信医生的。

中午爸爸吃了婆婆煮的稀饭，婆婆亲自送过来的。婆婆说：“我要去看看你爸爸，反正是散步，就当散步吧。”我很感动。

姐姐妹妹来了，爸爸马上催我回家吃饭。我背上包，妹妹说你下午晚点来。

爸爸大声喊：“别来，在家写文章。”

写文章，这是爸爸多少次要求我了。一次两次三次，爸爸你真的觉得女儿的文章非写不可吗？

我把这句话在耳朵里回旋了又回旋，我不能有朝一日忘了。有爸爸这声叮嘱和盼望，我的心跳是多么激烈，我的脚步是多么殷实。可是以后呢，我希望自己把这句话记到漫长的以后，终身铭记。

我得记住，爸爸在与呕吐、疼痛做了两天两夜斗争、滴水未进、稍稍好转之后，对我发出的呐喊。

如果是昨天，爸爸紧闭双唇，一动不动躺在床上，大汗淋漓，一会昏迷一会呕吐，他是不会说这些的，他根本无力管我们了。

现在他刚刚有点力气，他就又能催他的孩子做正事，他就怕我虚度光阴。

下午我还是早早去了。

爸爸看见我没生气。他吃过橙子和苹果，午饭也吃得不错，没吐。他躺在那里看相声，一会笑笑，很悠闲。我拿出书来看，我看的是杨绛的《我们仨》。

爸爸偶一翻身我就弹跳而起，给他掖被角，摸摸他的头，给他洗脸。爸爸看我起来就说，你看书去。我每动他一次他都这么说，“你看书去，没事的。”

爸爸喜欢我看书，听着爸爸的话看书的感觉就多了份充实祥和。有一瞬间，我觉得自己这么休假陪爸爸，本质上不是照顾爸爸来的，是躲到爸爸身边来享受这最后的温馨的——我给他喂苹果片，他说慢点，你当喂什么呢！一会儿我真慢下来他又说快点你让我等你呀；我趴在他脸上看他，怎么也看不够，即使他半张着嘴巴睡过去，我也一丝不苟地端详他这张熟悉得不能再熟悉的脸。想想这个人就是我爸爸，我的爸爸正在受煎熬，我会用手掌轻轻抚摩他。

甚至为了这份抚摩，我给他洗脸之后总要搽大宝。爸爸住院带过来的，手术后一直没用。

他说，“还搽这个啊？”

“空调房间干燥，难道病了就不要好看？”我的手尽情地滑在爸爸额头、面颊、鼻头、下巴，无一遗漏。爸爸任我涂抹，不厌其烦。

这在以前想也不敢想，别说抚摩爸爸的脸，就说摸一下他的手，也会觉得过分。他在我们子女面前一直是威严加尊严的，至少是不可随意亲近。

现在爸爸真做了我的爸爸。

我用半个肩膀让他靠着帮他用力坐起来；他喝水我一勺一勺地喂他。我给他穿袜子，系扣子，拔鞋子。我只有在为他做这些琐碎的事情时，才会忘却难过和伤心，仿佛在领受另外一份爸爸和我之间才有的醇厚与甜蜜。一举一动他和我都能体味的。

是的，我希望每天就这么过，我愿意，哪怕一辈子。

下午，爸爸的精神更好了，引流也畅通。

我去咨询成主任，他说争取这个周五拿掉腹腔引流袋。

王主任却说："别急，安全第一。"

王主任安慰我："情况看来一天天好起来了，你别着急。"

回到爸爸身边，我真觉得天空一下晴朗无比，有一种不真实的幸福和晴和。

爸爸一天天好起来了，是医生说的。爸爸的确好多了，他坐起来躺下去基本能独立完成，行动利落多了。忍不住把医生的话转述给他听，爸爸很高兴。

刚说完，成主任就满面春风地走进来，他把刚才的话重复了一遍，验证了我没骗爸爸。

爸爸嘿嘿直笑。

我说："这次好了回家，一定要忍住别发火。"

爸爸夸张地冲我："我哪里是小孩子呢！"他的语气和笑容分明像个受了褒奖乐颠颠的小孩子。

给他洗完脸，他命令我坐下看书。我们父女俩突然像在偷偷过节，病房里空得很，另外两床病人都出去散步了。

黄昏，快活的爸爸和二十九床的老阿姨聊起了打麻将。

五点刚过，爸爸就提醒我："好打饭了。"

晚饭是稀饭加两只蒸饺。我喊他吃饺子，稍作犹豫，他坐起来说吃吃看。爸爸风卷残云地吃下了两只蒸饺。

“香吗?”

“没滋味,但这饺子做得不错。”

爸爸没吐,我非常舒心。好几天没看到爸爸这么吃饭了,能顺利地吃下去不吐就是成功。

七点钟,妹妹送来了热腾腾的骨头汤和饭菜。

爸爸经不住我们劝,可刚吃第一口就慢了下来。我不敢看他,重新坐下看书。感觉他一口一口吞咽得好难,难得让我喘不过气来。

爸爸真顽强,几次停顿又几次坚持。终于把一筷子茼蒿、一筷子米饭和一碗骨头汤吃下去了。

姐姐妹妹围着看,一边说:“真好,比我们吃得多。”

爸爸也说:“今天不错。”

我什么也没说。不知道爸爸这么吞咽到底有没有滋味?

看着他吃了这么多,我们放心了,不用爸爸催,各自安心回家。这一夜,心可以不用拧着了。姐姐每晚的“午夜电话”今天也停歇。我想她和我心情一样,明亮多了。

上帝最好给我们一点机会,让爸爸明亮几天,哪怕几天,让他回趟老家,了却许多心事。

我想爸爸也有这份盼望,否则他为什么要顽强地吃。

7. 真的明亮了

2 月 25 日星期三

爸爸用我的手机跟妈妈通话后，问，“手机多少钱买的？”

“三千。”

“这么贵！我这姑娘有出息了，出手不凡。”

“嘿嘿——”

“我的手机呢？”

“给邹了，他说喜欢，给他用给我用不都一样吗？”

“一样。”

爸爸到底觉得一样还是不一样呢，我不知道。

二〇〇三年春节，爸爸送我一只崭新的三星手机。金黄色外壳，比我当时的手机时尚漂亮。那是哥哥送他的新年礼物，用了一天，悄悄塞给我，“不要让他们知道。”

“他们”指他的另外三个孩子。

事实上他们知道了也没什么，但是爸爸自己会忐忑不安。他怕哥哥怪他，那是哥哥的一番心意呢。

爸爸还怕姐姐妹妹“吃醋”。可惜他只有一部好手机，要是有三部，他会分别送给我们。那样他就不会悄悄的了，也不用叮嘱我保密。

他不仅叮嘱了我，还骗姐姐妹妹说我给了他钱，我的可怜又可爱的爸爸啊。

当时我如获珍宝，不是因为手机时尚漂亮，而是爸爸对我的这独一份的“爱”。

自小我就争宠，现在长大了，各自成家，已经不介意爸爸妈妈最爱谁，注意力都在自己的小家庭上。这时候我们统一地爱父母，像竞赛。

没想到爸爸这么爱我，而且是“忍痛割爱”。爸爸喜欢那部手机，认为它是好东西，认为这样的好东西该给他的宝贝女儿。

我怎能不受宠若惊？

邹也喜欢它的色泽和款型。的确，它是男士用的款型——那是哥哥特别为爸爸买的呢。我用有点奇怪，我老想送给邹。

邹不肯接受，他知道那是爸爸独独给我的。直到他的手机坏了。

深秋的日子，他让我陪他去买手机，说：“给你买新的吧，把爸爸送的给我用。”

“不行，给你买新的吧。”

那天风大，一路上你为了我我为了你，越演越烈，最后好像我不接受这份珍爱就太没人情味了。

店铺里没有他喜欢的款型，恰恰有我喜欢的白色，纤巧精致。我们毫不犹豫买下了，爸爸的手机就给了邹。

爸爸这一问，勾起了我的担心。爸爸会不会觉得我不在意他的那份心。我这么回答他会不会失望，我是不是又错了。

爸爸仿佛看穿了我的忐忑，他为此幽了一默，替我解围，“二小姐出息了，三千块的手机，多大方！好啊。”

今天他的状态很好，这样的微笑只有在过去他十分开心时才有，可以用精神矍铄来形容，满面都是精、气、神，目光熠熠生辉。

老杜笑眯眯地问我，“你猜你爸爸什么时候起来的？”

我不知道。

“刚刚,睡得特别好。”

爸爸一高兴吃了很多,稀饭、菜包还有红枣汤。吃下去一会儿,他喊不舒服。早上该吃的水果也不肯吃了,还对小护士发了脾气。我的心没明艳多久,又开始阴郁。

中午爸爸没胃口,我哄他吃东西,点了很多好吃的,最后他说,“你们食堂的肉包子还行。”

下午四点,我回单位买包子。临走叮嘱老杜,让他仔细陪着爸爸。

结果我一走,老杜也走了。爸爸上厕所没人帮忙,自己慢慢挪进去,出来床板没放平,自己努力摇。多亏二十九床的老阿姨帮忙。

急匆匆从食堂买来肉包,爸爸直摇头。他喊身上疼,没胃口。

妹妹来了,看着爸爸难受我们一起焦急。

天渐渐黑了,爸爸担心我们走夜路,隔会儿就催我们走。老杜迟迟不回来,我们舍不得丢下他。

昏沉沉地,爸爸像是睡着了。

八点多老杜回来了。

爸爸听到动静马上醒来,恼火地问他怎么出去这么久,又问他一天在这里几小时。

老杜硬邦邦的没好声气。爸爸更为恼火,声音顿时大了起来。

我和妹妹赶忙劝解。等老杜出去洗脚,妹妹气得要去换护工。

爸爸却不让,“我在这里还有几天?不要麻烦。”还说,“能换到什么好的,算了吧。”

我在开水间悄悄劝老杜,“你以后再也不要惹我爸爸生气了。他身体不好容易发火，就是对你说两句重话，你也要担待着。”

老杜说好的。

真是节外生枝，爸爸的心情多糟糕啊。真担心他的情绪。上帝保佑，这次不愉快没伤着身体。

2月26日星期四

早上，爸爸坐在床上，气色红润，精神抖擞。

我说，“爸爸你这样真像好了。”

“不好？不好？老天爷难道真没长眼睛啊！”

爸爸一辈子行侠仗义，救过许多人：桥上落水的乞丐、身患绝症的邻居、顽皮触电的孩子……都是气息奄奄在死亡线上挣扎，跟爸爸非亲非故。爸爸全力以赴，每每让人起死回生，传为佳话。

在家乡，爸爸一直是强者。爸爸身边的人无一例外都接受过他的惠泽，这样说一点儿也不过分。他是许多人的主心骨和靠山。更甭说那些孤寡老人。

我们深受感染，每年除夕，会排着队去看望那些老人。老婆婆们看见爸爸就要抹眼泪，说：“我就是过的你的日子啊。”

八十年代初，为了让全村都用上电灯，爸爸买齐电线和电线杆。等他办成了面粉厂，又掏腰包捐助乡村中学。那年校长领头，大家敲锣打鼓送给爸爸一块金匾，黑漆上写着四个烫金大字：天下为公。

这块匾一直高高挂在我们家的堂屋。

物质上接济别人尚在其次，爸爸更多的是帮人解除精神枷锁。婆媳不和、夫妻矛盾、青年游手好闲、少年不学无术……爸爸一律不厌其烦、苦口婆心，每一桩每一件都当自己的事来处理，不计回报，完全出于热心、公义。

晚年的爸爸，既不是村官也不是乡官，但村里乡里调解不开的矛盾，连派出所也无能为力了，最后大家就会找到爸爸。

爸爸从不推却，半夜三更敲门也接待。他为人家解决问题不算，还常常做招待，好饭好酒，好烟好茶。

那些年我们家小小的院落，就像派出所驻扎在村里的一间办公室。打打杀杀、哭哭啼啼、蓬头垢面、衣衫不整的人跑上门来找爸爸，我们从不惊奇。

爸爸这份激情一直燃烧到他卧病在床、饮食不畅之际。比如对待老杜。

爸爸为了让他多赚点，把他介绍给二十八床二十九床。“一家也是做，三家也是做嘛。”

我觉得病情不一，同时照顾会不干不净。爸爸冲我直摇头，说：“做做好事吧。”

当时就我们俩在病房，他那么说有劝告和责备的意思。爸爸的善心感动了我。

我理解爸爸发火之后那句淡定的话，“算了，跟他计较什么，他们本来就是这样的人。”

如果爸爸少管些不着边际的事，少操些不相干的人的心，他的老年生活会安逸得多，也许身体就不会恶化得这么快。

爸爸却说：“我不管谁管，没人站出来。”

归根结底，爸爸就是重“义”。

爸爸自视很高，他自觉有一份特别的责任。甭说对我们，他对身边任何一个人，哪怕是路遇的乞丐，爸爸也会慷慨解囊、倾其所有、掏心掏肺、负责到底。

爸爸就是这么一个仁义豪迈的人。

爸爸对外都这样，可想而知他对他的亲人。

爸爸对奶奶的爱是我们最早接受的爱的教育，也是我们一辈子丰厚的财富。

爸爸让我们从小就明白一个道理:一个人只有深爱父母,才会努力奋斗,才叫出息。

每年春天,爸爸会穿上他的黑风衣,大背头梳得一丝不苟,背上旅行包进城。在他身后,奶奶偷偷抹眼泪,妈妈默默盼望。出门日子长了,思念让她们无以为继,算命的王瞎子就被请上门。

有一回,奶奶在王瞎子那里抽了一个下下签,害得她一病不起,直到爸爸平安归来。

后来爸爸不得不请王瞎子抽香烟,"以后只管把我往好里说。"

爸爸不会让人白白惦念。他总会给一屋子的人带来惊喜和意外。爸爸给奶奶买过形形色色的礼物,其中有一床江西产的细篾竹席,软得像一块布,换季的时候可以折成巴掌大。

爸爸还给奶奶背回来海南椰子、无锡水蜜桃、上海鸡蛋糕、山西铜烟嘴等等。

除夕之夜,爸爸总是第一个给奶奶压岁钱。他笑嘻嘻地跟奶奶说,"恭喜妈妈过一百二!"

奶奶笑嘻嘻地接过去。睡前,我们各自打开压岁包,交换着得意和惊喜。我们问奶奶,爸爸给了你多少,奶奶总是含着烟嘴,笑嘻嘻地不理会。那种满足是我们无法分享的。

爸爸很听奶奶的话,一直到奶奶老年痴呆,爸爸都听。哪怕奶奶发落错了,制造冤假错案。

奶奶病倒之后,爸爸四处求医问药。奶奶弥留之际,记得爸爸一个人跑到天井里仰天悲泣。那时候爸爸不仅儿女成行,孙子都已经上幼儿园了。失去母亲他那么伤心,爸爸仰面悲怆的样子一直印在我心底。

去年清明,我们给奶奶上坟。爸爸抚摸着奶奶的墓碑说要重建，他对我比画了创意，已经了然于胸。爸爸一定构思了很久。

爸爸重情义无需赘述。他对我们，对所有的人，对这个世界，都怀着深情厚谊。爸爸最难过的一关恐怕就是如何割舍这份深情，倒不是医生说的病痛。

爸爸如此虔敬，老天爷若是负他，他则怪它没长眼睛，没看到他一辈子的殷勤虔诚。

老天爷的确有眼睛，爸爸从昨天开始有胃口，今天感觉更好了。

早上我熬了一锅山芋粥，忙到十一点才过去。

爸爸斜躺在病床上，大概看电视累了，闭着眼睛想睡。

我给他盖好被子。

哥哥也来了，他带来刚刚熬好的中药，滚烫滚烫的。

我轻声问他吃法，哥哥轻声相告。我们把声音压得很低很低。可是爸爸心有灵犀，马上睁开眼睛。

“你不是感冒了吗？”爸爸惦记着哥哥，“下午还要出差啵？”看来他跟妈妈通过电话了，哥哥的一举一动他都知道。

“赶紧去吧！”爸爸催哥哥。

哥哥一直是爸爸的骄傲。反之，爸爸也是哥哥的骄傲。可是很奇怪，他们父子面对面，彼此都有些不自然。也许是没有真正相处过。哥哥出生六个月，爸爸就进城打工了，颠簸九年才回来。

当年爸爸回来，还是因为哥哥的一封信。

九岁的哥哥读二年级，他趴在黑黑的台子上给爸爸写信：

“爸爸，你快点回来吧。村里的孩子都有爸爸，只有我一个人没有。爸爸，我都九岁了，哪怕你回来给我看一下你的样子，让那帮人看看你，他们总笑话我没爸爸。”

哥哥写到这里，想到整日以泪洗面的奶奶，于是他又另起一行：

“爸爸，奶奶想你整天流泪，眼睛都快哭瞎啦……”哥哥写不下去了，他抬头问做针线的奶奶，“奶奶，奶奶的‘奶’字怎么写啊？”

奶奶后来说到这一节就要抹眼泪，她一遍遍给我们讲这些“过去的事情”，讲了多少遍我们也听不够。

奶奶其实是语言大师，经她说过的事情无一例外的动人。

爸爸接到哥哥的信就回来了。后来，哥哥就有了我们三个妹妹，爸爸继续在城乡之间游走。

我们比哥哥小很多，小时候我一直以为他是叔叔。哥哥和爸爸有骨肉之情却讳莫如深。甭说哥哥，就是我们姐妹三跟爸爸一度也是生疏的，敬畏多于亲爱。

这些年我们相继为人妻为人母，父亲也逐渐老了，父女之间才开始牵手、拥抱、抚摸，日渐成为亲密的父女。

父亲从高高的圣坛上走下来，成为我们可亲可爱的爸爸。只是哥哥没有开创出这条路，他和爸爸的亲近依然停留在精神层面。

爸爸催哥哥走的时候，我真不知道该心疼哪一个。我觉得爸爸那样催，疼爱之外，还因为他们待在一起很局促。

哥哥最后走了，意犹未尽的。

哥哥一走，我让爸爸继续闭上眼睛睡觉。爸爸闭上眼睛，突然咧开嘴巴笑起来。

“怎么啦，你一个人偷偷笑什么。”爸爸很可爱的样子，想笑又压抑着。

“你哥哥来，我正巧做了个好梦。”

“什么好梦？”爸爸的心态真好。

“我梦到打麻将了，我摸了一饼，成了。做到这里你哥哥就来了。”爸爸说完放开声来笑，嘿嘿嘿嘿，眼睛嘴巴很尽情很顽皮很享乐的样子，笑得脸都红了。

我真为爸爸开心，跟着他一起傻笑。

真希望爸爸经常这样天真地享乐。

我告诉他除了山芋粥，我还带来了几片红烧肉、青椒炒土豆、炒青菜。爸爸一一摇头。

又说，“这几天看电视广告，倒是被肯德基的炸鸡腿撩起了食欲。看到它就想吃。”

“好啊，我去给你买。”

“不能吃，油炸的。”

“不，那里总是人流不绝。它跟外面油炸的东西不一样吧，再说又不天天吃。”我竭力地拽住爸爸的欲望。

爸爸不说话。

我再强调。

“吃的人真的很多？”爸爸问。

“多啊，晚上十一点以后才不要排队。其他任何时候去都要排队的。我身边有优惠卡，我少买点，给你吃吃看，你不吃我吃，不会浪费。”

“麻烦啊。”

“近，就在师大门口嘛。”

“那你慢点，我反正不饿。”

匆匆奔上电梯，以在人民医院从未有过的轻捷冲向自行车，我知道爸爸在等，在等啊。

顺利地买回来，姐姐已经来了，她怪我没让她捎过来。姐姐看我买的不是肯德基，而是麦当劳。直到现在我才明白我搞错了。师大门口的不是肯德基。

唉，我光想着快点给爸爸吃上了。

“差不多吧！”我安慰爸爸。

姐姐说不同，肯德基不辣，麦当劳是辣的。我急得满脸通红，真害怕姐姐的话让爸爸失去好胃口，爸爸好不容易才生出馋虫。

“爸爸尝尝再说。”我冲姐姐挤眼睛。

爸爸一骨碌坐起来，我放下小饭桌。姐姐给爸爸擦手，他拿起一个鸡翅就啃。爸爸吃了就没停嘴巴，大口大口。两只鸡翅马上被啃成骨头，连掉在盒子里的皮爸爸都捡起来吃掉了。

“香，真香。”爸爸说。

“好吃，香。”爸爸连说了两次，满意地躺下来，“辣得过瘾。”

我的心总算落下来。

爸爸属虎，跟他共事的人说过“伴君如伴虎”。特指他的雷厉风行和火气。我现在也有这感受，总怕他发火。发火就意味着伤他的身体，我希望自己对他说的每一句话为他做的每一桩事都让他高兴。

妈妈犯晕病了。

下午伺候好爸爸，带妈妈去看病。回到病房，爸爸午睡刚醒，喂他吃下一只苹果。回家带汐汐洗澡，晚上真觉得累了。

姐姐从我们食堂买了肉包给爸爸。

晚上问她情况，姐姐笑嘻嘻地告诉我，“爸爸真好，晚饭吃了稀饭和肉包，还出去走了三十五分钟。”

这么多天不下床，今天一走就走了这么久，想来的确是好。

爸爸好了我们就轻松。

我告诉报社的亚明，“爸爸一好我就仿佛感到了奇迹。我总觉得爸爸会创造奇迹，你们报纸上不是有那么多奇迹嘛?!”

2 月 27 日星期五

早上十点给爸爸打电话，他说今天要吃一个炸鸡腿，另要一份鸡翅。

“麦当劳还是肯德基?”

“昨天那个,辣一点有味道。”

“太辣了会不会对你身体不好,我去买肯德基吧。”

爸爸想想同意了。

为了满足爸爸,先买一份麦当劳,再骑车去买肯德基。辣和不辣的都买了,爸爸想吃什么都有。

在十楼遇见哥哥,发现他瘦了一大圈,西装看上去松松垮垮,不怎么合体。这在他是从未有过的。哥哥比爸爸还讲究。他不仅仅是讲究,简直到了考究的程度。哥哥向来风度翩翩,儒雅洁净。今天这样马虎,可见他内心的焦急。

“我在等王主任,中医院的徐老来了。”

徐老是爸爸最信服的医生,中医院威望最高的专家,他来了爸爸肯定高兴。

我也为爸爸高兴,放下东西,告诉他这个好消息。爸爸看样子已经知道了。

一会儿,一个身体微胖、风度谦和、鹤发童颜的长者进来了,身后跟着王主任、中医院的方叔叔、成主任,还有哥哥。

“是徐老吗,您好您好!”我问候老人。

“你是……”

“我妹妹。”哥哥说。

“化工厅的。”

“不是,小有名气的作家,写了好几本书。”

哥哥很少夸我,我受不了,感到脸上发烫。不懂如何接应,于是慌不择路地说,“徐老有威望,爸爸最佩服徐老!”

“好好好,你叫什么名字?”徐老把耳朵凑上来,很认真的样子。

王主任也说,“什么时候送我们一本书看看?”

我们这样的寒暄让爸爸很放松。

徐老安静下来，开始他的望、闻、问、切。他从吃饭、大小便，问到睡觉，很仔细，很亲切。然后用手“切”爸爸的手腕、舌头、眼睛、腹部、腿脚。最奇怪的是，他右手摸着爸爸的肚子，左手弹琴样地敲，边敲边侧耳倾听。

爸爸很配合，闭上眼睛躺着。

徐老做着这些的时候问，“今年六十六对吧？”

“徐老记性真好。”爸爸回答。

“六十六本来就是个坎，六十六、七十三、八十四，孔子七十三、孟子八十四。古人说‘圣贤如此，何况凡人’？于是就有了这些说法。”

检查结束，爸爸坐起来双手握住徐老，表示感激。徐老拍拍爸爸的背，鼓励说，“没什么，你要打起精神来。多吃点，活动活动。就会一天天好起来。”

“谢谢！”

送走徐老一行，马上拿出包里的麦当劳和肯德基。

爸爸吃了鸡腿和鸡翅，剩下的摇手说不吃了。我收起来放在他床头。

妈妈来了。爸爸很高兴，和我们说笑，“护士长上午来查房，进来就吸鼻子，说什么味道，谁抽雪茄的？”

雪茄是爸爸抽的。

护士长说，“好，能抽雪茄，说明你已经好了。抽烟的人不想抽说明身体坏了。”

爸爸一直笑眯眯的，我们放心地离开。

2月28日星期六

早上陪汐汐上兴趣班，下午去爸爸那里。

妹妹说爸爸很好，吃饭多，睡眠好，活动量也大。我想去看看究竟，这么好的爸爸会是什么样子呢?!

外面下雨，我打着一把旧伞。是把紫色的、买回来没多久就不能正常使用的伞。撑难撑开，收难收起，撑开老是自动收拢。

雨大的时候，头发被夹疼不说，身上也会弄潮。所以碰上大雨或正经场合我从不用它。

今天拿它纯属意外。站在雨里等三〇二路，等了十分钟也没来，只好看着这把我不喜欢的伞。

不喜欢，却一直没摔。

我记得多次发狠要把它摔了，可能后来忘了，可能是喜欢它的紫，可能我就是舍不得。

我不喜欢它是由衷的，为什么没摔呢，这多少说明了我这个人的性格。我就是难以割舍一些东西。

紫伞撑在灰蒙蒙的天空下的确雅致。伞面的图案很古典，像水墨画，类似双桥，还有帆船。

就像某些婚姻，从开始就不顺，滴滴啦啦一晃过去了大半辈子，没散，可能终究也不会散。与喜不喜欢、牢不牢靠、合不合适没关系。

爸爸呢，他和妈妈之间是不是也这样，即便在他迈出去一只脚后，他对妈妈还是由衷地依恋。

他不止一次地跟我说，“我不会扔下你妈妈不管，我对她也有感情。我与妙姨不会有结果，就是情感护工吧，比保姆强。你们放心。”

我一直相信，也一直放心，可不太理解。

看着手里这把伞，突然好像有点明白。爸爸、妈妈、我们，每个人都差不多。我们都是容易恋旧的人，脆弱的人，需要温情的人，没必要不会走极端的人，有一半冲动有一半隐忍，这就成了我们一桩桩人生。有时候阴雨朦胧，有时候阳光灿烂。

爸爸竟然坐在椅子上，进房间的时候我连喊了三声爸爸。

因为灯没开，我看不清他的脸。

姐姐说，“爸爸一直在冲你笑呢！”

爸爸坐得直直的，这样的坐姿已经久违了。爸爸前些天也坚持坐，但给我的感觉很勉强，不是真正地坐在椅子上，是摊着，提不起精神。

今天他昂然地坐着，利索地端起一碗豇豆、豆瓣、青菜粥，大口大口地吃。吃完，利落地起来，往外走。我和姐姐惊喜地跟在后面。

爸爸走得很快，要把我们甩开的意思。我拽住姐姐，让他自己走。

姐姐说他们上午去给爸爸看地方的，我明白她指的是什么地方。妈妈也去了。姐姐说看了好多，最后选中茅山脚下，爷爷奶奶的墓一起迁过来。

转眼看不见爸爸，我们找过去，爸爸在电梯对面锻炼。他以竞走的姿势在跑，手臂大幅度地上下甩动。

很健康，很顽强，让我心酸，尤其发现病员服耷拉在肩上，爸爸看上去形销骨立。

瘦，更瘦了。爸爸意识到了吗？

爸爸笑着告诉我，他准备下周回家打麻将。

“回老家吗？”

“我这样子？三个月不知道能不能回老家？”

爸爸是为回家顽强地锻炼？！

姐姐走了，我一个人留在爸爸身边。我没有坐到椅子上，站在爸爸床沿，这样可以和爸爸近些。

爸爸在摸他的手指，告诉我徐老开的药不错，对他帮助很大。我也摸他的手。

“爸爸，我是不是也该去考研？”

“没必要，你有东西写。要读书要上班还要带孩子，东西怎么写？身体也吃不消。还是把工作做做好，多写点东西，关键还要照顾好下一代。”

“是啊，孩子一定要教育好。”我本想说“像你这样多好啊”！

“成功不成功有什么？”爸爸捏着指头，好像是说健康才珍贵。

“奶奶总说三岁看老，你觉得汐汐将来有出息吗？”

“有！”爸爸端正了身子回答。

“为什么？”

“她稳重，不叽叽喳喳，说一句是一句，每句话都管用。”

正说着，汐汐的电话来了，我把手机递给爸爸。

“汐汐？”

“外公！”

“你今天学习了吗？”爸爸问。

“我学习了！外公，我祝你早日健——康！”

汐汐嗲声嗲气地喊完跑了，这个小调皮。

我和爸爸嘻嘻笑起来。

8. 我为他骄傲的头颅兴奋

2 月 29 日星期天

今天邹去陪爸爸。

邹说爸爸挺好的，吃得也不错。我放心不下，睡前又问，这回邹放下了书，说起他们待在一起的一段。

爸爸散步太卖力了，简直是玩命地走。邹跟在后面跟不上，只好远远地看。后来爸爸终于慢下来，一起去称体重。邹瘦了两斤，爸爸也瘦了两斤。爸爸现在的体重是六十九公斤。

爸爸对自己的体重非常敏感，他觉得体重与他的健康状况直接相关。上次手术爸爸多次让我带他去称体重，那时候他七十七公斤。后来在中医院调养七十五公斤。这次手术前七十二公斤，手术后十五天我陪他去称是七十一公斤。

每次爸爸都说瘦了，又瘦了。要不什么也不说。爸爸会喟然长叹，“我这个样子！”“到了现在这个时候！”

回到病房，爸爸坐在床上，邹坐在他对面。

爸爸不说话。邹说爸爸的话少多了，他常常不说话。

爸爸沉默了一会儿，用手拉小腿上的皮，拉出好长，说，“已经能弹回去了，好多了。前阵子拉出来都回不去。”

邹劝他，“是的，总归一天天好起来，别着急。”

爸爸不再说话，自己玩自己的手指，什么也不说。

我意识到爸爸在自己的世界里还有深深的一面，那一面是我们每个人无法亲近和温暖的，我忍不住喃喃地说，“爸爸真可怜啊！”

3月1日星期一

爸爸看到我去一点也没恼，他躺在被窝里，目光跟随着我移动，很亲切的样子。

我陪着他，一会儿他睡着了，我离开的时候他不知道。

给爸爸买来吗丁啉。

前天他吃麦当劳不消化，借老杜的吃了几颗，他嘱咐我该还人家。买了两盒，我让爸爸亲手还给老杜，老杜很感动。

我要剥桂圆给爸爸吃，他一骨碌爬起来说先出去走走。爸爸走了一圈，坐到走廊尽头的窗户下。老杜陪着他，我过去老杜就让开了。

爸爸告诉我，“我把护工辞了。我已经能自理，何必呢，反正马上要出院。”

我惊讶，但没怪他。

爸爸根本没要我询问，自己叙述起来。从小我的耳朵就适应了爸爸这样周全耐心的叙述，我喜欢爸爸的细致和不紧不慢，以及他对亲人的推心置腹。

“老杜啊，我这几天一天比一天好，我想没几天我就要走了。我走了你得重新寻找人家干活，我不耽误你。早早地告诉你我的想法，非常感谢你这些天对我的照顾，我们的账就算到今天为止。”

有礼有节，有情有义，这是爸爸向来的外交特质。到现在爸爸说起这些，依然严整。我听得入耳，舒心，觉得听爸爸这样的讲话是种享受。

我怕爸爸冷，问他，“冷吗？”

爸爸上面穿了两件毛衣，早先裹在身上很紧的毛衣现在已经空落落的嫌大，下面就穿了一条单裤。

有人到窗口抽烟，爸爸也点起烟。抽烟的爸爸更让我想起他过去的风流倜傥。那种“谈笑间樯橹灰飞烟灭”和“羽扇纶巾”的潇洒。

爸爸抽上烟，特地冲我笑，笑得很重，有求我宽容的调皮，像淘气的孩子。

他知道我不让他抽烟，住院后，他每次抽烟都要这么歉意、诙谐、顽皮地笑着看看我。

我笑着回应他，不再阻止。

爸爸不知道病情，不知道他还能享受多少这样的云淡风轻，我怎么忍心阻止呢！我站在他边上，用手整理他的衬衣领子，抚摩他的背。

我怕他腿冷，用手摸他的腿和手，他说不冷。

爸爸手臂搁在窄窄的窗台上，一会抱住膝盖，出神地望着窗外安详的人流、高楼、车队、天空。

“这里的空气最好，这样坐着蛮舒服的。”

爸爸望着窗外，淡淡地说着。我的心底一裂，突然想到爸爸就要与这一切失之交臂。如果到了那一天，我的爸爸该是多么不幸。

我把羽绒衫脱下来，边脱边喊热。

“手机挂胸前。”

我穿着高领毛衣，手机挂在胸前。

爸爸幽默地调侃我，有夸奖我很潮流的意思。爸爸知道我一直不懂潮流。读大学的时候，爸爸总喊我“小瘪三”。

爸爸虽然出生农村，可对前卫与时尚一直敏感，而且乐于身体力行。早在一九八〇年爸爸就穿黑呢料长大衣，戴咖色呢料礼帽和茶色墨镜。

何止穿着打扮，我们家的房屋、家电、衣橱，一切东西，他总要走在时尚的最前列。

我们家砌房子的时候我读初中，记得爸爸自己设计屋顶和门窗，“我要和别人都不一样，而且几十年后也不落伍。”

爸爸反复跟那些匠人商量，反复修改图纸。

村里现在建起了一幢幢新楼。我们家的房子已经成了一个灰色的小矮人夹在其中。但细细品味，那些楼都造得很土，唯有我们家的庭院，从门窗到屋顶依然雅致。

我家的屋顶是青砖做的天安门。

当年的瓦匠没去过北京，只在电视和报纸上见过天安门。爸爸就翻出他在金水桥上的照片，让他们依着照片勾勒。

乡间的民宅屋顶都很考究，不是龙就是凤，从没变过。爸爸要变，因为他想独一无二。

爸爸是个精细之人，仅仅造出了精致的屋顶还不满意，他搬出一盆碧绿的万年青，让瓦匠照着画上去。如此这般，爸爸还是觉得不够。思来想去，爸爸最后在造型下面加上了一行他深爱的字——隶书体的：万古长青。

大气而独特，再也不会被人家重复了。

这四个字历经几十年的风雨如今依然清晰。尤其那个和我名字一样的“青”字。前年发现，忍不住一阵猛烈地心动。我们父女俩的灵魂又一次在岁月的长河中默契而深刻地相遇了。

爸爸近几年淡泊多了，衣服也不怎么讲究，尽管坚持西装领带，但质地款型还是比较传统。不是他不时髦，而是他看不上时髦的款型。这是不是隐隐地表明爸爸早先就老了，我们却没有发现。

爸爸笑着说我，我一下感觉到爸爸话里对我的融融爱意。我只有在这个男人的语气里才能感受到这样的爱，普天之下没有人这么无限地肯定着我的同时大胆地嘲弄我，而我仍能感到爱。

爸爸真以为我热，说，你穿得太多了。

这样我就自然地把羽绒服盖到他膝上。

“我不要，我热。”爸爸推开，“我真不冷，我冷我不会穿衣服吗?!”

我冷，喉咙前两天就疼，赶紧又穿上。

我蹲在爸爸面前。

“找个地方坐坐。”

不远的地方有个废弃的灭火器，我把它搬到爸爸身边，我紧挨着他坐。

玻璃窗里清晰地映出我们父女俩挨在一起的景象，像一张合影。多想和爸爸有张这样闲适相守的合影啊，可惜没法拍下来。

“她哭死了。”爸爸低下声，哀伤的样子。

爸爸说的是妙姨。

“她给你打电话了?”

“我给她打的。”

“她不放心，这么多天没回家，肯定病得不轻。”

“你让她来看你就是了，看看你又没人知道。我们来安排。”

“不要，麻烦。”

“不麻烦，你如果感到难过，你就让她过来。”

“不行，她没出过远门，又不认识路。”

我想起可怜的妈妈。

“老家的人风言风语，她听了难受。”

“别在乎别人怎么说，健康是你自己的事，与他们无关。当然你在当地那么有声望，很多人是因为惦记你担心你才议论的，不是恶意。”

“我知道。她听了议论更是放心不下，担心得不得了。服侍我这么多年，现在病得这么重见都见不到。”

“你让她来，我们可以去接她。很方便的，到了医院，就说是我们的姨娘。”

“太麻烦，暂时不需要。”

“你怕她看了反而更加伤心。”

“对！”

我相信爸爸对她的女人都是真心的。他爱别人总是为别人着想，完全站到对方的立场，病到这个程度也不例外。

他劝我们要多照顾妈妈，他自己没事。

现在妙姨在电话里哭一下，他心里就难受了，既想念，可又怕连累，于是拼命地吃饭锻炼。怪不得爸爸总惦记引流袋什么时候拿，体重增加了否。他这样瘦弱、带着两根引流袋，如何回老家?!

我觉得爸爸可怜，一个没名没分碍于情面不能凑近；一个伤心伤神没气力伺候。一个亲不到，一个亲不了。爸爸最终谁也没得到，他一个人苦苦地为她们挣扎着。

苦行僧啊，单纯的苦行僧。也许情是生命所有的意义，就像灯芯之于灯。

爸爸把目光投射到远处纵横交错的人流。

下午的阳光说来就来了，把刚才厚重的阴沉驱散尽了。在这样明媚的没有任何疼痛的午后，爸爸望着窗外想着他的情人，和我说着他的无奈。他怎么也不知道哥哥在四处为他选择墓地，因为专家们说快了，爸爸的生命只剩下个把月。

爸爸不像生命临近终结的人，他还有思念，还有盼望。

“别想那些烦心的事，不要急着回去，好好活着比什么都好！”我抚摸着爸爸的背。

“主要是这两根袋子，袋子拿掉就好办了。”

“不拿掉也没关系啊。人只要平安过好每一天就够了，人老了不就指望平平安安?”我想起爸爸是个傲慢的人，他在乎自己的形象简直重于一切。

“爸爸，想想你上海的舅舅，过去多潇洒。现在不也服老了吗?!”

爸爸上海的舅舅很帅，年轻时很厉害。现在八十多岁痴呆了，住在老年公寓。

“不服，我就是不服。”爸爸把头重重地扭向窗外，很骄傲的样子。

爸爸指的不服应该包括很多内容，不是我这个年龄的人能想象的。

但我为他骄傲的头颅兴奋，爸爸在我心底就是这个样子——不服，不服世俗、命运、规则。

最简单的，他指他不服老。我想起他去年清明对我说的，“我只把自己当十八岁。”

当时爸爸染了黑头发，西装革履，谈笑风生，与年轻的小伙子们为伍，喝酒打牌，谈古论今。

爸爸一直愿意冲在风口浪尖上做勇士，他不甘淡泊。

如果上帝再给他十年，我相信他依然会当十八岁过，相信爱情，追求成功，走在时尚前列，想着赚钞票、盖楼房、开汽车，不放弃，不安分。

“你舅舅八十岁才痴呆，体质多好啊!”

“寿命是前生注定，不一定条件好、重视健康就长寿，一切都是命。”

我伸伸胳膊，“都是为我考大学喝酒喝坏的。”

一九九一年我考进南大，爸爸非常高兴。家里连出了三个大学生，乡亲们也兴奋。爸爸摆了三天酒席。最后一夜他饿肚子喝下二十六杯白酒。我一进南大，爸爸就得了急性黄疸肝炎。

“你上大学，奶奶去世，那一年我实在太累。”

“对，劳累。二〇〇一年你给我装修房子也累，我一直感到内疚。那时天冷，吃不好，你来来回回跑。我常常想起你给我们洗纱窗，一扇一扇，风把沙子吹到你脸上头发上脖子里，想起来我就心疼，肯定是那次受苦了。”我摸着爸爸的后脑勺。

“不不——”爸爸是在安慰我，让我灵魂安宁吗？事实上我一直愧疚。这些年我总想弥补他，回报他。

“我的身体溃在你奶奶走的那一年，你忙着考大学不知道。”

“你伤心，忙？”

“忙倒没什么。”

“是伤心？”

“嗯！那时候我在物资公司当经理，湖北订好货，汇给银行十来万。奶奶病了，我把项目安排给二姑父。奶奶看来好不了，二姑父和货等不来，十多万被银行冻结。钱拿不到，货源被骗，对方还把二姑父当人质绑架。人财两空，年关岁底，急得我只好再次出马。跟当地银行打官司，十天不到，把钱拿到手，就地采购了二百多个立方的木头，装了整整三大船，堆得像小山啊！那几天花的是什么心血，动的是什么脑筋。没有两下子，人生地不熟怎么可能?！心里还时刻牵挂着奶奶，对二姑父的恨又说不出来，那滋味真是——那回身体狠狠地受了伤，就是那回。”

我相信爸爸的话，但还是觉得爸爸的病与我相关。

“你舅舅过几天来看我。”

“是啊，只要爱你的人看你受了这么大的苦，谁能安心?!”

“会有很多人不放心的。”想到爱，爸爸平和下来。

“当然。”

我用手指梳着爸爸的头发，拈掉他毛衣上的断发，摸着他的白胡须说：“爸爸你好久没刮胡子了。”

啊，爸爸的胡须。小时候我们怕爸爸，要是和爸爸一个桌子吃饭，都不敢吃饱。唯一一次觉得爸爸可爱，是他喝醉了。

爸爸的眼睛和面颊都红红的，他看着我和妹妹傻笑。我们看他那么奇怪，就在他边上跑来跑去。爸爸就扑上来抱我或妹妹，抱住了用胡须扎我们的脸，扎得我们哇哇乱叫。爸爸一边扎我们的脸，一边冲我们哈着浓烈的酒气。

妈妈在旁边纳鞋底，呵呵笑着。

那是个少有的温馨的夜晚，我一直把它珍藏在记忆深处。除此之外，爸爸跟我们都是一板一眼，不苟言笑。

现在我可以尽情地抚摸爸爸的胡须了。爸爸不拒绝我的抚摸，在他病弱的过程中，我们彼此越来越享受这样的交流。

原来我们可以如此之近，只是为什么我们要浪费那么多的时光，那些年我们一直生疏着戒备着遥远着。

“身体垮成这样还有一个重要原因：看病要钞票，钞票要供你们读书。所以能省则省，能拖则拖。你们现在有公费医疗，一旦哪里不舒服就赶紧看，不要拖，要吸取我的教训！”

爸爸这番话让我想起爸爸刚生肝炎的那几年。

当时哥哥姐姐工作成家，我和妹妹仍在读大学，属于爸爸的负担。

爸爸在家养病，时而会来南京检查。当年我第一次目睹了爸爸的“拮据”。后来写成一篇散文。

往　事

那年我和妹妹还在南京读大学，父亲从乡下过来看病。父亲穿的西服紧裹在身上，看上去他的身体粗壮而衣服窄旧了些。父亲的病令他的脸色呈病态的黄。我和妹妹手挽父亲进了医院。

那家医院很是豪华，医院里人很多，窗口也很多，到处是队伍，大都是等待中的人。在这里，时间与人像隔着一面玻璃，你远远关注着它，看着它清晰地流逝。

经历了这种等待终于轮到了我们。父亲很抑郁地对老专家讲述着他的病，老中医想是累了，很勉强，也很少说话。

父亲拿着单子去划价，从队伍中挤出来，他重重地坐到椅子上，愤愤地嘀咕了一句什么，眼里尽是悲愤和茫然。

我和妹妹从未见过父亲这样。在我们眼里，父亲是顶天立地的，百折不挠的，集豪迈放浪与英雄本色于一身。父亲绝不会软弱和沮丧，他从没退却过。

"怎么啦爸爸?"

父亲摇头，从上衣口袋中摸出一支烟来，点燃了，把手中的单子给我看。

"二百七十元，我不看了，哪有这么多钱——"

我们沉默了。

父亲虽然在农村，可在供给我们的时候从来都是挥金如土，没有丝毫的犹豫，一直到我们兄妹四个相继读了大学。

这是我们第一次见到父亲为钱所困。

父亲一口接一口地抽烟，我和妹妹无助地抚着父亲稀疏渐白的头发。记忆中父亲曾经一次次背起行囊奔波异乡，又一次次衣锦归来。待妹妹入了大学，父亲的身体已不如从前。为了养病，他提前退休，想是经济比较拮据了。他的犹豫或许仅因为这钱花在自己身上。

我和妹妹笨拙地劝慰父亲，在我们拎着那包贵重的药返家的路上，我们什么都没说，而我只想早点工作——

如今我们都成家立业了，父亲也早已恢复了健康。可我每次经过那家医院，父亲那一刻的悲愤和茫然便火烧火燎地灼痛着我。

爸爸为我们透支得太多太多，爸爸是为我们才走到今天。

我会永远怀念外科大楼十层的这扇窗。窗下我和爸爸肩挨着肩，心贴着心，说着一辈子没说过的体己话。这份好时光让人眷念，甚至恍惚。

老杜来喊我们，成主任要给爸爸换药，我们这才进去。

成主任说，"过两天，我们准备给你拿掉一根管子。"

"另一根呢？"

"先等等。"

"最长要等多久。"

"那就很难说，先不着急。"

爸爸眨巴着眼睛，他不知道那一根永远拿不掉。

二十八床二十九床都是肝癌晚期，他们默默地躺着，不能吃，也不能动。

"我跟他们不同，我的本质问题已经解决了。现在只是胆总管，这是次要问题，而且已经疏通好了，放了支架，康复肯定还要两三个月吧！"

爸爸压低声音安慰我。

昨天姐姐说，哥哥打算把墓地的事侧面跟爸爸说说，就说把爷爷奶奶的墓迁到茅山脚下。

我担心爸爸会不会被哥哥说得悲观起来。

不放心，给哥哥打了个电话，哥哥说不会的。

我希望爸爸平静地离去，不要绝望不要不服不要懊恼，就像他睡着了。梦里以为醒来就是康复，耳旁不是撕心裂肺的丧声，而是希望是朝霞是理想的光华。

上帝别让他痛苦，别让他有一丝预感，别让他因预感而产生那难以割舍的痛苦、绝望……那等于拿刀子在我们之间割，我宁愿那把刀子仅仅割我们。

千万别动他，毫发未损才好。化疗前，爸爸最担心掉头发。幸好没有，他能带着他中意的发型而去了。

我反复摸着爸爸的手，把我的手放在他的手心，比较掌纹。

青春期一度怕过死亡，现在我不怕了。如果爸爸在那头，我会去得很安详。就像现在我的小手安逸地埋在他的大手里。

三八妇女节，单位组织旅游。电话来了两次，最终还是放弃了。不管爸爸什么时候走，我必须每天陪着他，多一天是一天。

3月2日星期二

被闹钟吵醒，六点半，迷糊了一会爬起来，打算去食堂买肉包。

护士在收拾房间，二十九床坐在外面，二十八床没起来。二十九床的老阿姨指指走廊，说你爸爸在那里锻炼呢。

我跑过去，爸爸一个人在狭长安静的走廊里起劲地走，脚步轻捷，快步如飞。

“爸爸。”

“你怎么这么早就来了。”

“我买了肉包给你吃。”

“不吃，早饭已经吃过了。”

我有些失望，医院的早饭这么早。

“我吃了一大盒稀饭，一个大肉包。这里的包子大，但没你们单位的香。”

我跟着爸爸走了几步，累。另外觉得跟着会影响他。我站在一边远远地看着他。爸爸走得很认真，好像在数脚步。他有自己的计划，走完了，还要做腿部和腰部运动。

爸爸看上去瘦瘦的直直的，在走道上他一圈一圈地出现比较夺目。不时会有人追着他看，也有人小声议论。

“我以为他面前挂的是手机袋。”一个陪护的家属小声说。

“不是，是引流袋。”

“这个人每天都出来走。”

“求生啊——”

一旁推来手术床，护士喊，“二十床，二十床。”

二十床迟迟不出来，像是犹豫和害怕。

最终一个四十岁左右的乡下男人跑出来了，插了胃管，眼泪直淌。跨上床，身体在白色的被单下轻轻颤抖，很可怜的样子。

他的家属没哭，一个和他差不多大的男人，低着头咬着嘴唇。

谁不是骨肉之躯，谁到了这时刻不软弱。

我又想起爸爸，当时他安详地睡上手术床，被推到电梯口还灿烂地冲我笑，人和人真是不一样啊。

爸爸不普通，我由衷地感到欣慰和自豪。

走廊尽头，爸爸又疾步过来了。他抓握着手掌，大幅度地甩着胳膊，两只引流袋系在衬衣最下面的纽扣上。因为走得快，袋子左右晃荡。

爸爸走得很轻松，头发一丝不苟地朝后披着，人们看了那哭泣的男人，再看看我爸爸，该是多么不同。

爸爸专心锻炼，谁也不看。

回到房间说：“走完了，十圈，二千四百多步。”

“不错，你一天天轻松了，有力气了。这层楼就数你的精气神好，那些年轻人都不如你。”

“我感觉现在是跟以前不一样，今天早上洗脸，我发现脸不黑了。额头、耳朵都白里透红，嘴唇也不黑，鲜红鲜红的。大问题解决了。我的精和神有了，还差气，气要差一点。”

“两次手术，伤了多少元气，慢慢补吧。”

“至少两三个月。”

“吃水果吧，苹果怎么样？”

“我来切个橙子吃。”爸爸说着拿水果刀。

“我来我来，我在这里呢。”

爸爸有一点力气就不使唤我们了。

他提着引流袋自己去卫生间洗手。这个自力更生惯了的男人，一辈子走到现在还是自力更生。

他不怨天尤人，不灰心丧气。刚毅、自信，勇气和朝气依然如故，丝毫没有减退。

爸爸一口气吃完了一只大橙子，怕他再拎袋子去卫生间，我抢先打好热水等着。

主任来查房。

“好多了，食欲？”

“好一点了。”

“药水用对路了。”

“谢谢。”

“最近就要给你拔一根管子。”

“另一根呢！”

“至少要半年以上。”

这是我最担心的一个问题，一直没人告诉他一个明确的期限，这是第一次有人说。

我以为爸爸会很失望很难过。

“管他呢。嘿嘿，吃了那么大一个橙子。”爸爸一笑我就轻松了。

书贵叔叔来了，他是舅爷爷的小儿子，和爸爸最亲。书贵叔叔爱钻研、能吃苦，用他自己的话说，“从离了学校门就一直在苦苦奋斗。”

奋斗和上进是他们的共同点。爸爸赋闲在家的这几年，书贵叔叔常常陪爸爸。

他说：“你爸爸那时候身体壮，总是西装、领带、墨镜、礼帽，舅爷爷看见他就笑得合不拢嘴，边笑边说：‘你望望我们家的宝银啊。’”

爸爸是他们眼里的人物，上天入地、叱咤风云、无所不能、无所不赢。创造财富、教育孩子，方方面面爸爸都是周围人的榜样。

爸爸看到书贵叔叔，第一眼就落泪了。说，“你大概没想到我变成这个样子吧?!”

就在这天早上，爸爸还说他发现自己变得好看了。

书贵叔叔抿住嘴，说不出话来。

等爸爸睡着了，我们来到走廊上。

书贵叔叔眼圈红了，我知道他心疼爸爸。

“去年手术后，他不该回老家。得了这个病，应该在你们身边静养。一个人回去照顾得不好不算，他那么争强好胜就断不了麻烦。不光是身体，精神上也受不了。

“上次他回家我就看出来不对，脸色难看。我劝他赶紧回南京，养好身体最重要。这么多天没消息，不仅我不放心，舅爷爷也不放心。八十二岁耳聋眼花，一天几趟往我家跑。问我为什么不去南京，还说要不是天冷，他也要来看看宝银。”

书贵叔叔长叹一声，“太可惜了！我最佩服这个人的品德，没有坏心眼，总是帮助人，乐善好施一辈子。”

当年他们家条件困难，兄弟三个为分家闹了许多矛盾，爸爸帮着调解。书贵叔叔的婚事，还是爸爸一手操办的呢。如今爸爸病了，舅爷爷怎么能不心疼牵挂?!

书贵叔叔拍着窗户说，“就是因为他不肯服老，好胜！”又说，

“也许是没办法。现在我这样说他，说不定等我老了，也和他一样。忙惯了，闲不住。”

“你们性格差不多。”

“你一直在休假？”

“是，陪陪爸爸。”

“你对他好我们知道。”

“怎么会？”

“你爸爸和我们在一起就要说到你，你是三个姑娘里他最看重的，他的掌上明珠。他最喜欢你，总夸你有出息。”

“哎，我没出息。”

“出了几本书？”

“三四本，不多。我是很努力，以为爸爸至少会活到八十岁，到时候比现在一定要好，那样也没让爸爸白疼一回。现在算什么呢，还没来得及回报他，什么也没为他做，唉！”

“你爸爸对你很满意。”

“可我想的不止这些。”

是的，不止这些。我算什么，爸爸那才叫有出息，爸爸创造了多少价值和财富啊！

爸爸喜欢我，可能因为我们心气相投，我们都是感性的人，灵魂挨得很近。

生活中爸爸最宠妹妹，对姐姐的生活状态最满意，跟哥哥骨子里很亲，但表面上始终处于形散状态。这让我们包括妈妈都很费解。我们总觉得爸爸对哥哥不好，为哥哥叫屈，甚至为他们失望。

爸爸这一病，他们倒是亲多了。术后爸爸在麻醉中连声喊“林儿林儿……”

边喊边指刀口。

原来爸爸那么依赖哥哥。

书贵叔叔家里办了厂,不能久留。他舍不得爸爸,爸爸到哪里他跟到哪里。爸爸在走廊上锻炼也跟着。

爸爸怕他累,让他把椅子搬过去。书贵叔叔以为爸爸要坐,殷勤地搬过去。爸爸却对他说,"你坐,我还要走一会儿呢。"

书贵叔叔看看我,看看爸爸的背影,眼圈又红了。他在这个时候再次感受到了爸爸的爱。

爸爸就是这样,他爱别人,爱到比任何人爱他总要多总要厚总要细,叫人望着他的背影感动。一辈子他就是这样。对男人对孩子对老人对女人对亲人对外人对故人……

每年清明和冬至,爸爸不管在南京还是在王园子,总要浓墨重彩地祭祖。

去年七月半爸爸在南京,他买了锡箔纸,一张一张折成两头尖的金元宝,摞成好几筐。用冥纸粘出袋子,袋子外面用他的狼毫笔写着:"谨赠冥银,不孝儿孙宝银敬叩。"

正午,爸爸把妈妈煮的饺子一碗碗摆上八仙桌,碗碟桌椅纹丝不乱,祖宗一律朝南坐,然后点银子。

爸爸第一个叩头,有点胖的爸爸跪下来比较吃力。但爸爸跪得认认真真。整个过程爸爸都很虔诚,走路都不许有声音。

银子点完了,我们磕完头,爸爸双手合十对桌上的老祖宗们再次下拜,然后才搬动椅子,把饺子倒回锅里,我们才能吃饭。

爸爸对故人的这份虔诚每每让我感动。

很小的时候我就觉得祖宗们真的在那里享用饺子,看着我们磕头敬拜,吃完带上银子去西天。

整个过程像一次洗礼,我们会由衷地跟爷爷、奶奶、太太、太爷做一番交流。更多地,从中体会到了爸爸为人的诚挚与深情。

爸爸现在只跟我说好的,轻松的,不说他的忧虑与失望,他知道我担心。

下午他沉默了一会儿,扭头问我,"休假该结束了吧?"

“星期五结束，下周一上班。”

爸爸问完了又沉默下去。

我和他待在一起二十天，生来第一次和爸爸相守这么久。

小时候爸爸总在外面，我怕过爸爸，怨过爸爸，当然也想他，盼他回来。记忆中爸爸打过我一次。

那是盛夏，我和小伙伴在河边踩水玩。看见爸爸，老远就喊：“爸爸！”

爸爸不答应，他匆匆地走过来揪住我的耳朵，把我往岸上拎，拎上去就打我屁股。

我吓坏了，更觉得委屈。村头村尾都听到我紧张、愤怒的哭喊，他让我觉得丢尽了尊严。

我哭着躲到床上，拿线毯蒙住脑袋，死活不肯出来，晚饭也拒绝吃。

爸爸再回家已经很晚了，一家人都吃好玩好准备睡觉。

“你家二小姐还气得躺在床上呢？”我听见奶奶把我当笑话说。

“是吗？”爸爸熟悉的咳嗽声和皮鞋声由远而近地过来，我蒙在毯子里死死闭着眼睛。

奶奶点着油灯跟在爸爸后面，一边诉述我的倒行逆施。

爸爸没生气，反倒嘿嘿地笑了，不相信地问：“哦？”

好像我这样很有出息。

他们一起走过来，爸爸在床边喊：“小霞儿，小霞儿……”

爸爸喊得那么急切由衷，我再也没法装睡了，于是期期艾艾地下床，在爸爸的看护下吃了晚饭。

那么忙碌的爸爸居然郑重其事地坐在边上看我吃，丢掉的尊严随即又捡回来，渐渐不再生气。

这事我怎么也忘不掉，那时大概只有五岁。我忘不掉爸爸在听说我造反时的笑，还有他坐在旁边看我吃饭的样子。当时委屈的我并没有抬头看他，但不知为什么后来回忆，总觉得爸爸坐在边上是笑眯眯的，几分欣赏，几分疼惜。

还有两个场面让我时常缅怀，不过那都是长大了的事，理应记得清晰。

一次是我寄宿中学，每周回家一次，星期五（那时候没实行双休日制度）归心似箭很开心，返校就依依不舍了。加上从小没父亲娇宠，出门怯怯的，一点不开心就郁郁寡欢。

初中，我是个严肃、拘谨、不苟言笑、忧郁过度的女孩，无事也要愁三分，觉得孤独极了，世上找不到一个知己。

那会儿流行琼瑶小说，还有那些缠缠绵绵的歌。心心念念跟在后面唱，把词抄在小本子上。

倚着成绩好，明目张胆地离群。班主任顶多在成绩册上写，希望下学期积极参加集体活动云云，三好学生奖状年年照发。

家里贴满我的奖状，爸爸看着我的好成绩，总是满意。只是觉得我脾气古怪。当然他总是在肯定了我的好学上进之后，提出整改意见。

我盲目地觉得改不改无所谓，反正爸爸更重视成绩。那样的我渐行渐怪。

那个星期六的下午，返校路上不期地遇到了出差回来的爸爸。当时我背着书包和干粮，边走边唱《诗意》：

一个女孩名叫诗意
心中有无数秘密
因为世上难逢知己
她必须寻寻觅觅
她以为她
脸上没有露出痕迹
在她的脸上

早已经写着孤寂

我翻来覆去地哼着这凄凉的曲子,人也失神。看见爸爸一时醒不了,依然愁苦不堪。

爸爸惊讶地望着我,眼睛瞪大了,满脸惊诧和关切。怕耽误我上学,只是匆匆作别。

一周后回家,妈妈问:“你那天在路上遇见你爸爸了?”

“是啊。”

“你当时怎么了?”

“没怎么。”

“可你爸爸回来就问,他说你好像不高兴。”

“没有啊。”

那时候爸爸忙极了,爸爸和我们的交流仅仅关乎学习,还涉及不到情感。

爸爸看出我当时不高兴?他居然回来问妈妈。他的在乎让我感动。对不苟言笑的遥远得厉害的爸爸从此多了份认识。

初三寒假。那时学习用功,整个寒假关在西厢房,埋头做题。

有一天学到深夜,刚刚钻进被窝还没入睡,爸爸回来了。

爸爸进门就问妈妈,“小霞儿呢?”

“才睡了。”家里的人早睡了。

“才睡的?”爸爸的皮鞋声往我房里来,我想他只是来看看我,便在被窝里一动不动,做出睡熟的样子。

灯被我关了,堂屋的灯断断续续照到房里。

爸爸站在我床前,一个扣子一个扣子地解开他的长呢大衣,重重地盖在我的被子上,帮我把被角压了压,然后皮鞋声有节制地轻轻远去。

我没睁开眼睛,但泪水从眼皮底下缓缓地流出来。

那时候我十六岁，才知道爸爸是爱自己的。粗犷而雄才大略的爸爸也有这么细腻温婉的时候。我被这么好的爸爸感动了，决心不让爸爸失望，要考好，好得让他得意。

半年后我以高分考取了名校，当年能考上高中的孩子已经凤毛麟角，何况还是好学校。

爸爸喜滋滋地望着我，“嗯，像我的女儿，有出息！”

奶奶在旁边嘲弄他，“有出息哦，像你这样花血本养这三个宝贝，怎么会没出息？！”

当年的乡村，尚没有人这样用心栽培孩子。就算栽培也是重男轻女。像爸爸这样男女一视同仁的少见，也算独树一帜，开家乡先河。

等我们都走了，考大学便成了村里的风气，陆陆续续考出来不少大学生。

3月3日星期三

天亮前下雨，气温由十度降到二度，很冷。七点起床，雨停了，雾气腾腾。买牙签、肥皂、新鲜龙眼，八点到爸爸病房。

爸爸一个人躺在被子里，很平静的样子，我去了他起来。

剥龙眼给爸爸吃，边剥边说，

“爸爸，今天是三月三唉。还记得小时候唱，‘又是一年三月三’。”我故意轻快地唱，爸爸憨憨地笑。

书贵叔叔来了，我削苹果给叔叔吃。

昨天爸爸问成主任，怎么解决口干的问题。成主任让他多喝水，多吃水果。爸爸说他喝水也没胃口，喝到嘴里不香。

尽管那么说，今天他喝水和吃水果积极多了。让他喝就喝一杯，让他吃水果就喊好。

舅舅今天从姜堰过来。

“这么大年纪……”爸爸望着阴沉沉的窗外。

“说明你有人缘，你那些朋友要是知道你现在这样，谁不赴汤蹈火?!”

“辛苦啊，今天不是冷吗?”爸爸小声地说。

十一点四十分舅舅的电话来了，他顺利地下了车。我让他打车直接到门诊大楼，我在门口等。

穿着黑皮风衣，扎着宽宽的腰带，头戴黑色小礼帽，茶色眼镜，画画为生的舅舅像个归国华侨。老远我就在人群里认出了他。

七十六岁的舅舅面色红润，风度翩翩。我和舅舅挨肩走在一起，频频有人朝我们回头。

如果爸爸不生病，爸爸走在人群中也是这样。

舅舅年轻时在新华书店工作，先后做过教师、文化管理员。年轻时吃过苦，最难的时候靠刻章、写字为生。退休后，舅舅看破一切，终日沉浸在艺术创作中。

舅舅工于书法、绘画、诗词，作品多次被编入中国文联出版的图书中，在县城文化馆德高望重，获得“民间艺术家”的称号。晚年的他离群索居，潜心画画写字填词，一个人自给自足、自娱自乐。除了喜欢远足，迷恋山水外，人情世故越来越淡。真正的闲云野鹤。但舅舅一直愿意和爸爸交往，虽然来往不密。

健康潇洒的舅舅来到爸爸床前，爸爸老远就伸出手来，喊：“舅老爷!”

坐定，爸爸告诉舅舅：“死里逃生！两次手术加一次介入治疗。幸亏发现及时，要不早就没了。这次在胆总管上放支架，解决的是小问题。这个小问题让我受够了苦。瘦了，不成样子，自己看自己都害怕。上午主任来看我，说不挂水了，过几天拔掉一根管子，现在就剩下补养恢复。西医没什么好疗法，他们建议我到中医院去。那里在补养调理方面比较有经验。这边的医生随时过去看望，帮我解决难题。”

我在旁边听得难过，这些都是大家商量好了骗他的话。现在听爸爸说出来，心里真不是滋味。不敢看爸爸安详的脸，尤其怕听他说，“这次恢复肯定慢，至少要两三个月。”

午后，舅舅被妈妈带回家休息。

我和书贵叔叔留下来陪爸爸。

爸爸很少反对我留下，如果人多他会赶他们走。除非到了晚上，他才会对我说，回家，汐汐放学了。

爸爸要抽雪茄，每天抽三次，对付他的顽固性咳嗽。

爸爸的咳嗽非常特别，几乎成了他的体征。我们想起爸爸，都会不由自主地想到他的咳嗽。年轻时就这样，经常发作，无药可治。后来他发现雪茄可以对付。

以至于我们咳嗽得厉害的时候，爸爸会建议我们抽雪茄。姐姐试过一次，爸爸帮她抽燃的，姐姐抽得很香，承认确实管用。

雪茄是巴士的，哥哥送给爸爸的。爸爸说很香，不烧口。

爸爸拿着长支，书贵叔叔不肯，非要他换成烟嘴，“整支的费劲。”

抽完爸爸下去跑了十圈，回到床上，一会儿呼噜大震，可能晚上没睡好。

书贵叔叔跟我说，“委实你爸爸这个人太好了。明天我回家，过几天还要来。我会天天跟他通电话，我只要听他的声音就能猜出他的状态。”

爸爸这一觉睡得真香啊！

直到天黑他才醒来，醒来反复说，“怎么都吃晚餐了，怎么这么晚了？”

书贵叔叔跟他话别，并且握手。

爸爸抽出手来，我以为爸爸拒绝他亲近，然而他又抽出腿来，准备下床，说，“我送送你。”

“不要不要。”我、下班过来的妹妹、书贵叔叔，六只手按着爸爸，让他别折腾。可他还是挣扎着起来了，自己拎着引流袋，走得很独立。

妹妹忍不住惊讶，悄悄说，“你看你看，爸爸！”

我们看到爸爸这样健康、昂扬仿佛就知足了，幸福了。

我们已经不在乎他能不能天长地久，只要他每天这么无痛苦无折磨。病情的恶化，让我们放弃了最初的期望。希望和满足会随时升起，为爸爸每一点每一滴的进步。当然，失望和痛苦也随时生发，为每一点每一滴的变卦。

“真荣幸，我今天能让爸爸亲自相送，沾沾叔叔的光。”我和书贵叔叔一起下楼，边走我边轻松地调侃爸爸。

只要爸爸好好的，我就无比轻松。只是告别之后，沉重会慢慢地爬上来。我才觉得厄运仍在前方，没什么好高兴的。

每天睁开眼睛就想到爸爸，直到睡着。每天为爸爸跑腿解决难题扫除寂寞……越累，晚上睡得越从容。惟有这样——每时每刻都为爸爸承担着劳累着，才能心安。否则就惶惶不可终日。

爸爸送到电梯口，他跟叔叔又握了一次手。

叔叔反复说，“过两天我还要来，反正我还能给你打电话。”安慰爸爸，也安慰自己。

晚上洗澡，身体在哗啦啦的热水下面突然像冻住了似的。因为我觉得我们共同设计一个骗局在欺骗爸爸，而我是整个骗局的成员之一。我们、主持手术的王主任、成主任、中医院的徐老、方叔叔……所有人一起合谋骗了爸爸。

我们骗爸爸唤起信心，骗爸爸硬吃——吃一口吐一口也吃，骗爸爸硬走——走一步痛一步也走，骗爸爸对未来充满希望，骗他三个月后就会大有起色，六个月后胆道的管子能拔掉，他还能回到王园子去，回到他的亲人朋友中间去。他还能继续逞强好胜、乐善好施、见义勇为，活得像个十八岁的小伙子。

今天下午他那美美的长觉睡醒，他在被窝里积极而主动地叙述了他的梦：

“我梦见东进，(东进是小姑姑的儿子，小姑姑二十四岁得怪病去世，留下一岁的东进。爸爸妈妈和奶奶给东进很多照顾，尤其是爸爸，对东进视如已出，感情笃深，这时候梦见他不足为怪。)他那时候还小，才会走路。我和你哥哥都在老家的门口，门外有污水池。眼睁睁看着东进淹下去就没上来。我紧跟着跳进污水，三划两划就把东进救上来，狠狠地朝你小姑父发火，怪他见死不救，自己却浑身脏死了，臭死了。”

我、妈妈、妹妹全部围在爸爸身边，欠着身子耐心地听爸爸把这个梦讲完。

我们统一地笑了，可我的心在疼。随口埋怨爸爸，“自己都这个样子了，还在操心人。”

爸爸一共四个外甥，个个神气。但成材之路都非常崎岖，真是费了爸爸九牛二虎之力。爸爸把我们送进大学之后，乘胜追击，鞭策他们读书考学，其中三个都相继走进了大学。

当时因为成绩差，初中没毕业他们已经辍学打工。东进去黑龙江做过水坝工。后来吃不消，回来学驾驶。爸爸找他谈了几天几夜话，帮他联系学校，好歹让他重回校园。

三姑姑家的长进也是，已经退学在家学汽车修理了，晒得黑黑的，像个小老头。爸爸一样劝他去读书，他们后来考取了农校，分别都有不错的工作。大姑姑家的留筛成绩最好，可惜大姑父去世早，爸爸苦口婆心，好容易让他考取了大学。

爸爸真是多虑了，小姑父是个本分人，他对东进好得没法说。

我在意爸爸说的最后那句——他是个有轻微洁癖的人。浑身上下容不得半点不周正，更甭说脏、臭。记忆中爸爸总是香香的，他出差回来，老远能闻见他身上的肥皂香和生发油的香。

他梦见身上又脏又臭是不是因为那两根引流袋。他受不了了。袋子里终日流着黄灿灿的东西，不洁感自是不用说了。

我们的爸爸啊，这个梦让人心疼。

9. 怎么样我们都注定要伤心

3月4日星期四

爸爸很不好，脸色发黑，整个人在被子里一动不动，毫无精神。我问他怎么啦，他说没什么。

爸爸说管子拔掉了，王主任亲自拔的。比昨天疼得轻些，昨天只是往外拔了一点点，就像抽肠子一样疼。

我把脸凑近爸爸，感觉他说话非常困难。又一次问他，哪里难受？他摇头，咽吐沫说，“喉咙像堵了口痰。”

“我下去买梨子。”

“不要，外面冷。”

“没关系，我在这里也闲着。”

“看书，别出去。”

“一会儿就上来。”

“那就少买点。”

我听爸爸的话买了两个，另外又买了盒梨膏糖。买回去爸爸就笑了，说买这个干吗，我剥给他吃，他没拒绝。吃了两粒不想吃了，说有股怪味道。

我给他削梨，在微波炉打了一分钟。

吃完了我让他睡觉，自己在旁边看书。可是爸爸抬起头来说，你妈妈今天中午不来。

“怎么啦?”

“她头晕,早上没能起来,你哥哥讲的。”

“真的。”我摸出手机,可想想怕她在午睡,又放回去。“你别担心她,午饭我让婆婆做,等下我回去拿。”我觉得爸爸今天状态不如昨天。

半个小时后,爸爸好像睡着了。可是他突然提醒我,“给你妈妈打电话,让她中午别给我送饭。”

“是,我怎么忘记了。”开始还记得的,后来看书就忘了。最遗憾的是我不小心看到书里去了,竟然没注意爸爸的水挂完了,他自己打的铃。

姐姐让我别回去,她把午饭拿过来。可爸爸一个劲地催我走,他说你肚子不饿吗?

每到吃饭他就把时间弄得特别清楚。

他对我说:“不知道为什么,从昨天开始,一提吃饭就恶心。跟过去不同,过去是吃不下硬吃。现在是根本不能下咽,咽了就要吐。今天中饭送来也不一定能吃。”

我的心一个劲地往下坠。

中午姐姐陪爸爸,我去帮妈妈开药。大概太累,坐在公共汽车上竟然睡着了。着了凉,下车就头痛。来到爸爸那里,他一个人躺在被子里,寂寞无所依,看到我神情惊喜。

“来了?”

“吃过了吗?”我问他。

“强迫自己吃了点,饭吃了三分之一,菜差不多都吃掉了。”

“喝水吗?”

“不喝,肚子早就饿了。”

“饿了?我回家弄点吃的来。”

“不要,你泡杯奶粉给我喝一下。”

我赶紧泡,加了勺蜂蜜。爸爸坐起来慢慢喝下去。

“吃根香蕉吧，你消化不好。”

“对，吃点香蕉。”

爸爸坐在那里。我看得出他非常难受，没精神。

“身上疼吗，管子拔过之后？”

“现在不疼，肚子里舒服了。走路睡觉比过去舒服。”

“那你到底哪里难过？”

“浑身好好的。就是胃口不好，吃什么都不香，想什么都讨厌。”

“是啊，真烦人。别着急，胆囊拿掉少了消化功能，一时肯定不舒服。躺下睡一觉，今天最好少活动，管子刚刚拔掉嘛。”

爸爸听话地躺下来。

睡了半个小时，爸爸让我把床摇起来。爸爸想吐，说着就拎起引流袋跑进了卫生间。

他怕我进去，特地关上门。我以为他要方便，可听到他在里面呕吐，开门进去，拍他的背，慢慢揉。

可是没用。爸爸站得笔直，紧张地耸着肩，对着马桶狂吐，吐得脸色发黑，泪花四溅。

吐完了爸爸摇头，看了看镜子，不满而失落地闭上眼睛。他要去门外走走。

爸爸走得不如昨天，一天没怎么吃，净吐多伤人。

我问王主任，他说可能与服药有关，还因为运动少。爸爸听了这话，走得更坚决了。

爸爸走了四圈，跑过来对我说，“帮我把椅子拿过来，我要坐在外面。”我和爸爸又面对面坐在阳光里了。

多好的阳光，应该是春天的阳光，斜斜地从窗外照进来。

“怎么搞的，为什么现在还这么难受，这开刀解决的是什么问题？”爸爸纳闷。

“早知道这么难受，还不如不开。”我顺着他，愤愤的。

“不开不行。”爸爸无奈。

“可能就是中药的原因，吃药总会伤害胃的。”

“我是胃热，体温不高，但内里有火，需要清热。”爸爸说完起身去找王主任。他要把自己的感觉和建议跟他讲一讲。

王主任让他先别急，再观察观察。

晚饭时间又来了。

我去给爸爸打饭，妹夫悄悄问我，怎么搞的，爸爸今天好像心情不好。

我说他今天特别不舒服。

爸爸望着打好的晚饭直摇头，他坚持把药吃下去了。我们试图哄他吃东西，他说，吃下去吐，干吗呢?!

跑出去给哥哥打电话，把爸爸的情况详细地告诉他，要他跟成主任联系。我的建议是得给爸爸补充营养，否则他身体吃不消，还要熬一夜呢?!

晚上与师大的钢琴老师见面，为了爸爸，已经把汐汐学琴的事耽搁了半年。汐汐对钢琴很感兴趣，她坐在琴房里抚弄了好长时间。回家不放心爸爸，给妹妹打电话。她说爸爸一个人在挂营养，我决定还是跑过去。

爸爸看见我很惊讶。

他告诉我已经吃了稀饭，好多了。他在看电视剧《沈万三》，很专心。没赶我走，我就坐下来陪他。

哥哥一会儿也来了，他不是今天开会去了吗?

哥哥一次比一次憔悴，跟过去简直判若两人，心里真是惊讶!

爸爸把今天的情况讲给哥哥听，特别说了他找王主任的事。两瓶药下去，果然不吐了。明天他还要用这个药巩固巩固。

爸爸说完就催我们回家。

下楼的时候，哥哥告诉我，爸爸呕吐与中药里的化疗药物有关。真希望爸爸别吃这苦头，还有什么意思？关键会挫败他的希望，破坏他最后的平静和安详。

可是如果不治疗，眼睁睁看着他枯萎该多残忍。

也许怎么抉择我们都会痛心，都会后悔，因为哪一种选择都不能改变最后的结果。

怎么做我们都不甘心了。

3月5日星期五

早上到医院，问爸爸要不要吃水果，他摇头，他吃过中药了。

“王主任说那药对胃不好，你可以先停一停。哥哥不是让你不要吃的吗？”

“就剩一包，吃完就不吃了。”

“没什么不舒服吧？”

“没有。”

“今天还挂水？”

“挂。”

我给他看报纸，转眼他就把报纸放下了，风把报纸吹到地上。

我给他洗脸，他说我手上有香味，惹得他想吐。

我只好坐远一点看书，又觉得不好，起身和他说话，“我下周就要上班去了。”

“到时间了？”

“到了。中午我给你送饭。”

“好。”

“来，想想今天吃什么？”

“米饭、肉多弄些，素菜随便。”

爸爸睡觉了，水挂到十点四十分。

“还想睡?”

“不想了。”

“我回去了?”

“回去吧。”

我把盘子里的肉都挑到了碗里，加上茄子、芦蒿、茼蒿，饭盛了满满一碗。怕爸爸等，匆匆赶过去，一步没停。

“这么快? 你应该在家吃中饭的。”

“吃过了。”

“这么快!”爸爸笑了。

浓厚的脂肪乳挂得很慢，其他床的人都在吃饭，我催爸爸起来吃。犹豫了一下，爸爸起来了。他自己去厕所，一手将引流袋挂在上衣口袋上，一手提药水瓶。

我给他理被子，放餐桌，等他出来，打开饭盒。

爸爸抱着饭盒吃得很香的样子。刚想问他好不好吃，呕吐的感觉就来了。爸爸抿住嘴巴，不动不说也不看我。我吓得浑身冒汗，直担心东西会不会冲出来。

“给我倒杯水。”

水递过去，爸爸喝了一杯。喝下去继续吃，爸爸吃得很尽心很努力。肉全部吃掉了，还夸土豆好吃。芦蒿和茄子也吃了，最后只剩下几根茼蒿。

“吃得好，比我吃得多!”

“嗯，今天这午饭吃得不少。”

我突然想起术前爸爸神采奕奕地对我们说，“开刀就是解决吃饭这个大问题，开了刀就好了。”

没想到开了刀并没有好，甚至还不如开刀之前。那时候爸爸不这么虚弱，也没这么消瘦，爸爸还能唱歌呢!

我对肿瘤治疗的现状失望之极。病房里三位进来都能吃能喝，手术后，伤了精神，损了元气，不能吃不能走，终日和药物不离不弃,直到最后。

这难道就是所谓的治疗?

既然不是百分之百,不能保证对症下药,那还让患者接受什么手术吃什么药?!什么都是试探,什么都在赌,不是拿肉体和生命开玩笑吗?

这个社会经济能力越来越高,可是科技的能力到底增长了多少?尤其是医疗科技的实力,是否与财富的增长同步?看着日新月异的街景、日益豪华的私家车,可是生命安全的环节上却如此薄弱与落伍。

我一直不喜欢医院,如果不是万不得已我不会来医院。

可是现在,我在医院待了二十天,经历了护理爸爸担心爸爸盼望爸爸好转的种种煎熬之后,我对医院有了另外一种感觉。

不管什么时候进来,总能看见流着鲜血的肉体、病人愁苦的面容、陪护忧心忡忡的眼神、探病者焦急而热切的脚步、救护车紧张恐怖的嘶鸣、来来回回在担架上一动不动的人、手术室闪烁的红色提示灯、走廊深处又一个接到病危通知以头抢地绝望号啕的人……随处可见泡着泪水的眼睛,窗口成捆成捆递过去买命的钞票,还有穿着病员服、动作强度明显超出身体负荷的锻炼的人。

护士的工作台上屡见不鲜的鲜花,各式各样的保温桶,天下想得到和想不到的点心与美食,医生知心的鼓励,小护士温馨的微笑……

在这里人们一眼看着生一眼看着死,生和死成为左眼和右眼那么近,对生的渴望从没这么急切与明确,同时对死的恐惧从没这么恳切和决绝。

灾难悬在每个人的头上三厘米的高度,痛苦是因为爱,爱衍生真诚、希望、友善、不舍、留恋、心疼,这些情愫空气一样充盈着医院。

在医院，死寂的太平间与和煦的天堂门对门。

你能非常清楚地看见人与人之间相互维系、难以割舍的情感之河——它在涓涓地流啊流。

我们原来如此依恋，生命原来如此多情，我们原来如此相似。

金钱、地位、价值……一切一切物质的能量化为乌有，一个高官显贵和一个卑微贫民在癌症晚期的哭泣没什么不同，伤心的热度和纯度完全一样。我们原本不过只是生命。

医院让我们体味到冰凉，那是死亡和病魔威胁的。可医院却蕴涵着另一份独到的温馨和深情，我们作为人最为脆弱又最为高贵的同情与爱交相辉映。

我相信任何一个浑浑噩噩、碌碌无为的人；无缘无故对生活悲观失望的人；对人性绝望动刀子杀人或自杀的人，都该来这里走走，看看。身边有多少人想活活不了，生命就是这么不堪一击，死亡唾手可得，死亡牵连着无边的哀痛与无奈。

这是我陪爸爸的一个意外收获。

过去所不知道的。

不知爸爸有没有这方面的体会，如果他知道结果就是这样，灾难离他如此之近，病魔不分善恶只管钻空子，他会不会对自己多一些主观上的呵护，爸爸从来就是一个爱别人多于爱自己的人。他压根儿不会保护自己。

邹说，“你爸爸是君子坦荡荡，他以为命运之神会像他爱别人一样爱护他，这个善良的人被骗了。”

很惆怅，也很委屈。

想起白居易的句子，“世间好物不坚牢，彩虹易散琉璃脆。”

3月6日星期六

汐汐今天不用去兴趣班,早上继续去爸爸那里。

天气预报今天是0至8度,出门很冷。

爸爸没起床,他躺在被子里。看见我就羞涩地很女性化地笑了——这是爸爸对我们特有的微笑。

邹归纳为"很羞涩的女性化的笑",生动形象。这样的表达让我轻而易举地看见爸爸嘴唇咧开的样子。以前我离开爸爸就很难想起爸爸的样子。现在只要顺着这句话,随时随地我就可以把爸爸从脑海里拉得很近。

"爸爸。"

"这么早就来了。"

"不早啊,吃过没?"

"不能吃,今天上午九点半做B超。"

"还没洗脸?"

"我才醒来,没起呢。"

"我来给你洗。"

"不用。你们今天中午聚会?"

"是啊,我们请舅舅。想回家吗?"

爸爸不说话,微笑着,很向往的样子。

"应该问题不大,不挂水,回家吃个饭就来。"我鼓动他。

"可以是可以,外面冷吗?"

"太阳很好,冷是冷,你回家哥哥肯定开车来接啊。"

"你看看我的黑布鞋在不在啦?"

"没看到,带来了吗?"

"看看床底下有没有?"

我听话而殷勤地弯腰去看,"没有。"

“穿这双保暖鞋一样。”

“起来。”爸爸精神振奋。

他一骨碌爬起来，不要我的帮助走进卫生间，一会听见他刷牙、洗脸、给头发喷摩丝。

昨晚爸爸洗过头，头发干爽蓬松。爸爸用摩丝固定好发型，统一披向后，非常适合他方正的脸、浓黑的眉，很有气质。爸爸几次住院一直带着摩丝。我说过，他最重视他的发型。

爸爸傲岸脱俗的气质可能与他一贯不变的发型相关。爸爸梳洗好了出来，立刻恢复到他过去的健康状态里去了，完全不像个病人。

哥哥嫂嫂来了。我告诉他们爸爸回家的打算。他们很高兴。

叠放在衣橱里的西装微微有点皱，不过，无大碍。裤腰太肥，正好可以将那只引流袋装进去，戴上帽子，爸爸看上去完好无损。

我们像在过节，行动都比往常轻快。

一起去内科楼做检查。

哥哥走在前面，我手臂圈住爸爸的手臂，上下电梯的时候，张开双臂把爸爸环住，不让爸爸被挤。

爸爸走得很好。

“真了不起，爸爸！两次手术都是你自己走出来的。”

这是爸爸住院一个月以来第一次走出医院，和我手环手亲密地走出来，我很欢欣。

爸爸笑了。

“冷不冷？”

“不冷。”

成主任在检查室。检查时间不长，很顺利的样子。完毕，爸爸穿好衣服对哥哥说：“我和小霞儿先走了，你们在这里等。”

我们又那样手臂圈着手臂走回病房。

护士小姐已经给爸爸准备好药水。

爸爸说，“今天不挂，我中午要回家。”

“不挂不行，药配在里面不能久放。”

“那就挂吧。”我们互相笑笑。

哥哥回来了，成主任跟进来给爸爸的引流管换药。

爸爸问哥哥，“结果怎么样？”

“还好，很清楚，没什么问题。”

“支架怎么样？”

“很正常。”

等成主任过来，爸爸又问怎么样。成主任的回答差不多是类似的安慰。

但成主任也说，“手术的根部有一些不明的东西，可能是没长好的伤口，还要继续观察检查，一般来说没什么。”

嫂嫂在外面的走廊上告诉我，“胆总管又发现了新东西，可能又长了东西。”

不管了，何况只是可能。我本能地拒绝着坏信息，宁愿相信奇迹，相信爸爸有好运气。

谢天谢地，爸爸拔掉的那根管子伤口长得很好。原先医生担心的腹水外溢、重新置管的麻烦都不存在了。另一根管子也不错。

哥哥嫂嫂去中医院抓药，我留在爸爸身边。

爸爸气色很好，成主任的安慰可能起了作用。

我也高兴，我的精神完全由爸爸控制着，哪怕只是片刻的欢娱，我也和他充分地分享了。我沉浸在他的情绪里，他的美好的快乐的欢欣的昂扬的情绪将心底那个愁人的结论吹得远远的，遥不可及。

我把椅子搬到爸爸床头，紧挨着他。

“爸爸你的确非常了不起!”这是我一直想讲没机会讲的话,“这些天我没去上班,我把你的事讲给朋友们听,他们都为你感动,都说我有一个了不起的爸爸。”

爸爸笑了,浓黑的眉毛舒展得非常开,是骄傲的得意的笑,不是羞涩的女性化的温存。

“看看这层楼,比你年轻的那么多,可有几个像你这么坚持吃饭、坚持锻炼?!”

“人啊,不管在什么时候都不能放弃。不能不努力,要看清楚自身的价值和人生的价值。不要认为自己很渺小(这句话是特地为我说的,他很清楚我心底的虚弱。不懂的人说我谦虚,包括很喜欢我的老师。世上只有爸爸知道,并为此担心)。不要认为什么都无所谓,其实生活不是这样子的。生活要人努力,要有目标,有理想和追求,然后奋斗。一定要动脑筋,动脑筋很重要,动脑筋才能改变生活,创造人生。年轻的时候我一无所有,整天就是动脑筋。”

爸爸语速平缓,思路清晰。我像咀嚼饭食一样仔细地把爸爸说的话一字一字吃进去。我要把它们融化在我的生命里,当作我灵魂的粮食。

我就是在爸爸这样的话语里诞生出了“今天的我”,它们是我最重要的营养,唯一的无可替代的。我着实没发现一个人在精神层面上能盖过爸爸,或许是我没遇上。

“像我这样,如果自己放弃有什么办法?只有与它拼,坚信我能战胜,能克服,只有坚信自己,否则没办法。”

“是啊,坚强,坚信,生活里变数太多了。”

“不要放弃希望,努力,我已经尽了我最大的努力。”爸爸由衷地,声音很轻。

“你会成功的,会一天天好起来。关键是你给我们又一次做了榜样。”我抚摩着爸爸的手。

“没办法，遇到这样的问题，过到这样的日子，只有乐观坚信。”

爸爸眼里全是神采，脸庞像镀了一层柔和的光泽，光泽里看不到爸爸已经瘦削变异的脸。爸爸依然完好，依然年轻，依然强大，我依然在依偎着他。

有些恍惚，多日来的劳顿一扫而光。阴霾似乎散却，幸福正像窗外的阳光一样漫山遍野，无边无际。

我怕累着爸爸，想着哥哥刚才约好十一点半来接我们，就催他闭目养神。马上回家，爸爸一定更加兴奋。

“准备花半年时间，把自己的身体恢复到手术前的样子。”爸爸闭着眼睛说。

“半年？应该花一辈子。健康应该变成你永远的主题。”

“当然。”爸爸闭着眼睛笑眯眯的。

我突然为自己的说教难过。

爸爸哪里有机会呢?！爸爸一点也没预感吗？我可怜的单纯的爸爸，他完全没有把人生的险恶预料到?！

我轻轻地抚拍着他的脸，让他闭目养神。

“睡不着。”

“睡不着，那就闭着眼睛想想心事。”这句话我说得很顺溜，因为我每天都要对女儿说。

爸爸像我的孩子一样乖乖地闭上眼睛。我坐远一些，看着药水的进程。

出去给妈妈打电话，让她准备好爸爸的白衬衫和平整一点的西装，以及皮鞋。

又给邹去电话，让他买胶卷，带相机。邹说他不敢拍，我说我来。

我还让婆婆给汐汐扎上好看的羊角辫，用橘黄的蝴蝶结。

爸爸睡了一会，到底兴奋，睡不实。他让我给妈妈再打个电话，他要吃荞麦面菜心团子。那东西不好消化，但他偏偏喜欢。

我把手机递给爸爸。

爸爸以最轻松的语调和妈妈说话，不多见的亲密。妈妈的声音非常明亮。妹妹在妈妈身边。爸爸回家点燃了所有人的激情。

药水挂完，像完成了最后一件大工程。爸爸下床去厕所，为回家再做一番梳洗。

出来他半躺在被子里。

哥哥过了约定的时间还没到，姐夫却来了。他忙了一上午，给爸爸做了一锅烧饼汤，爸爸爱吃的。

爸爸现在没心思吃了，他说等下带回家，大家一起吃。

哥哥来的时候，爸爸睡着了。本想让他多睡会儿，但他马上又醒来。

大家一齐动手，帮爸爸穿上外套。爸爸翻身下床站到地上，径直把裤子往上拉，一时忘记固定在床沿上的引流袋。

“哦，还有这宝贝呢?!”爸爸自我解嘲。

我心里一酸，要是没它，爸爸该多好啊！他自由和幸福的权利就被这小小的袋子给剥夺了。

爸爸打理自己的过程中，二十八床和二十九床静静地望着爸爸。

二十八床说：“哇，老韩这么一打扮就成了个帅老头了。”

二十九床逗爸爸：“中午回家弄两杯哦。”

大家都笑起来，病房里难得的喜乐。

迎面遇见爸爸最信赖的小护士。

“瞧您笑得哦!”她冲爸爸说着，自己笑得像朵花。

大家都为爸爸焕然一新开心，如果爸爸真这么健康地走出去，所有人该是多么开心啊。

哥哥和姐夫坐前面，我和爸爸坐后面，是爸爸帮我开的车门。我的心从没这么新鲜和激动，像陪一个新娘——崭新的人，比自己当年做新娘还幸福。

路上我和爸爸简单地说话。

“感觉怎么样，在里面住了三十天，出来看什么都新鲜吧？”

“新鲜！”

“头晕吗？”

“不。”

“天气真好！这样的天气回老家玩完全可以。”

“不去。等等，等我恢复好一点。”

“回去也不是不可以，我们一起陪你回家。”

“五一节差不多。”

我说不出来话，暂时不往下想。

还是欢欣。

大家已经在谭越轩等候。妈妈、舅舅、姐姐、妹妹、孩子们——他们一定盼着我们呢。

车停下，姐姐和妹妹扑上来，舅舅一把握住爸爸的手，说，“好了，回来就好了。”

妈妈和婆婆带孩子们在里面，汐汐和弟弟很兴奋地在唱歌。包间很大，大家很欢欣。

团团坐定，我的心思很飘，在人群之外。汐汐和奶奶坐在一起，旁边是她的姐姐、弟弟。

就在大家坐定开始用餐前，“哗啦”一声盘子掉地打碎了，是汐汐，我的女儿。她将这场意义重大的聚会搞了这么一个开头，尽管妹妹跟着说“碎碎（岁岁）平安”，但我的心急速地往下沉。

真担心爸爸的快乐被这个盆子砸碎了，爸爸有时候很唯心的，他在意这些细节。还好，大家说说笑笑，很快气氛就热烈起来。

我端着酒杯去找爸爸，爸爸抢在我前面说：

“感谢二小姐对我的照顾，你辛苦了。”

包间的墙是金黄加大红的，可惜背阴，窗外的阳光顾自在窗外灿烂，怎么也照不进屋子。

中途他们抽烟，我去拉开窗子，看着一院子的碧绿与粉红，突然惊讶，春天竟然真的降临了。

我的心却急速地冷下去。我知道只要爸爸一天不好，我们就与窗外的春天无关。

爸爸睡到四点，吃了一碗稀饭，哥哥开车送他回医院。

晚上，给汐汐讲睡前故事。把她打碎盆子的事情拿出来讲，告诉她大人们当时的心情，碎盆子多么不吉利，她犯了多么严重的错误。

说着说着激动起来，让她伸出手心，打了一下。

是认真的打。这是我第一次打汐汐。手心打疼了，孩子泪盈盈地望着我，没有哭出来。满脸讶然和伤心。

“记住了吗？”

汐汐点点头。

这一夜我睡不实，不时地趴到汐汐的小床上去看。真担心这一下给汐汐的心灵留下了阴影。懊悔、内疚和不安让我在心里决定，再也不用这种野蛮的方式教育孩子。

想想自己真是为爸爸愁疯了。

10. 他想让她来会面

3月7日星期天

担心爸爸，一早慌慌张张过去。

自行车留在人民医院，乘车过去怕耗时间。干脆夹着报纸跑过去。

路上很多人看我，阳光灿烂的星期天早晨，一个女人这么焦急地跑什么。

我想外科十楼，在家，在外面，常常想那个点。在这个城市它非常非常小，但那里有我的爸爸。尽管他在天天消瘦枯萎，但他在那里。只要我愿意，跑过去，上电梯，绕过长长的走廊，走过护士工作台，推开那扇门，就能看见他。我喊“爸爸”，他就会答应我，高兴地冲我笑。

而这样的幸福即将被剥夺，这让我无法不紧张。每次往那里走的时候，心恨不得要飞起来，要把这时光拽住，慢慢地，拖下去，哪怕拖得我毫无气力。

爸爸睡在被子里，很安详，暖暖地冲我笑。

“这么早?!”

“不早。”

“看报纸吗?”

“不看，两天前开始，看报纸手臂会麻，还会抽筋。眼睛也不愿意看。”

爸爸跟我说话的欲望很强，这说明他精神很好，比我预料的好，我的担心真是多余。

趴在爸爸身边，和他一起享受这份安详。

“吃水果吗？”

“现在不吃。”

我不想勉强他。

爸爸的眼神很深地望了我一下，我感觉他有什么话要对我说，我把脸探过去，凑近了他，

“怎么啦？”

“我啊，我想同意你妙姨来一次。”

“好啊，没问题！”

爸爸的脸红红的，眼睛不看我，看着前面某个地方。爸爸跟我谈起这个人总是这样，是不好意思吗，心虚，还是其他。

“可以的，你暂时也回不去，让人家来看看，大家安心。”我鼓励他。

“人心都是一样的，我想让她后天来。”

“星期二？”

“明天星期一，你妈妈肯定要来送饭。后天中午劝她不要来，妙姨来看我一眼就走。”

“好，后天我陪妈妈。你要稳住自己，别太难过就是了。”

“嗯，不会的。”

爸爸终于看我的眼睛了，他好像闯过一个坡顶，有些累。

我冲他笑笑。谈妥了，出去打开水，一边缓冲一下自己的心情。

没想到爸爸和妙姨之间感情这么深，我有点意外。回来，爸爸念叨着说：

“你妹妹没问题，就怕你姐姐会不会有想法。”

“不会的。”我赶紧趴到他被子上。为这个问题，爸爸对姐姐误解很深。我一定要帮他们澄清关系，姐姐是深爱着爸爸的。

“不会，姐姐上次就跟我提过。她看你这么难过，身子这么虚，很着急。说‘如果妙姨肯来看看爸爸，让爸爸心里舒坦一些也好啊’。姐姐同意，真的，她跟我说过好几回呢！”

爸爸蹬了蹬腿，翻了个身，安心下来了。我把他安慰好了，让他休息，给他读报纸上的一些小新闻。

“中午吃什么？”我问爸爸，“土豆烧肉？”

“不，买那种粗的黄鳝，让你婆婆跟肉一起红烧。好吃，我以前在你家吃过，想到就香。”

如获至宝，赶紧给婆婆打电话。爸爸的胃口是大家关心的问题，他能想到什么香，简直就是对我们的奖赏。

婆婆欣然应允。

妈妈来了，她不放心爸爸，担心了一夜。

成主任来查房，说：“黄疸怎么这么多？”

“多不好吗？”

“怕你胃口不好。”

爸爸一骨碌坐起来，很紧张的样子。

我捣捣成主任，暗示他别说那么细。

十一点婆婆把饭做好了，兴冲冲地回家拿。

爸爸吃了一口，就难住了。他把脖子往前伸，不动，眼睛往上翻，非常艰难。我一句话也不敢说，不敢问，心里很难过。马上给爸爸倒开水，加上盐，递给他。

爸爸喝了大半，又让我加水。

水杯放在爸爸手边，他一手捧着饭盒，望着白米饭和青翠的黄瓜，还有他想吃的黄鳝红烧肉。爸爸的眼神是黑色的，没有欲望的，艰涩极了。他吃得很慢，拨弄菜的筷子很犹豫。我不说话，让他独自苦苦坚持。

一辈子吃饭如虎的爸爸现在是吃一口怕一口了。

“再吃点啊，吃点比挂水有营养。”妈妈劝。

“吃不到味道。”爸爸解释。

“就当药吃吧。”我说。

爸爸听完欠下身子猛扒了一口，下定决心不怕万难的气势。我的心像被针刺。

爸爸真顽强，他把黄鳝吃得剩下四块才放下饭盒。我赶紧收走，说明他已经坚持到无法再坚持了。有一点办法他都会吃下去的。爸爸吃得那么痛苦，让我们很难过。

和妈妈走出大楼的时候很伤心，伤心使衰老的妈妈看上去很弱小。我骑车，妈妈坐公交，她要穿过复杂的马路到对面去。

我不放心，扶着妈妈。最后一段没车，妈妈自己冲过去了。

妈妈的背影移动得很慢，很吃力，是一个饱经风霜伤心透顶的背影。

她一时找不到站台，我看见她笑着问了一个人。年轻女人粗略地拿手一指，妈妈热情地道谢，女人冷冷的没理。

妈妈独自拐弯，从我眼前消失了。我耐心地继续等，我站在高处，可以看见她的出口。一会儿妈妈从建筑物后面出来了，走向车站。三〇二路正巧来了。妈妈蹒跚着上去，她的腿疼，膝盖不能弯。

我这才上车骑过去。

这段路是上坡，来到高高的坡顶是我最困难的时候，三〇二路开过来了。我想妈妈会不会看到我，路上空无一人。

不过，我看到了妈妈。她坐在最后一排，白花花的头顶，四围是黑发下去。妈妈的头机械、规整、一动不动锁定前方。旁边有年轻的头，随意在扭动摇晃。

妈妈老了，伤心着，又病着。这样的妈妈孤零零地坐在车上能不让我心酸？尤其是早上爸爸的话，爸爸那么爱妙姨，妈妈在我眼里简直就更加可怜了。

好在车要在前面靠站，我死命地追上去。

妈妈看见我，很惊喜。

“你也到这儿了?”

“到了。在路上你看到我了吗?”

“没有。”

“我看到你了。”

挽着妈妈跟我一起回家，因为爸爸的病，妈妈已经半年没来我家了。

饭后在阳台上晒太阳。我劝妈妈别难过，爸爸靠不上了，要好好把自己的晚年过好，向舅舅学习。

送给妈妈一套真丝睡衣，米色上面大红的碎花，我很喜欢的。妈妈也喜欢，妈妈高兴的样子让我异样心疼。

3月8日星期一

今天去上班。

中午给爸爸打电话，告诉他我感冒了，不能去看望。爸爸在电话里喊，“要去看，别拖啊，最好挂水。”

十点多我到人民医院看病，开好药，想想还是弯到爸爸病房。

爸爸很意外，看我开了药，问：“怎么不挂水?”

我说不需要。

“你昨天就不对，脸色不好。”

“真的，你怎么没说?”

“我没说。”

我把手搭在爸爸腿上。

怕把感冒传染给爸爸，不敢多待。爸爸也催我走，“回家吃饭睡一睡，要注意休息。”

睡了一下午。

妹妹“三八节”放假，陪着爸爸。她说爸爸还好，没什么不舒服。明天爸爸转到中医院。

可惜我不能去帮忙，如果没感冒多好啊。

3月9日星期二

很冷，窗外的风呼啦呼啦的。蔡琴的歌声陪着我，张洁来信说，坚强青儿，保重青儿。

友情温暖着我。

水房里的师傅说还要有几次大的降温，这意味着爸爸还要遭好多罪。

变卦不定的天气对他的病情有影响吗？坐在音乐和阳光里，周身抑制不住地冷。

想爸爸，怎么能不想他呢？！

这是他在这个世界的最后的日子，我多么希望他能多享受些阳光，不要这寒冷不要这风不要阴沉沉的天空。最好剩下的日子每天都风和日丽，晴空万里。

邹在爸爸身边，他说爸爸挺好的。

妹妹来电话，她也在办公室想爸爸，想得掉眼泪。

和妹妹说起妙姨可能要来，我们都忍不住心疼妈妈，心里别样难受。

妈妈和爸爸结婚时二十岁，哥哥六个月爸爸就去了新疆，妈妈苦苦等了十年。妈妈说枕头哭烂了好几只。那是一个女人生命中最美妙的十年，妈妈就在孤独和盼望中熬下来了，除了哥哥，一无所有。

重逢并没有给妈妈带来多少甜蜜，他们之间的隔阂和误解太多太多。

晚年的妈妈又一次被爸爸抛弃，一个人挣扎在孤独和绝望中。

我们劝过她选择独立，可她拒绝。妈妈深爱着爸爸，深爱着一大家子团团圆圆的完整。这是她努力了一辈子的成果，她要这份繁华，哪怕不牢实，哪怕是假象。

妈妈说："我闹了，你们做儿女的哪能不跟着伤心？不如我一个人忍，我忍了大家都安心。"

妈妈一退再退，她居然能和爸爸平静地谈起妙姨，她能接受爸爸离开她就回到妙姨的怀抱。可妈妈委实没她想象的那么强大，强忍的结果就是浑身是病。

妹妹说，如果爸爸今天不转院，妙姨就来了。

我不知道怎么面对妙姨。

如果单单考虑爸爸，应该跟妙姨见面，对她"好"一点，让爸爸舒服。如果考虑妈妈，应该选择淡漠。可是如果我淡漠，爸爸会不会寒心。要是热情，妈妈将来会怎么看我们。妈妈怎么活下去，这件事妈妈迟早会知道。

内心里，三姐妹都左右为难。

下午睡得昏天黑地，醒来已经是晚上。

邹给爸爸打电话，我接过话筒。

"爸爸。"

"哎，二小姐。"

"你好吗？"我虚虚地问。

"好！好久都没这么好了。我到这里像换了个世界。胃口好多了，人也舒服。"爸爸的语速很慢很柔和，爸爸好久没这么说话了，我马上高兴起来。

"我想来看看你。"

"不要，不要。"

“不要把细菌带给爸爸。”话筒里传来妹妹的声音。

“妹妹在你那里？”

“她在，马上也走，我要好好休息一下。你没力气明天来后天来都行。你要吃药，最好去挂水。别拖。”爸爸在关心我，像他以往那样，只是口气还是虚，感到他力不从心，不像从前声音里有爆炸的因子。

被爸爸这样精细地体贴和关心着，心情异常轻松。

头疼，吃了药，昏沉沉的，抢在汐汐前面睡着了。半夜邹回来，头疼欲裂，又吃了一颗百服宁。

早上起来，浑身燥热，吃药，拼命地吃饭，希望快点好起来。我怎么能在这时候没完没了地生病，我不能老让爸爸为我担心。我应该照顾爸爸，分秒必争。

3月10日星期三

今天很热，大胆地找出裙子来穿。

汐汐喊：“啊，妈妈真漂亮。”

女人是属于裙子的动物，只有穿上裙子才觉得自己是个女人。

我穿着米色小袄和啡色碎花长裙。

汐汐要漂亮的妈妈送她上幼儿园，邹还给我拍了照片，这个早晨真是少有的罗曼蒂克，一份甜丝丝的气息在我们每个人心头荡漾。

和汐汐手拉手去幼儿园，她仰着笑脸说：“妈妈你再生一个妹妹吧，这样我就可以和她一起玩了。”

“再生妈妈哪有时间工作？哪有时间打电脑？”汐汐把我的写作一直说成打电脑。

“可是有了她我就不要你陪了，我可以和她一起玩啊。”

阳光非常明媚，风儿异样温柔。

多少个清晨我都是行色匆匆走在去医院的路上，担心焦虑伤心郁闷……

今天像换了个世界，一切这么明亮、轻松、愉快。是因为爸爸的世界换了吗?!

给爸爸打电话，想着和他分享我的好心情。

“爸爸。”

“二小姐啊。”

“你好啊，吃过了吗?”

“吃过了，吃得很不错。我到这里像换了个人。”爸爸第二次对我这样感慨。

“真的呀，太好了。”

“我吃了一碗稀饭，一只馒头。很好。我告诉你啊，昨天下午你妈妈在这里的。”

我的心紧张得悬空了，但我强烈地期待着。我太想知道爸爸为什么心情这么好。

“妈妈一直陪着你?”

“嗯，我告诉你啊，你妈妈她昨天和我说了个话。”爸爸语气婉转，柔和，没有丝毫硬度，爸爸难得这样的好情绪。我两只手握住听筒，像要拽住他这柔和的声气，生怕一松手就改变了或失去了。

“你讲，慢慢讲。”我感觉爸爸有很多话要对我说。

“你妈妈昨天问我，老头子，你想不想让她过来看看你?”啊，我的心松下来，像一匹布打开，尽情地往下滑。

“我说想嘛是想，但不敢。你身体这么差，我要是万一伤害了你，你再倒下来，还不把这三个丫头累死。”

“你要希望她过来，我来给她打电话。”

“真的?!”

“老头子你把我当什么人呢，你我都快七十岁了。我现在吃斋念佛，早已把这些看开了。我要是有她的电话，早就给她打电话请她来了。没事，让她来，我来安排，你把她的电话号码告诉我。”

“你不要骂她啊！”

“怎么可能呢？不会的！我想开了，她也是个不幸的人。现在我不怪你们，我只怪自己的命运，种种安排都是命中注定。我不怪你也不怪她。她年轻轻就守寡，无依无靠可怜着呢?!”

爸爸把他们的对话完完整整地告诉了我。

“你妈妈这么一说我就把电话给了她，她说晚上回家给她打电话。”

“妈妈真是太了不起了，她真的会这样?”我想都不敢想，这就是我的妈妈，她终于走到了这一步。我的心不仅松下来，还在快乐地旋转。

“你听我说，晚上她真的给她打了，说的都是知心话。说老头子既然希望你来看看他，你就来吧。来了让老头子高兴高兴，只要他好，我们其他都不计较了。你妙姨也很高兴，我也高兴。我这个心从来没这么轻松过。这是我心里最长久的一个结，就这么被你妈妈解开了。”

爸爸看不见我在这头流泪，我为妈妈感动了。

妈妈爱爸爸，她想让他最后真正舒心。她就这么轻而易举地松开了自己，也松开了爸爸和妙姨。所谓退后一步，海阔天空。这是我多年前在他们闹得不可开交时对爸爸提出的这个理想境界，我提议他们三个人坐到一起，聊开，互相理解，互相平衡。

爸爸后来动员过妙姨，让她跟妈妈说过“对不起”之类的话。可那时候妈妈平衡不了，妈妈还年轻，妈妈放不下。

妈妈现在是站到了上帝的高度，她站在那样的高度，让大家都畅快了舒心了，所有人都如释重负。爸爸、妙姨，包括我们。

这个在我看来危险、甚至会致爸爸命的问题现在居然这么及时的解决了，而且是在我们没有帮助过妈妈的前提下。

我再次在心底仰望妈妈，我为有这样的母亲而自豪。冥冥之中，我相信悲剧，悲剧往往是最有威力的童话，它能埋葬一切净化一切，让灵魂升华和重生。妈妈在这场悲剧里得救了。

“我现在什么顾虑都没有了，开心。”爸爸说。

“妙姨什么时候来？”

“明天。”

“食宿呢，我来安排。”

“不知附近有没有旅馆？”

“有，我下午就来找。”

“你要身体不行就别来了。”

“没关系。”

“你妈妈还说别让你们三个姑娘晓得。我说你们三个姑娘都懂事，讲道理。”

“是的，只要是爱你的人，看你受了那么多苦肯定都心疼。一定会尽所有的努力希望你好。爸爸，你现在要一心养身子啦。”

“晓得，你妈妈她还是关心我的。”

放下了爸爸的电话，心潮起伏，忍不住给妈妈去电话。

“妈妈。”

“啊……哈，你在上班。”

“妈妈，你真了不起。”

“啊?！哎，我都这么大年纪了。”

“真了不起，我为你自豪，我爱你妈妈。我只在小说里读过这么有胸怀的女人，没想到妈妈就是这样的。你太了不起了。”

“我这么做是对他们好。书上说，对别人好就是对自己好。

这样一来，你爸爸他到任何时候都不会恨我，那个人也不会恨我，我到任何时候都能平衡。”

是的，我多么希望妈妈这样开阔。

妈妈让我对生命对生活对人出了许多希望?！妈妈救赎了自己，也救赎了我们。

多少年了，从懂事起就为爸爸妈妈紧张、忧虑。眼下，所有的终于可以一笑而过。

这一刻，我看到了人间没有的绚烂，它盛开在我们心上，至善至美。

11. 人间没有的绚烂盛开在我们心上

3 月 11 日星期四

今天妙姨来，昨天妈妈已经给她买了双布鞋和皮鞋。

妈妈瞒着我们。

我一直在想怎么让这次聚会为爸爸带去更多的舒心，不要留下遗憾。

给妙姨买了一件大红的羊毛衫，领口带金钻的，秀气也喜气。

爸爸病了以后身体日渐消瘦，过去的西装用妹妹的话来说，“像偷来的，大得让人寒心。”

我想给爸爸买套合身的西装。可我给他买东西他会心疼的，一心疼他就会用发火来阻止。因为他知道我最怕他发火，他发火我就不再坚持了。

今天终于找到理由了，就说是为了妙姨，不能让妙姨以为我们不孝顺。相信这么说爸爸就不会骂我了。

一边看西装一边这样计划着，心里的担心还是非常强烈。

服务员的态度非常好。像我这样心神不宁、言语含糊、气息虚弱的顾客，的确需要一个耐心的服务员。

她真是耐心到家了，在我犹犹豫豫、吞吞吐吐的状态下她把所有的衣服跟我介绍了一遍，我的头直晕，商场的空调闷得人难受，简直喘不过气来。没有椅子，我站都站不住。

爸爸喜欢黑色和深藏青的西装。

我选择了后者，颜色款型好确定，剩下的尺寸问题就为难了。

爸爸一米七二，腰围原来三尺。现在瘦了，二尺八应该差不多。裤长三尺我知道。衣服该拿 75 的，可宽度到底是 B88 还是 C92 呢？

我拿不准，反复地想，拿 C 万一大了，不是刺激爸爸吗？就拿 B 吧，最后选了 B88。

打车去爸爸那里。

妹妹在爸爸身边。

我提着东西大踏步进去，爸爸躺在被子里。

“爸爸。”

“你就是心事多，又买什么了，瞎花钱。”

“没买什么，我给妙姨买了件羊毛衫。人家难得来，总该有见面礼吧，伺候你那么多年——”

爸爸没要我再勉为其难地解释，他笑了，很平静。没有大发雷霆，我安心了。

妹妹把衣服拿给爸爸看，爸爸比较满意。爸爸居然愿意起来试西装。还好，略为有点紧，爸爸肩宽，该拿 C92。

不过，嫌小总比嫌大好。

“爸爸你看你还是挺胖的。”妹妹在旁边说。

“小，好办，我去换。”

“能换吗？”爸爸担心。

“能，跟服务员讲好的。”

我进了爸爸房间就像换了个人。精神焕发，声音响亮，不像刚才在商场要晕倒的样子。

“等你以后有空去换吧。”

“明天上午我就能换到。”

“明天你不要上班吗?”

“抽空。”

把爸爸安顿好,和妹妹一起回家。我打算现在就去换西装。C92 只有一套,万一卖了怎么办?

妹妹和我一起去。

她告诉我,刚才她怕爸爸发火,就先把我的贸然行为透露给爸爸。

爸爸说,“这个死丫头,就是太任性,就是意软心慈。”念及爸爸这句知己的话,我们边走边掉泪。

让我们掉泪的还有,爸爸在中医院的检查结果并不好。

3 月 12 星期五

早上坐三路车去爸爸那里。

哥哥已经到了。

爸爸穿上 C92 非常合身。他自己把牌子拿下来,我把它收到包里,做为纪念。这是我为爸爸买的唯一一套西装,因为怕他发火,匆忙而潦草着买的。

原本我有多少这样的机会啊。

爸爸穿上就没脱下来,没料到他那么喜欢。

我血压很低,心跳过快。医生建议我做心电图和心肌酶谱,让我多加休息。爸爸的状态不好,我哪有心思。

爸爸今天疑虑重重。他觉得如果安放支架也不必放置引流袋,而徐老为什么说引流袋将要带终身。

妹妹也说,“我们这么对他,他会不会有感觉?”

这也是我担心的问题。大家突然都对他这么好,爸爸是敏感的。

妙姨来了，姐姐去车站接。

妈妈给妙姨倒的茶。大家一起谈笑风生，姐姐说爸爸很高兴。

午觉醒来，想到爸爸，身体深处某个神经抽痛。每次睡眠醒来第一个想到的就是爸爸，感到爸爸在病着，我无能为力，这种痛就跟着醒来。

过去总觉得心痛是个矫情的词，可是它现在真实存在。心痛。很具体，我的心脏像一个笨重的固体，时而冰冷，时而火烫。

外面的晴和没了，阴郁多风，中午淅淅沥沥下起了小雨。真是凄风冷雨啊，为爸爸难过。在草稿本上凌乱地写：

是不是拽住月亮，拦住太阳，
爸爸就可以留下？
月亮没影，太阳无形，
我该从何下手？
跟着月亮，追着太阳，
人在地上，心在天上。
星星啊，能不能帮着打个电话？
……

我安排妙姨吃晚饭。十多年没见，还能认识吗？

和妙姨之间，我比她们多层尴尬。

那是大二的暑假，妈妈知道了真相，和爸爸冷战。哥哥姐姐在南京上班，妹妹读补习班，妈妈把所有的苦水向我一个人倾倒。那是一个无比郁闷的假期，我和爸爸之间也很生分。

开学前，放心不下妈妈，背着人，我决定去找妙姨。

一个成年女人，面对一个初长成的女孩有礼有节的声讨，首先出乎我意料的是，她掩面深重的哭泣。

我自以为帮了妈妈，回来告诉她，妈妈惊得后退一步，认真地看着我，好像是第一次认识我。

妈妈当时说，“我就是指望有个人替我出口气。”

从那以后，妙姨见我就不大自然，她知道我恨她。

现在呢，怎么见面？

恍恍惚惚等电梯，人群里走出一位农村妇女，个子高高，脸蛋红红。

“妙姨。”

“啊，你是……”

“我是小霞儿。”我一把抓住她的手，乡音和乡情让我不能自已。哪怕她与我毫无关系，哪怕她是我恨过的妙姨，我都会这么亲近她。恨意与戒备那瞬间跑到爪哇国去了，只剩下感动和亲切。

岁月磨人，妙姨真的老了。

记忆中妙姨身材高挑，目光水灵，面庞俏丽，两根粗黑的麻花辫，一直垂到腰际。

眼前的她体态微丰、面色黑红、五官已经变形——一个十足的长者，尽染风霜。在这样的她面前，我只有心疼了。

妙姨老了，也变了。没有年轻时的生涩，她变得圆润了、成熟了。

我只能当听众。她说起和爸爸相处的细节，说起家乡的变化与无常。最乐意说她儿子和博士后媳妇。一人一辆车，带她到北京的燕莎买衣服。妙姨说着笑着。

最后说到爸爸，她落泪了。爸爸在她最困难的时候帮助过她，特别帮她教育出了一个好儿子，否则她不会有今天的幸福，她要报答爸爸。

她在我面前似乎有说不完的话。

妙姨的快乐、自信、机灵、好强让我对她产生由衷的敬佩和好感，生活里其实我们都一样，风风雨雨，酸甜苦辣。

妙姨四十三岁死了男人，现在爸爸又这样，我以为她会哭哭啼啼，柔弱无助。可是她选择了笑。

我佩服。

未必她心里就没有忧戚和悲伤，未必她就不想哭泣。

我明白爸爸为什么晚年选择和她在一起了。她比妈妈简单、轻松、活泼。

当然，也许是因为她得到了爸爸的爱，而妈妈始终两手空空。

妈妈是空寂的山，让人尊敬，让人膜拜，产生庄严。不是掬在手心里的水。这不怪妈妈，妈妈的遭遇使她性格里悲剧性的东西太多太重，记忆中妈妈少有活泼与轻灵。

内心复杂的妈妈，快七十岁了，还敏感自尊得像个小姑娘。

妙姨没有这么复杂的内心，可能因为她不识字吧。她是透彻的，如水，无论你用她来洗涤还是用她来活命，她都活泼泼的一路向前。

爸爸也是山一样的人，需要人攀登和征服。所以他和妈妈终究两相对望，彼此孤伶。

也许水一样的妙姨恰恰能焕发山一样的爸爸，是命运也是性格使然，我约莫理解了他们。

"谢谢你这么多年照顾我爸爸！"这句话在我心里翻滚着，但我始终没把它说出来。

妹妹给妙姨买了双黑皮鞋，鞋头很尖，很时髦。

妙姨看着鞋幸福地笑起来。

爸爸竟然找到饭店来了。

我一回头看见爸爸吓得一激灵，跑过去握住爸爸的手，冰凉冰凉，赶紧找椅子让爸爸坐下来。

我的爸爸，怎么变成这样？！

在饭店典雅的包间，爸爸看起来瘦得变形了，帽子盖在小小的脸上，面色黄黑，单薄无力。

他不放心，或者想念我们了。他跑了三百多米，冒着漆黑和冷雨。爸爸这颗心啊，爱起来就是这么不管不顾。

妙姨心疼地握握爸爸的手，我感激她这么对爸爸。

她要用多少情谊才能对得起爸爸这片心啊。

怕爸爸累和冷，匆匆结束吃饭。

妹妹带妙姨去住宿，我带爸爸回病房。我给他打伞，正是那把坏紫伞。今天很好用，能罩住爸爸头顶的风雨。

“冷吗？爸爸。”一只手打伞，一只手搂着爸爸，搂得紧紧的。我魁伟的爸爸，如今搂在我怀里不过盈盈一握。

“不冷。”

“怎么样爸爸，你不放心我啊？”我用手抚摸爸爸，我的爸爸，被我孩子一样搂着。

过去爸爸胖，我只能搭他的手臂，现在我可以把他半抱在怀里了，我的爸爸啊。

“谢谢你们，这是我心里的一个结。没想到你们帮我解得这么好，我满意，就是死也闭眼了。”

“哎，爸爸怎么这么说。我们对她好是应该的，毕竟这个人真心待你这么多年。”眼泪在心里纷纷地碎裂。

“人生遇一知己难。”爸爸冷得牙齿打颤了。

“是的，这么无所求地真心付出。”

“我现在没得什么了，满意。”爸爸冲着这个春寒料峭的雨夜庄严宣告。

我们眼里都有泪，但我们一直在笑。

早早告别爸爸和妙姨。

把爸爸的话告诉妹妹，妹妹在雨里号啕大哭。

这样的幸福为什么不早点到来，爸爸日子不多了，我们在雨中抱头而哭。

为爸爸叫屈啊。

回家，看到爸爸的照片，那个虎背熊腰的爸爸啊，上帝把他折磨成了那样，瘦得都快没有了。

邹说，人生就是这样，给你得到得到，最后让你失去失去。

“为什么要生孩子呢，我们？”

“这是生命的意义，是做人的责任，否则人类怎么办？”

3月12日星期五

不放心妈妈，给她打电话。

妈妈在听《三世因果经》。

她却劝起了我：“不要心疼，这是你爸爸的命，他该派这个样子。人生有日死有时，注定好的。你已经对他够好的了，已经足够了。把自己身体弄好吧。”

我问妈妈：“你难过吗？”

为了妙姨和爸爸，妈妈独自留在家里。

“不难过，我昨天陪她聊天的呢，我还劝她别伤心。”

“你真的不伤心？”

“我听佛经，一直在听。”

如果神明给走投无路的人还留着最后一根救命稻草，恐怕就是信仰和宗教了。

“对自己好，首先得对别人好，把什么都看开放下。我这样做是对得起他们的，现在我要把自己弄好。”

妈妈就是这样，任何时候，只要没病着，她总是给我母亲的感觉，让我钦佩的，自叹不如的。根本不要我的关怀和帮助，是我一次次去感受她的关怀与教诲。

3月13日星期六

妙姨今天回家。

我去陪爸爸，途中接到妈妈的电话，舅舅的女儿王颖夫妇将要来看望爸爸。

爸爸气色不错，哥哥说他睡眠很好，夜里他和嫂嫂来房间看望，爸爸睡得呼呼的，全然不知。

爸爸也觉得自己睡眠好，一到晚上就想睡，天亮才醒。

今天爸爸挂的是康莱特，王老师爱人推荐过，既止痛又能提供营养。

我告诉爸爸这药很好，他马上提出要看说明书，小护士来给他发药时，他叮嘱了又叮嘱，第二天把说明书给他看。

在房间的书桌上，有一则表格，格子整齐得像钢印的。我以为是医生给爸爸的，仔细一看上面的钢笔字迹分明是爸爸的。

爸爸的字遒劲飘逸，别人学都学不来。

“自己设计表格?”我很惊讶，密密麻麻那么多格子，他要画多久啊。

“是啊，我自己设计的，你们走了，我用药盒当尺子画的。”

“真棒!”

“不行，手有点抖，这么久没写字。虚，缺乏正气。”

“你要休息，这些你可以让我们做啊。”

表格被爸爸题名为“胆汁外流逐日登记表”，上面标注着：时间、第一次、第二次、第三次、总计数量。

爸爸听邵主任讲过，胆汁排得越多越好。以前他一直嫌袋子里东西流得太多。他希望少，这样袋子才可以拿掉。现在他知道胆汁不流出来，堵在身体里害处很多。所以他反过来希望袋子里的东西一天天多起来。

他在表格里记载:六百、六百,共计一千二百,每天一样。而正常人的量是两千,他是不是为此担心。

爸爸这样用心?!他太希望自己好了,他从没放弃过希望。他对妙姨说,“休养两三个月我就回家。”

可是爸爸今天早上开始腰背疼痛,疼得不能下床。他说给我听,我细细帮他分析。

康莱特本身就有止痛作用。挂水的过程中他感到越来越疼,小护士过来,发现手肿了老高。只得给他换地方。

爸爸血管很难找,护士们都怕给爸爸挂水,每次都是请护士长。可是今天护士长连戳了三针都失败了。爸爸的右手因为挂流质针,烂掉了一大块皮,还没长好。左手腕上的青紫一块一块的。

左手右手一样困难。

护士长为难了,最后只能挂脚上。爸爸不愿意,但必须同意,否则怎么办。

成主任从人民医院赶过来,会诊爸爸腰痛的问题。

成主任说二十八床昨夜大出血。爸爸说那应该赶紧让他回家,爸爸一点也没推及到自己。

二十八床算是解脱了,我们在的时候他就一直恶心不想吃,比爸爸严重得多。

王颖姐姐来了,我们一见如故。他们要给爸爸礼物,爸爸不肯要。王颖姐姐说:“哎呀,小姑爹,你收下吧,我们还等你好了再到我们家去玩呢。”

爸爸一听,不动了,眼睛红了。他闭上眼睛,鼻头也红了。前年春天,爸爸妈妈和舅舅一起去过他们家,他们有过几天愉快的时光。

爸爸哭了,是因为姐姐的话吗?他什么都没说,眼泪流下来,我帮他擦掉。

客人走后，爸爸突然冷得发抖，我抱都抱不住。我觉得奇怪，怎么会冷成这样呢，是药的原因吗？但转瞬又好了。

我很担心，邹把汐汐带来看外公。

汐汐天真无邪，她给外公唱歌跳舞。指着脂肪乳问，“外公，你怎么挂酸奶啊？”

她又说外公的台灯上有宝石，爸爸不时地被她逗乐。

我让她给外公讲《木兰从军》。汐汐流畅地从头讲到尾。爸爸说，“不错，这么长都讲下来了。就是声音太小了，你以后讲东西一定要声音大。”

田田也来看外公。看见汐汐，两人在病房追逐嬉闹，爸爸看得呵呵直笑。

病房里难得一片生机。

邹告诉爸爸，我的作品又得了一个奖。

爸爸对我说，“别太在意，任何时候都要做好两手打算。赢了说明应该，你付出了；输了也不难过，要记住自己有价值。”

爸爸看问题一直坚持辩证法，他的安慰和提醒非常珍贵。

几件开心的事一冲，爸爸的难受像是消失了，他看起来平静又精神，我们一直待到晚上才离开。

3月14日星期日

早上去陪爸爸，他感到冷，我去护士站借毛毯。等他睡着了，又出了一身汗，帮他一通擦洗。

爸爸担心用那么多止吐药以后会不会形成依赖，他擅自停掉，结果这两天什么也吃不进去，人也没力气。

我咨询了专家，用止吐药没问题，不会有依赖性。爸爸马上让医生用药。爸爸终于想吃饭了。

下午在新华书店买了一本《毛主席诗词选》，精装的，我想送给病中的爸爸。爸爸非常喜欢毛主席诗词，我希望他读着玩玩，最好能吸取诗词里的豪迈和潇洒，对人生对病痛……对一切的一切。

晚上七点多走进医院，看见姐姐、妹妹、爸爸。爸爸戴着帽子穿着西装，坐在草坪中央的椅子上。

我飞奔过去搂住他。

“哎呀，我的爸爸。”

爸爸笑了。我搂得紧紧的，太幸福了，幸亏我来了，否则就没有这份幸福了。

爸爸告诉我他下午经历的奇迹——饿了，他让姐姐炒笋干肉片，等不及，下床把妹妹送来的虾子和饭都吃了。

晚上又吃了稀饭和馒头。吃完和姐姐妹妹绕着草坪散步，院子里风很大。

“冷不冷？”

“不冷，这风舒服。”

我想起昨天，爸爸下楼闻到新割的青草香，说，真舒服啊。

带爸爸一起上楼。给姐姐妹妹一人一只发卡，爸爸看着我们三个笑。

催她们回家我留下。

“去给我热热那个笋干肉。”爸爸说。

热回来端给他，爸爸吃了一口就停住了，说不能吃。

我端走。

一会儿他说，“你再给我端来。”

这次他先吃了笋干，又停住了。

“不行，想吐，既然吃下去吐不如不吃。”

我赶紧端走。

他随即又让我泡藕粉。没泡好，疙瘩太多。想重泡他不肯，一口气喝下去。

我想转移爸爸的注意,问,“我像你还是像妈妈?”

“像我,尤其是现在。你现在让我感到自豪。我常常为你骄傲,那么难教育的一个孩子被我教成了这样。在你身上,我花的心血最多。”

“超过教育他们三个的难度。”他再次强调。

“别急,你要相信付出总会有回报,早晚而已。别太在意成败,继续这么努力下去。即使不成功也没什么。我年轻时也急,但不是件件事情急,我得看什么事情。看任何问题你要看到它的两面性,不要把问题看死。既要看到有利的方面也要看到有弊的方面。不要急功近利,有付出迟早会有回报。要放长远眼光,多想想未来。”

爸爸停了停说,“你不像你妈妈,像我。”

怕他累,我主动结束了交谈。告别的时候我要去给他热药,他坚决不肯。

我还想请妙姨来,陪爸爸度过他最后的时光。或许爱的力量能创造奇迹!

姐姐妹妹不大赞成。我和他们不一样,我尊重爸爸个体的生命,他需要她,没办法,我们给不了妙姨给他的温暖。

12. 像一阵秋风吹过

3 月 15 日星期一

上午姐姐陪爸爸，我在单位。

姐姐说爸爸很可怜，在锁骨那里置了一个静脉留置针。缝了三针，麻醉过后有点疼。吃饭也没胃口，打了强止吐的欧贝，吐好像还是没止住。

晚饭后和邹一起去看爸爸，在草坪上看到妹妹和爸爸在散步。爸爸穿着西装戴着帽子。现在我习惯了在这里寻找爸爸，每次找到都分外激动。

我们一起散步。

把汐汐在舞蹈课上要小聪明不肯翻跟头的事讲给爸爸听，爸爸哈哈大笑，说："她能想出这个办法说明她聪明。"又说，"女孩子不会翻跟头又怎么样呢?!"

爸爸对我们的教育很严，可说到下一代，他就宽松得反常，总是嫌我们抓得紧。

爸爸说昨天我一走他就吐了，一个人吐，他是怎么对付的。难以想象他的痛苦。我又想起了妙姨，要是她在，爸爸会不会好过些。

爸爸趁大家不注意，笑眯眯地告诉我："你妈妈回家做工作去了。"

爸爸也盼望妙姨来做伴。但他担心妈妈，也担心哥哥。

妈妈能让妙姨来探望已经做出莫大的牺牲和让步，再让妙姨来陪伴是不是很难？妈妈肯定会受伤的。

姐姐说妈妈不高兴。她以为安排他们会面就已经成全了。爸爸会满足，进而感激她，忘了妙姨。回心转意和她度过最后的时光。

如果爱是那样简单倒好了。

难道这就是爱？妈妈爱爸爸，永远有向往；爸爸爱妙姨，永远不满足。

妈妈接受，我们好办，妈妈一旦反感、受伤、生气，我们就不好说话了。只能干着急，眼睁睁地心疼爸爸，心疼妈妈。

我们又一次站到了悬崖边。

爸爸在等待。如果爸爸等来的是失望怎么办？爸爸都这样了，难道还要遭遇失意，一个人在生命尽头的失意该是多么凄凉！

3月16日星期二

今天爸爸要做胸透检查，万一查出问题，要准备一份假报告单。

老远看见爸爸背着双手在大院里散步，虽然病魔让他万分消瘦，可爸爸的背影还是给我硬朗、魁伟的感觉。

不管什么时候，爸爸的气质总是硬朗、魁伟的。

爸爸在我心里一直非常高大，甚至无人能及。直到邹站在爸爸面前，我才知道爸爸的真实身高。即使知道了，还是没改变爸爸非常高大的印象。

“爸爸。”我追上去。

爸爸的眼神快乐地闪烁着，晨光迎面照着他，可惜面色太黄，脸也黑黄干瘦，不是早先那种红光满面，这张脸让我心疼。

“爸爸。”

“你怎么这么早？”

“我来陪你做检查。”

“做过了。我自己去的，第二个做的。”

着急和失望。

爸爸看到结果了吗？结果好不好。

“结果下午送到病房。”

我赶紧去找方叔叔。

方叔叔忙，他委托一个白净高挑的姑娘带我去胸透室找专家，直接看结果。二十分钟后，她出来说，爸爸结果很好，没什么问题。

我们就放心地回病房。

爸爸说他昨天夜里两点又吐了。

查房的刘医生来给他开药，决定继续用欧贝。

配完药，爸爸的水挂上了，一瓶甘利欣，一瓶脂肪乳。另外还有通便和开胃的药，两瓶能全力。

我坐在爸爸床边给他读《毛主席诗词》，爸爸边听边说：“主席的诗词特别豪放，你该多读，可以借鉴这种精神到以后的写作中去。”

我问爸爸中午想吃什么，他说：“得问你妈妈。”

我知道爸爸一语双关。

妈妈的电话始终占线。

好容易打通了，妈妈不高兴，她说今天来不了，感冒了头晕。

我让她在家休息。

爸爸说他想吃青椒炒豆芽，红烧鲶鱼肚，青菜汤。我打电话让婆婆做，婆婆很积极。

爸爸说：“你婆婆真好。”

爸爸很平淡的样子，其实他从妈妈生病又没来电话的事实里已经感觉到了什么。他失望吗？爸爸闭着眼睛不说话。

我的心一味地下沉。

中午，姐姐把婆婆做的饭菜拿过来。她买了两只烤红薯，算作我们的午餐。

姐姐带我到走廊上，悄悄告诉我上午她跟妈妈在电话里吵翻了。我们都希望爸爸这时候身边有妙姨。爱情，我们寄希望于神秘的爱情。我们相信爱情能让爸爸舒服些，兴许还能创造奇迹。

爸爸顺利地把菜汤、米饭、豆芽吃掉了，鱼只吃了一口。

爸爸心情不是太好，吃完睡下，不和我们说话。

下午我回办公室，给爸爸去电话，他主动告诉我，他已经给妈妈打过电话了，他不要妙姨来，谁都不要。

爸爸接着说现在的吐是一过性的，能克服。午饭吃鱼想吐，吃青菜想吐，但坚持一下就挺过去了。明天不要烧汤，买老豆腐煎，青椒炒豆芽，荤菜暂时不吃。

转而他又说，“你妈妈大概有想法，昨天我跟她那么讲，她嘴上是答应了，可心里……人不都是一样的嘛。我处处都想得到，我睡在这里自己想。再说她真来了，你哥哥他们……他们怎么办，不方便，反而弄得大家尴尬。”

“我们也想让妙姨来。”我把责任揽过来。

“晚上你妹妹来，你就不要来了。我一天比一天好，你不要老不放心我，好好写作。”

爸爸真聪明。

想想爸爸，又想想妈妈，他们两个都很难，都叫我心疼。

3月17日星期三

晚上妈妈来电话，明天她给爸爸做中饭。

妈妈的愤怒是一过性的，我知道，她最终敌不过心底的那份爱。一辈子，她心里只有爸爸。

爸爸告诉我他又瘦了。

“怎么会这么瘦？”他抑郁极了。

“你又称体重了？”

“六十八公斤都不到。”

“不吃饭的原因，老不吃饭，体重肯定下降。”

“为什么会掉得这么厉害？”

“你别想了，以后不要称。瘦没什么关系，人家还‘千金难买老来瘦呢’。”

爸爸从最早的七十八公斤掉到七十四公斤，第二次手术后七十公斤，现在居然连七十公斤都保不住了。

爸爸在意体重，更在意引流。

每天，他在“逐日胆汁外排记录”上认真登记，十五日胆汁总计外排一千二百，十六日总计一千，十七日总计九百五十。

怎么逐日下降？我看了担心，劝他别做记录。

爸爸说，“什么时候排到四百至五百之间，这根管子就可以拿掉了。”

谁告诉他的，这么说爸爸看到数字下滑不害怕，还是他在哄我？

不管怎么说，我希望爸爸每天活在希望里，哪怕最后一刻也不要绝望。

我受不了爸爸的绝望。

姐姐说，妙姨在电话里哭了，哭得很伤心。真是一种相思，两处闲愁。

她走后，爸爸每天都要借散步的名义去那家宾馆溜达，看她住过的旅馆，看她吃过的饭店，想念她的点点滴滴。爸爸时时刻刻都在想着妙姨啊。

但愿妈妈再后退一步吧，再给爸爸最后的生命挪一小块地方，让爸爸自由自在，随心所欲。

我对妈妈有信心，妈妈不是答应明天去看爸爸吗。

3月18日星期四

早上天气晴和，指望爸爸在楼下散步。可仔细找了一圈，没找到。迅速往楼上跑，爸爸房间里好明亮，他在椅子上抽香烟。

“爸爸，今天气色好多了。”

“是的，好多了。”

“晚上吐了吗？”

“没吐。”

“喝能全力了？”

“喝了，半夜两点多，护士帮我热的。”

“睡得好吗？”

“很好，八点多你们一走我就睡了，一直睡到夜里二点。喝了东西又睡到七点，睡了十个小时，舒服多了。”

“早饭吃过了吗？”

“吃了稀饭。”

爸爸掐了烟说：“今天没下去，外面冷，夜里起风了。我在楼上走了十圈，二千八百多步。”

“你数的。”

“我数的。”

爸爸好孤独啊，他一个人与疾病抗争着。就他单单一个，我们谁也帮不上忙。

妈妈中午来了，她带来了爸爸想吃的玉米粥和荞麦烧饼。我们看着他一口气吃完，吃得很香。爸爸还喝了能全力，但爸爸喊没力气。

爸爸的头竖不起来，耷拉着。说话没精神，说一句等一句，能少说就少说，“是、对、嗯。”

或者干脆点头摇头。

我靠在爸爸床头，讲小时候灯光与城市的记忆，妹妹讲起丁丁的可爱。以此分散爸爸的注意。

发现爸爸在一张小纸片上写着：

胃有虚火

水食堵

见食思吐

四肢抽筋

大便不常

小便少量

下面写着“敬请诊断”。

昨天下午我们都去上班了，爸爸独自在病房写的。

爸爸写一会儿手指就抽筋，医生说是缺乏营养的缘故。

可怕的是，今天的胆汁外流表格上登记的是四十，后来一直没登记。而十七日数量为一千三百五十，十六日一千二百，十五日九百五十。

第一次出现了两位数。

爸爸很纳闷，“奇怪，今天怎么回事，怎么这么少啊？还没一百呢。”

是堵起来了，还是其他。

邹在专案上回不来，他说赶快让成主任来给他冲冲管子，说不定像上回一样，冲冲就通了。

从医院回家已经晚上九点多，打电话咨询专家。

专家说，“可能是肿瘤长大了的原因。它压迫胃，胃肠道紊乱，消化系统不正常，胆道堵塞。”

“有办法吗？”

“没办法，中西医都不会有办法了。”

“只能增加营养了？”

“对，用点血浆和蛋白。但它也会助长肿瘤，说不定缩短你爸爸的生命也有可能。”

左右为难啊。

“我在《人民日报》上读到上海长征医院有一种叫冷暖治疗法，专门治疗晚期肿瘤不宜手术的患者。可以去试吗？”

“不必了，试也没用。不行了，事实上病人已经非常危急，你们可能还以为他能拖一拖，这种可能不大。”

“多久。”

“难说。一个月长吗？两个月也不长。”

一个月两个月，相对爸爸那么瘦弱那么每况愈下的样子真长，爸爸能坚持两个月也好啊。

天哪，怎么只剩下两个月？

爸爸可能有感觉，他建议周末让姑姑们来南京。

下午东进到了，他陪了爸爸一下午。他是爸爸最心疼和最得意的外甥，穷苦却争气，非常听爸爸的话，品质像爸爸。东进跟爸爸感情也很深。

爸爸说食物下不去，我说是不是心理原因，坚持坚持试试。

没想到这句话把爸爸惹急了，爸爸火冒三丈，说，“我怎么不坚持，我不能走不是还走了十圈嘛？！”

为这句辩白我心疼极了，以后多多安抚他吧，我当然知道爸爸有多努力。

感谢《中国儿童文学选刊》的张洁，第二期选了我的《水自无言》，配了点评。为了给爸爸看，张洁寄的特快。

我把杂志拿给爸爸看，挑了几处念给他听。爸爸果然高兴，笑了好几次。

他说，“应该有人欣赏你的文章，本来就不错。不过也说明评论的这个人不简单，你的文章，一般人是看不懂的。”

爸爸！

再等两个月，爸爸说不定能看到我的《守口如瓶》，花城出版社一再保证以最快的速度出版。

哎，如果爸爸看不到我该多难过?！我就是写给爸爸看的呀。

爸爸说，“忙就不要老往我这里跑。”

“还好，我工作不忙。”

“不能掉以轻心，还是给我好好写东西。”

这是爸爸最后的教诲吗?

王老师让我报送作品参奖，本来有些犹豫，但是现在我决定去做。积极些，为了爸爸。

3 月 19 日星期五

爸爸使劲拧开药瓶上的铁盖子。

我说我来。他说你不行，我这手上的力气大得很呢。

那是一周前的事。

今天爸爸坐在椅子上，说:“我坐不动了，头没力气抬。”

那是早晨七点半，爸爸坐在椅子上，不是为了消闲，像在想什么。

“吐了吗?”

“半夜吐了，没东西，是痰。”

“我带来了枣子汤。”

“吸管带了吗?”爸爸吃不动,只能吸食。

“带了。”

给爸爸倒好枣子汤,拿出吸管,爸爸想想作罢,端起碗一口气喝掉,又顽强了一回。

我还带了咸菜豆瓣,爸爸很感兴趣。

“胆汁呢?”

“就是没有,昨天一百,往常上千的量呢?!”

“不急,我来给哥哥打电话,让他找一下成主任。”

成主任今天有手术。

“今天只走了三百步。”

“走不动就歇着吧,等有了力气再走。”

爸爸闭上眼睛,吃力地昂起头朝空中仰了半会,站起来拎着引流袋往外走。

他还是要出去走,他在挑战自己。

我赶紧去洗碗,打算跟出去看着他。

爸爸一会儿就走到走廊尽头,折回,面带笑容。

“怎么啦?”

“他们说那里冷。”走廊尽头站着几个老病号,互相很熟的样子。

爸爸感激他们的友好。

也许是嫌弃,爸爸感觉到了,怕我受伤故意笑的。爸爸的脸上带着对我的宽慰。

爸爸走了一圈半回到房间,说,“人太多了。”

走廊上尽是医生护士,他们在查房。

爸爸躺到床上,闭上眼睛。我靠在他床头,看着他。

“这个病——这个病不知道能不能治好?”

“能治好,怎么不能治好呢?!你一定要有信心。只不过时间长一点嘛。”

“都是好专家，可是医到病能不能医到命呢?!”

“你不要着急，它不是一天两天的。”

我们互相无言了，我一时找不到话来对他说，我知道我应该找点话说，不能让他想下去。

“昨天晚上我到家，汐汐已经睡到床上听故事了。”

“蛮懂事的。”爸爸果然笑起来。

哥哥来了，他看见空白的引流袋很紧张，赶快打电话，找来了中医院外科的朱主任。

朱主任决定给爸爸冲一冲引流管。他用一根粗针筒往管子里注射生盐水。很快有血块出来了，接着管子里涌出来好多血，浓，量多，护士接了小半盆。

朱主任边冲边摇头说，“不行，堵上了，没办法。如果里头有胆汁应该往外流了。可都是血，说明里面一定有疮面。什么东西坏了，血一凝住黄疸就出不来。”

一个不相干的医生问，“多久黄疸会到皮肤里?”

“二十四小时。”

他们的谈话让我浑身紧张，爸爸会听到的。他听到了会怎么想，我希望他们不要再讲了。至少不该在爸爸面前讲，不能让爸爸的精神垮掉。

医生们似乎明白了这一点，他们转身到办公室去会诊。

我留在爸爸身边。

妈妈和东进正好进来，我赶紧去医生办公室。

等他们安静了，我上前轻轻说：

“你们在我爸爸那里说话要注意啊，他不知道自己的病情。他很敏感的，不能让他丧失信心。最好想个办法把胆汁的事情掩盖过去。你们说比我们家属说管用，他信。”

朱主任到底是救死扶伤的专家，他接受了我的建议，来到爸爸面前，“没事的，老爷子。再等等看，就算下面不流也不要担心，它可能改变了流向，问题不大的。”

朱主任笑眯眯的，口气很婉转。爸爸听着也松开眉头。真是谢谢这个主任，他一句话又让这个微弱的生命得到了一天的安详和希望。

但愿这次冲洗管子能让胆汁流出来，如果流不出来，爸爸的日子肯定难熬，后面的事情就不敢想象了。

爸爸独自躺着很平静。

“疼吗？”

他摇头。

难过地离开爸爸，钻进哥哥的车，泪水忍不住流下来。

想起昨晚专家说爸爸已经很危险了，急在心底，无处发作。邹在专案上，没人商量。姐夫在苏州，妹夫要考试，爸爸没人陪怎么办。

中午再去看爸爸，怕他骂，就骗他说采访路过。

爸爸笑笑。

他怪妈妈烧的粥不好，对妈妈发了一通牢骚。妈妈不计较，笑眯眯地听。

成主任在电话里说如果今天没有胆汁出来，明天再冲，不行后天做胆管检查。他的步骤让我放松多了。

晚上带汐汐去上课，神思恍惚，书包忘在麦当劳。跑到少年宫，又打车回去找。

妹妹说爸爸还是没引流。

坐立不安，我让婆婆来少年宫，打车又往医院赶。

为了哄爸爸高兴，特地带去了汐汐的画。

汐汐画的是青蛙与荷叶。一片碧绿中央一汪粉红，背后写着一个邹字，一笔一画很工整。老师在字旁画了个大红的五角星。

爸爸看到很高兴，他拿着字和画笑了又笑。我没来错。

爸爸告诉我他现在感觉特别好。吃东西不再有堵的感觉，下午感到身上有力气，下床走了几圈。一高兴，干脆洗头洗澡，“真叫舒服！”

“胸上的留置针呢？”

“碰不到，我小心着呢。洗过以后轻松多了，但疲惫！用了多少力气啊，多少天没这个劲了，今天精神真好。”

我听得高兴，爸爸说话的神态比前几天好得多。也担心，专家提醒，如果爸爸意外的精神好要特别当心。爸爸到底属于哪一种呢，心底不踏实了。

13. 再精彩一次

3月20日星期六

三个姑姑来南京看望爸爸。

恨天气，雾气腾腾，又冷又湿。为什么不是艳阳高照，让爸爸有限的日子多享受点阳光？

姐姐在爸爸那里，引流袋空空的。爸爸把它掖在衣服里，我没敢问。带去的枣子汤他摇头说等一等。

爸爸吃了稀饭，走路不多，但精神蛮好，就是肚脐周围隐隐地疼。晚上没睡好，热燥，咳嗽，起来到卫生间抽雪茄。折腾了两次，回到床上，上腹部开始疼痛。

一夜下来爸爸瘦多了，憔悴是不消说的。手指甲好长，姐姐在给爸爸剪指甲。

爸爸催我去上班。

“我上班没多少重要的事，何况是加班。”

“不行，加班也得认认真真。”

爸爸对我温和地笑，笑了很久。我会记着他这个笑。因为“教育”了我体恤而缓解的笑，爸爸担心他的话伤了我的自尊。

见我不走，爸爸起来吃药，吃完了干练地到走廊上去锻炼。

爸爸头两圈走得很慢，第三圈开始挥舞手臂，手掌做着抓握动作。爸爸做得轻松好看，协调极了。

尽管他背影消瘦，面色憔悴，穿着睡衣加西装。但他的精神轻松、昂扬、振奋。我和姐姐看了由衷地激动。

我们对他笑，他也朝我们笑。

第六圈第七圈爸爸走得步步生风，腰部扭动很大。

姐姐不忍心了，在后面喊停，我却朝他喊："加油，爸爸！"

爸爸笑笑，走廊上的人善意地望着爸爸。

"这么好的爸爸！"

我对姐姐说，我们很心疼。

爸爸走到第十圈感觉累了，头发里有汗。他却一步都不肯停下，爸爸心里一定有一个目标，他非达到它不可。

也许这种精神能创造奇迹，爸爸的脚步让我产生这样的幻觉。

爸爸终于锻炼好了。

我突然反应过来，爸爸兴许是昂扬给我们看了。他要鼓励我们，让我们安安心心去上班。

爸爸回到房间，我就主动跟他说再见。

他让我们中午别来，"跑来跑去的，不累啊？"

大街上的人流让我茫然，爸爸，不知道什么时候我们会失去你？想起这一点就觉得天旋地转，一切都昏沉沉的滞涩起来。

白天黑夜按部就班地到来，可在我心里，那命运的轮子转动得越来越难。那是爸爸的"年轮"，载了爸爸长长的一辈子，载着痛苦、爱恨、别离、困厄、不屈，我听到它在咯吱咯吱疲惫地响。

我追着它，试图拽住它，让它慢下来，再等等。

每天早上醒来，想到爸爸就一骨碌爬起来。我要赶过去，再看他一眼。任何时候能靠近，就想尽一切办法奔过去。只怕赶不上，只怕少了聚首，断了亲热，哪怕多一秒也好啊。

每天趴在爸爸床头，用手去抚摩他的脸，梳理他的发，握他的手。多么幸福。

即使半夜拉肚子也会觉得欣慰，因为可以承受着和爸爸同样的折磨。

成主任要来冲袋子，上帝保佑，胆汁快点出来吧。

中午，姐夫熬了稀饭，做了豆瓣炒咸菜，肉丝炒干丝。

爸爸食欲很好，肉丝炒干丝吃掉大半，稀饭也吃了。爸爸边吃边夸味道好，边吃边喜悦，“今天吃东西能吃出香味了。”

吃完，爸爸抓着小小的药瓶对我说：

“是多酶片的功劳，这东西帮了我的大忙。”

那是前天爸爸不消化，我自作聪明买来的。

饭后，爸爸出去散步。在走廊上来回走了六圈。他走得很快很轻松，跟医生打招呼，声音洪亮得让人惊讶。

爸爸回来跟我和姐姐说，“今天真舒服。”

“爸爸创造奇迹了。”我打趣他。

“奇迹是你创造的，你的多酶片立了功，这下死不掉了。”爸爸笑着看我。

爸爸这句笑话，把我和姐姐吓了一跳。

姐姐说徐老来给爸爸看过了，只开了两天的药，哥哥跟徐老交流后面色凝重。

不知道爸爸的状况究竟到了什么程度。

姑姑们午饭后来医院。

大姑和三姑都胖了，小姑姑没变。他们的孩子留筛、长进、小东和女朋友都来了。满满一屋子人，很热闹。

大姑活泼，她的话多些，“哥哥，你看你多好的福气！看看你这三个姑娘。”

爸爸坐起来说，“三个姑娘三个女婿，撵都撵不走，好！”

爸爸安排我们带姑姑们玩中山陵和玄武湖，再逛逛大商场，“我晓得，你们口袋里钱都带得不少。”

爸爸跟她们幽默。毕竟是大哥，这个时候爸爸还在心疼、体恤着她们。

傍晚，哥哥开车来接姑姑们回家吃饭。

我和姐姐推托，“车子坐不下，我们等等再走。”

我们舍不得爸爸，想留下来陪他。

爸爸发火，他要我们去陪客人，他能自理。

吓得我们赶快撤退。

一路上我和姐姐都在流泪，爸爸独自在医院，要是能跟我们一起回家多好啊？

爸爸跟姑姑们说过，“今天是我第二次手术以来最好过的一天。”

爸爸在硬撑给他的妹妹们看吗？还是上帝真的开恩了。

3 月 21 日星期天

我的表达不能担负这一天的感受，或许等二十年三十年我才能把今晚悟透。

爸爸今天太美太了不起了。

这是他生命的绝唱吗？

一大早，病房里空荡荡的。窗户大开，风把花篮吹翻在地。

捡起花篮，跑到走廊上找爸爸。

爸爸在锻炼，速度很快，手臂在动，很振奋的样子。看到我，他笑了。我等他，两圈过后他还在走，我跟上去。

爸爸走得很认真，走一圈必须是完完整整的一圈，一步也不能省略，一步也不含糊。每一圈配合的手部肩部动作也在不停地变换，臂摆动、抓手掌、手臂左右甩、后抓手臂。

“好了吗？”

“还有两圈。”爸爸有目标。

我在房间等他，爸爸进来先吃药。

我把昨晚姑姑们在酒席上的表现讲给他听，还有游玩中的几个有趣的细节。

爸爸听完喜笑颜开，他说，“你写下来。”

“对，写‘三个姑姑游金陵’。”

“给她们打电话，让她们今天去中山陵玩。”

“外面下雨。”

“下雨没关系，打伞。”

我给嫂嫂打电话，姑姑们已经到中山陵了。

爸爸这才放心。开始清理他的大烟斗，准备吃雪茄。小护士看到他的大烟斗笑了，说，“只有老烟枪才用。”

爸爸用牙签剔，用卫生纸擦，然后到水池上清洗，洗完了用嘴巴吹。

“把嘴巴洗洗。”我提醒他，他认真地洗。

护士挂上水，我让他喝枣子汤。他顺从地单手撑起自己，一口气喝掉了。

爸爸黄疸不出来已经整整四天，但他看起来一切正常。

今天他挂的是甘利新、脂肪乳、蛋白。哥哥和妹妹在，我们说起小时候的事，爸爸很怡然地听。中午姐姐给爸爸带来大白菜烧肉，爸爸全部吃掉了。

哥哥姐姐妹妹走后，房间里就剩下我和爸爸，我让他闭上眼睛休息。他说没睡意。

“昨晚团圆的场面真不错，很感人。”

爸爸喜滋滋地听。

“今天我们请客，韩家三个小姑娘请三个老姑娘。”

“哦！”

“你也可以回去啊。反正你在这里不也是锻炼吗？回家感受感受那个气氛。”

“下午看情况再说。”

爸爸愿意回家?!我只是不经意间提出了这个想法,我被他的答应吓了一跳。赶紧出去给妈妈打电话。

妈妈在超市采购,连声喊:“真的,太好了。”

姐姐妹妹也激动。

“不勉强爸爸,看着办,如果能回家当然好,反正我会来接。”哥哥在电话里很兴奋。

“就在檀越轩,那里环境好,离家近。”爸爸提议。

“好,我去订。”

“你现在还写稿子啦?”爸爸突然问我。

“写啊,每天晚上写。”

“怎么有这么多东西写?!不过我年轻时也这样,要弄个什么东西,坐到桌子上,拿起笔就哗啦啦写出来了。”

“总的来说不如往年用功,写是写着,不认真。需要爸爸骂我,狠狠地骂。这些年要不是你,我肯定还在玩。我想我最大的收获就是读了中文系。”

“当然,中文是中国文化的精髓。”

“将来出作品集,一定赠送中文系。”

我和爸爸就是这样,交流可以很彻底很清新很振奋很随意。我喜欢和爸爸说话。

爸爸这个时候还问我写不写东西。

这是爸爸看重的、关心的、始终牵挂的。为了爸爸,我应该永不止步。

爸爸说着说着进入了睡眠状态。我看着水,一会儿看爸爸。爸爸皱着眉头,眉宇之间一道很深的“竖”,嘴巴微微张着,好像在忍受什么。

上午他跟哥哥说,“整整四天没东西出来了,我的感觉非常好,没哪里堵塞没哪里疼痛没哪里难过,一切正常。再这么休养两个礼拜,这根管子可以拔掉,我就可以回家了,在这里干什么呢?!”

爸爸的精神的确比前两天好,中午姐姐带的另一份菜汤他不愿吃,被我吃掉了。他跟我开玩笑,“你把我的晚饭吃掉了,你这是逼我晚上回家啊?!”

姑姑们玩过中山陵,来医院。

爸爸跟她们说:“我现在真病不在身上了,一天比一天好,再过几天,我就回家。”

姑姑们纷纷地鼓励他。

我到走廊上去看杂志。无意读到废名的小说,久违的喜欢,便起念去书店买他的小说集。回家拿相机,准备晚上的镜头记录。

姐姐妹妹帮爸爸洗了澡。

爸爸穿上浅蓝色衬衫,系着真丝红花领带,穿上新西装,面色红润,神采奕奕,仿佛完全康复了。不仅仅我们,连他自己也好像忘了病情。

虎子回家看到爷爷,很开心,“爷爷你长胖了。”

爸爸很高兴,他最喜欢别人说他胖。

包间很大,深红的背景墙透着古典气息,白色布艺沙发旁边放着高大的绿萝,异域情调的壁画,还有卡拉 OK。

汐汐被婆婆带来了。

我穿着蓝毛衣、黑长裙,配上黄丝巾。汐汐看见我就抱住说:“妈妈你真漂亮,简直像个仙女。”

西装革履的爸爸别样帅气,脸上带着历尽磨难之后的微笑,春风怡然。

“虎子,把卡拉 OK 打开,唱歌。”爸爸吩咐。

哥哥积极响应,嫂嫂点歌,虎子调试音响。

爸爸主动跟姑姑们合影。

妈妈、我们四个、嫂嫂,所有人分别以不同的方式和爸爸合影。爸爸始终微笑,像谦和得体的明星。

一时间闪光灯、歌声、笑声、孩子们的嬉闹,让房间里一团喜气,久违了的。我们互相拍照,不仅仅跟爸爸。

爸爸唱起《军港之夜》。爸爸唱得很抒情。姑姑们拍手,我们欢呼。汐汐陶醉于这样的欢乐,她像小狗一样不时地扑到我怀里说太好了。洗手的时候悄悄叮嘱她,千万要开心,不能哭,不能闹。

她乖巧地直点头,轻轻说:"也不能打碎东西。"

我亲亲她。

笑闹中,哥哥姐姐让到楼梯间,他们偷偷抹眼泪。

姐姐哭着说,爸爸眼里一直好像有泪。

团圆饭之前,我们鼓掌让爸爸说话。

爸爸拿起麦克风,"这是我们韩家第一次在南京聚得这么齐,谢谢姑姑们大老远从老家赶过来……"

第一杯酒我们全体敬爸爸。

哥哥端起酒杯走到爸爸面前:"爸爸,我们天天盼你回家和我们一起吃饭。"

爸爸有些感动,他连连咬嘴唇。

我们眼泪汹涌。

等到我敬爸爸的时候,我抱着他说:"爸爸你是我的骄傲。"

姐姐在对面给我们拍照。

"不曾想到我生了个作家。"爸爸喜滋滋的。

我亲了亲爸爸的额头。总算,我亲过爸爸了。这是我一直想做却没勇气做的事。

爸爸很高兴,由衷的。

他吃得不错,胃口很好的样子。

重要的是他的状态,整个晚上爸爸都非常饱满,好像真的康复如初。爸爸微笑着望着我们每个人,催促姑姑们吃东西,高兴地接受大家的祝福。

吃完饭，爸爸主动提出来要拍全家福。我们把圆桌移到一边，腾出空间。爸爸坐在中央，我们轮番上场。

一时间我们沉浸在空前的甜蜜和温馨里，不去想其他。

合影照完，剩下爸爸一人，他或坐或站，抱臂或者背剪双手，不断地变换姿势，笑对镜头，让哥哥尽情地拍。

我们在他的对面望着他，那一刻我们被他的快乐、积极、昂扬、唯美打动了。

爸爸知道我们想拍他，爸爸也想留下他最美的瞬间。

只是不知道那一刻爸爸的内心是否怀着另一番惨淡和酸痛。他在努力地绽放自己，给他挚爱的人看，也是在默默告别。

一个如此深情的生命?!

一个被病魔步步紧逼和狠狠折磨了七个月还能这么饱满、昂扬、快乐、豪迈的人，多么叫人振奋，多么叫人痛心。

上帝为何要扼杀他，他那么依恋和渴望活，为什么要扼杀?!

人生多情起来无限多情，可是谁也不该忽略那份潜伏着的无情与凶险。

我们的爸爸，在这样的情境——胆汁堵塞四天四夜让我们担心焦虑到极点时，爸爸做出了这么一个姿态——骄傲、潇洒、狂放、高贵。

是因为身体舒服本能的舒畅，还是因为他预感到那个结果故意给我们一个美丽的句号，最后的精彩?

他特意给我们创造了这么个机会。

整个夜晚他带头愉快、积极，没有丝毫忧虑，只有欢笑。这欢笑是如此纯粹，连它可能隐含的一点点伤感、怨恨都没有。

爸爸欢笑着和我们留影纪念，最后跟大家挥手告别，一低头坐进哥哥的汽车，回医院。

姐姐和妹妹陪着他，始终，他平和安详。

我带汐汐回家。

那晚的霓虹多么美，我知道爸爸一路也在看。如果他现在不是去医院，如果医院对他的病尚存希望该多好啊——泪水成串成串地落下来，司机奇怪地望了望我。

邹从专案上来电话，我努力把所有的快乐、把这完美得接近不真实、我生来最激动不安的一夜说给他听。可我怎么说得清呢?!

给爸爸房间去电话，姐姐说爸爸已经换了睡衣，舒服地躺在床上。“爸爸没哪里不舒服。”

担心姐姐说话不便，嘱咐她回家后来电话。姐姐说，真的，爸爸很好，非常好，非常开心。他感到身体真的不那么难过。

爸爸真的好了？不咳嗽不呕吐不失眠不无力——除了舒服还是舒服？

姐姐说，“爸爸刚刚到家的时候想吐，但他忍住了，等他唱歌以后，就什么感觉都没了，就是舒服。真奇怪!”

睡下来，眼前都是爸爸的笑。

我知道爸爸是笑给我们看的。

这是生之尊贵和力量，是大美，也是大勇，值得我们一辈子回味的。

感谢上帝给了我们这神奇的一切。

14、腹水来得如此快

3月22日星期一

爸爸到底怎么样?

半夜醒来,怎么也睡不着。很想跑到爸爸那里去看看,担心他会在那里吐、难受。两条被子盖在身上还浑身打颤,翻来覆去睡不着,最后只好再拿条被子盖上。清晨,匆匆去医院。

爸爸不在房间,换下来的引流袋放在角落的地上,里面有稀薄的一层胆汁。

爸爸在门外锻炼,看到我慈祥地笑了。

“这么早?”

“你好吗?”

“很好。”爸爸继续往前走,手臂如常地摆动,节奏和昨天一样,但我感觉他的脚步没什么力气。

我在房间等他,检查他的水杯,一杯子水,热乎乎的,他自己倒好的。

看来爸爸很好。

安然地读报,寻找好新闻等着告诉爸爸。

爸爸进来正好迎着窗户,我发现他的面色黄了,脖子里也黄,只这么一眼,我失望了。担心了一夜,还是有变化。

主任来查房,我才知道爸爸真正的变化——他肚子里有了腹水。

爸爸说,“晚上睡到下半夜肚子胀胀的,不舒服。按上去有些疼,早上起来走路感觉身体臃肿了似的。本来肚子都瘦得没有了,现在却突然出现了。肚子上的皮今天捏不起来,但前天还抓得起来的。”

我和姐姐听得触目惊心,最不愿意发生的事情这么快就来了。

怪不得下半夜会失眠,嫌冷。我们父女俩真有心灵感应。

爸爸说他晚上没睡好,一会醒,一会醒。他自己该多痛心?!

说话间哥哥和妈妈来了。

妈妈今天陪爸爸,我可以回办公室。爸爸要我中午带豇豆青菜粥,还要婆婆烧的红烧肉里面的土豆,只要土豆不要肉。

哥哥和朱主任约好下午做造影和 CT,两点钟,哥哥自己来。

爸爸午饭吃得不错,带过去的土豆全部吃光,稀饭也吃了一碗,吃完了还夸好吃。我们很开心。

让他上床休息,静候检查。

我和姐姐让出去,等我们回来发现爸爸并没睡。

“别担心,哥哥来,成主任也来。”我们劝爸爸。

病在爸爸自己身上,他能不担心?

爸爸闭着眼睛不说话,一点五十分,哥哥在楼下给我们来电话,爸爸还躺在床上。直到朱主任的脚步声由远及近地来了,爸爸这才起来穿衣服。

下床的时候,爸爸流泪了。没有放任自己,只是眼圈外有两滴晶亮。

他不让我们看见,披上衣服就进了卫生间,一句话没说。门关上了,里面有水声,响了很长时间。我们很难过,也很无奈。我和姐姐一左一右扶着爸爸出门,下楼看见哥哥和方叔叔。爸爸不好意思地笑了,说,“兴师动众。”

“说明你对我们多么重要啊!”故作轻松。

“别怕,随便他们怎么查,你只管配合。”哥哥拍拍爸爸的肩。

朱主任亲自给爸爸做造影,说引流管子是通畅的。

再去做CT。

爸爸要喝三杯水,爸爸喝完就坐不下来了。他觉得恶心,水堵到嗓子眼了。

我和姐姐等在外面,灰暗、心疼、焦虑、失望。想想昨天爸爸那么好,今天就出现了新问题。

我们劝他别担心,爸爸说,“担心有什么用呢?”

爸爸当然担心。

CT快结束时我们进去,看见屏幕上不可名状的图形,是爸爸的内里,病变了的,是它们在吞噬着爸爸。

再次感到医学的虚弱和无力,我们所有人眼睁睁看着它疯狂进攻却无以还击。爸爸怎么得这么个病,爸爸命苦啊!

被折腾了一个小时,我们和爸爸一起回病房。经过面包房,那里飘出诱人的香气。

我问爸爸想不想吃面包,爸爸摇头。问他想不想在楼下坐一会,他也摇头。

电梯里我感觉爸爸呼吸急促。回到房间,爸爸迫不及待地躺下来,急促地喘着。

“虚啊,太虚。”我安慰他。

爸爸闭上眼睛,他不喜欢睁开眼睛,他说自己缺乏正气。

“不管他了。”

“好的,引流管很好,没什么堵的。”

“堵也不怕,堵了再通,我愿意再挨一刀。”

爸爸不知道,即便他想开刀医生也不开了,他们根本开不了。

“你妈妈初一给我去鸡鸣寺算命,说我过了三月十五就好了，过了七月就脱大灾，以后还能长寿。”

“一定！这两年你吃了太多的苦，从腰椎间盘突出开始，然后嘴巴开刀、修理牙齿，身体一直溃个没停。吃了多少药，也该苦尽甘来。”

姐姐去专家会诊的地方听消息，没跟我们上来。爸爸问她哪里去了，怕他起疑，说她逛街去了。

“肯定又去买吃的了，吃惯了的馋嘴。”爸爸轻松地说笑。

姐姐上来眉飞色舞告诉爸爸：“结果很好。”

我把爸爸对她的猜测告诉她，她笑起来，我们三个人一起笑。

姐姐后来在走廊上偷偷告诉我：“结果很不好。”

昨天爸爸还高兴，以为没东西流，肯定是内部循环通了，管子马上就能拔掉。夜里当他摸到肚子里的水，该是多么失望。

爸爸眼里其实一直有泪水。

为了转移爸爸的注意，我故意和他胡侃。

爸爸听着听着，来了精神。

他说这辈子他有两个艺术掌握得比较好：经营的艺术、领导的艺术。我补充有：说话的艺术、交际的艺术、教育的艺术。

我说我将来想办一个学校，争取爸爸做名誉校长。他笑笑说：“笃定。”

我们在悲哀的时刻一直在乐呵呵地说着笑话、梦话，沉浸其中，让我们自己都难以相信。

哥哥晚上过来，爸爸准备睡觉了。他让哥哥带我回家，叮嘱了两遍，“你开车带小霞儿回家哦。”

这一天是惊险的，是根本性恶化的一天。但这一天是爸爸对我们最平和最关爱的一天。

“爸爸眼里有眼泪。可怜啊老头子！你们让那个人赶紧来啊，后面我们晚上就该值班了，她就更来不了啦。爸爸现在能讲话能走动，来了见个面好。”车上，哥哥跟我知己地说。

“爸爸怕你们不方便。”

“她来了他肯定高兴。我们好办，随时可以回避。”

这是我和哥哥第一次做这样的交流，而且是他主动谈及。说明哥哥多么爱爸爸。

爸爸跟我也说起过哥哥，“他能理解我，这是最大的安慰。”

我们一家子相亲相爱到这个份上，尤其在妙姨的问题上，爸爸一定想不到我们会发生这么大的改变。

这是灾难的力量，我们无法在死神面前人定胜天，相信爱能。爱能让我们放下一切。眼下，我们期待爸爸能多活一些时光，活着多些快乐和安慰，越多越好。

哥哥说，“哪怕多活一分钟也好啊！”

回家把哥哥的话转告姐姐，姐姐马上给妙姨打电话，明天早上妙姨就来。

3月23日星期二

姐姐去接妙姨，爸爸还蒙在鼓里呢。

爸爸不在走廊上锻炼。悄悄进去，爸爸睡在被窝里。他没能下床，这是我预料的，也是不愿意看到的。

爸爸的被子上摊着报纸，昨天的，大概他想看。

我拿来了新的。

“晚上难过吗？”

“没有，很好，你们走了我一直睡到夜里四点多。醒来饿了，就让小护士给我热能全力，喝下去昏昏地睡到早上。护士来给我热东西，看到袋子里有了胆汁，通了，三百多毫升。”

“真的？”我走到爸爸右边去。这些天我们一直在回避那个空空的引流袋，连看都不敢看一眼。

真的通了！

我看到了袋子和管子里的金黄。

“太好了，这一通少受多少罪啊。眼睛也清澈多了，肚子呢，胀不胀？”

“松动了，就是里面说不清楚的难过，也不是疼痛。下来吃早饭发现头很虚，抬不起来，重。”

“我把这些不舒服记下来，等哥哥把徐老请来，讲给他听。让他帮你再开几副中药。”

我感到特别轻松，爸爸又能活一阵子了。

“真是太好了，这叫‘柳暗花明又一村’。”我对爸爸说，觉得现在的不适已经不是什么大问题。

爸爸被我说得高兴起来。

“哥哥知道吗？”

“他马上来。”

“给我吃药。”爸爸振奋了。

“这么多药分两次吧。”

爸爸不听，一仰脖子全部咽下去了。

护士长来查房。

昨天，爸爸为引流老不来很焦急。护士长开玩笑说：“赶快睡觉，说不定夜里就来了呢！”结果被她言中。

护士长清理爸爸的床头柜，爸爸让她把那颗安眠药扔掉。

“扔掉就是浪费，浪费就该批判。”护士长一句嗔怪把爸爸逗得乐呵呵的。

妈妈来了。

妈妈看到引流说：“真的，我说他会好。过了七月就太平无事。”

爸爸笑：“是你敬菩萨的功劳呢！”

朱主任和哥哥进来，听到这个好消息，他们也很意外。哥哥赶忙掏手机告诉成主任和方叔叔。

主任兴奋地说:“你看看,这些现象连医学也没法解释。所以老爷子啊,你的精神、你的乐观和信念比我们开的药管用。精神力量胜过一切。祝贺你有这个好消息。太好了。”

哥哥请主任抽烟,说奖励他。

我们都很振奋。妈妈让我去上班,她留下来陪爸爸。她让爸爸睡一会儿,我跟哥哥的车先走。

哥哥说:“爸爸要是不出问题,再活个三年五年多好啊。”

“爸爸很乐观,他一直很积极。”

“是的,他一直不往坏的地方想,这就好。”

“说不定他能好呢。”

“是的,不能放弃信念,有一点希望我们都要试。万一成功了多好啊。”

妙姨在来的路上了,妹妹听说爸爸引流通了也高兴,她简直不相信。

爸爸在人民医院时曾经写下“精诚所至,金石为开”。

上帝可怜我们吧,多给我们一些时日,多给我们一点这样的转机。

被希望鼓舞和振奋着,来到单位给闲置已久的兰花换水,清理办公桌,微笑着跟每个人打招呼。好久好久没这样轻松了,真是意外的惊喜,爸爸至少省却了穿刺肝脏之苦。

中午过去,爸爸在睡觉,他不让拉上窗帘,但眼睛闭得紧紧的,爸爸怕光。

爸爸醒来看见我很惊讶。姐姐在路上给我发短信,“她已经来了,要不要透露点消息给爸爸?”

我回没问题。可是怎么透露呢?

爸爸闭着眼睛说,“打铃。”原来水挂好了。

我给爸爸打开午饭,茨菰红烧肉,豇豆菜稀饭。

爸爸吃了满满一碗稀饭，肉没吃，茨菰都吃了。趁他吃饭，我说，“今天有个朋友大老远地来看你。”

“谁啊？”

“不知道，姐姐说的。”

“哪个？”爸爸眨巴眼睛望着我。

“你最要好的。”

“妙姨？”

我笑了。

爸爸也笑。

“谁让她来的，你妈妈还不知道呢，应该先征得你妈妈同意。”

“没关系，妈妈知道，妈妈同意的。”

“不对，要先告诉你妈妈。”

爸爸睡到床上不说话了。

妙姨到了，爸爸没我们预想的那么高兴，他还在担心妈妈。

我们讨论怎么告诉妈妈。姐姐的意思是先瞒着，我和妹妹觉得应该实话实说。

妈妈没怪我们，她给爸爸去电话，“我晓得她来了，没关系的老头子！这两天我要在家折纸，马上清明了。我老是头晕，她来了我正好休息休息，养一养，你放心啊！”

“感谢您的宽宏大量。”

爸爸这么说着，笑呵呵的。妈妈在那头也笑呵呵的。

一切问题都迎刃而解，现在就担心爸爸的病情。

晚上爸爸发烧到三十八度五。

专家说，“有两种可能，细菌烧和癌性烧，两种分辨不出来。可以先用抗生素，用退烧药管用就说明不是癌性烧。如果不退，那就很快，两三天三四天。如果细菌烧，退了还有其他可能。”

挂了电话，浑身冰凉。

3月24日星期三

担心得厉害，悄悄地走进病房，看见妙姨在卫生间洗碗，没什么异样，心稍许放下来。

爸爸站在窗前刷牙。

“爸爸。”

“你怎么又来了？”

“怎么样昨天晚上，早饭吃过了？”

“吃的稀饭，还有豆浆。昨天夜里又流了四百。半夜饿，喝了一碗能全力，吃了一只蛋糕。挂过水后，烧退到三十七度一，早上又变成三十七度七。”

主任来查房，爸爸把这些告诉他。

妙姨说，“昨天晚上楼下太吵，你爸爸睡不着，跟我说笑话。好一会才睡。他跟我说，这个礼拜不要走，在这里多住几天。”

哥哥来了，爸爸让妙姨到走廊上去散步。

哥哥说朱主任要来给爸爸冲引流，其他医生也要来会诊。爸爸说，“烧没关系，我给邵主任打过电话，他说可能是导管在里面时间长了，有炎症。”

爸爸面色红红的，不像昨天那么黄。可能因为胆汁通了，精神和食欲都不错。

我留下来陪爸爸。

问爸爸想吃什么，正好汐汐来电话。我让她喊外公，她乖巧地问：“外公，今天你想吃什么啊？”

爸爸告诉她，今天想吃油煎豆腐、炒豇豆、米饭。

给妙姨订了一周的饭，爸爸私下里跟我说，“她不肯走呢，想多过一个礼拜。”

他们不约而同地跟我说了一个意思：他们要多待在一起一

段日子，爱让他们贪恋聚首。他们待在一起更多的是欣喜、快慰、希望。病痛离得远远的，只恨时间不能永恒。

我当然同意，只是不知道下礼拜爸爸会是什么样子？他们尚没有这份担忧。

没有叹息没有嫌隙也没有灰暗与忧愁，只有这平静的暖洋洋的快乐。爸爸连沉静也是欢欣的，我看他笑得明显多了，妙姨也一直在笑。

我曾经怀疑过这样的感情，但现在我信。

爸爸病到这个程度，全身黄了，妙姨不惧怕，不避让，不嫌弃，只一味地靠近，生怕靠得不够近，靠近的时间不够长。

病痛暂时失去了威力，至少他们想不到它的狰狞。在他们心里，爸爸的日子还有一个礼拜又一个礼拜。

爱是这么无所畏惧，所向披靡，不可思议。

我相信它的力量胜过药物。这是爸爸最大的动力，但愿它能让爸爸起死回生。

这样的光景简直像神话。

回办公室，迫不及待地给妈妈打电话。神话是建立在妈妈的无私奉献或者痛苦之上的，担心她。甚至觉得我们所有的人是不是太自私，没有人顾及妈妈的感受。

"我好着呢。早上起来就给你爸爸打电话了，问他晚上睡得好不好。你放心，我平静。这几天我不去，说好了。"

姐姐说，没想到妈妈又想通了。

事实上，妈妈那短暂的缄默还不是因为爱？现在欣然接纳，当然更是因为爱。因为爱她最终会选择退让，她对这个人退让了一辈子。

黄昏在宁海路等车去医院。

对面的音像店一首接一首放老歌，《草原之夜》《驼铃》《送别》，都是爸爸爱唱的，忍不住心酸。

爸爸不仅爱唱,年轻时还用口琴吹过。

那是夏天的夜晚,我们在庭院里乘凉,爸爸心情很好。他在躺椅上喊:“小霞儿,给我去拿口琴。”

爸爸的口琴银色的外壳,翠绿的琴孔。我和妹妹老爱拿着吹。多单纯的年月,单纯的夏夜,单纯的我们啊。

当时胆子小,一个人不敢到黑乎乎的后屋,但又想听爸爸吹口琴。最重要的是想出色地完成任务。姐姐妹妹都在呢。但拿口琴这样的活,爸爸肯定叫我。因为我们从来就是知音啊。

我怀着小小的得意和惊喜,脚不沾地窜进后屋,拉开右手的第三层抽屉。那些抽屉是爸爸整理归类过的,我严格地谨守。爸爸出差的日子,别人要是乱拿乱放,我会横加指责,并且动手整理。我喜欢爸爸的规则。

摸出口琴,蹦到庭院,简直神速。爸爸在躺椅上酝酿情绪,他会笑嘻嘻地惊讶,“这么快!”

他知道我怕黑。

多数时候,爸爸不说话,他握口琴的姿势很美,最美的是爸爸吹出来的那些旋律。

我们姐妹会跟在后面轻轻地唱,奶奶和妈妈扇着扇子,轻轻的,按着节拍。月光下的我们格外安详。

长大了进城,可以玩卡拉OK。爸爸妈妈每每积极,妈妈每次都要唱《小城故事》,爸爸要唱他的《军港之夜》《草原之夜》《送别》。

爸爸唱得最美的是《送别》,每次旋律起来,爸爸开唱,哥哥和三个女婿都忍不住要叫场子。在风雅的爸爸面前,他们只能甘拜下风。

我们三姐妹却对《军港之夜》情有独钟。

当年爸爸睡在躺椅上教我们唱,说,“上海人都会唱这首歌。”

那是八十年代初吧。也是夏夜，月光如银。爸爸唱一句，我们跟着唱一句。等我们唱会了，他让我进屋拿口琴。爸爸吹着《军港之夜》，我们跟着他的口琴反反复复。

那个夜晚，月亮很大很圆，星星很近，一颗一颗就在头顶。星星和月亮把村子照得亮极了。奶奶眯起眼睛说，“这天光，夜晚简直就像白天。”

邻居被我们的歌声和琴声吸引，纷纷摇着扇子走过来，一旁安静地听和笑。

这是爸爸教我们唱的唯一一首歌，他让我们体会到一种浪漫，一种闲情逸致。

那时候爸爸让我们理短发，不许扎辫子，说，“扎辫子土气，上海小姑娘都是短头发。”

爸爸给我们买上海小姑娘的裙子、裤子、鞋子、布料和大白兔奶糖，大城市的文明就是这样潜移默化到我们的血液里。我们穿着爸爸从上海买回来的连衣裙，走出村子，农人们会齐刷刷地停在地头上望，一边啧啧赞叹，说，“宝银家的三个姑娘，都是城里人啊！”

我们很小就知道自己不属于农村，知道我们要通过读书飞往城市。城市是爸爸的梦想，爸爸早早在我们脚下铺设了这条路，清楚明白，我们从未怀疑。

听着这样的老歌，心像浸泡在盐里。想着我们的爸爸正在一点点从这个世界消逝，站在街头忍不住哭出来。

跑到音像店把歌带买回来，歌手是刀郎。当时刀郎正火，满大街都是他嘶哑深情的歌。

婆婆做的饭菜真可口，豆腐和豇豆都好吃，爸爸一口气吃完了，意犹未尽。出门走了五圈，他说，“好几天没走这么远了。”

我给他在胆汁外排表格上记录：二十四日，五百毫升。

爸爸说错了，应该写在二十三日上。爸爸修改得对。再次证明他的严谨和一丝不苟。上班时间一到，他就赶我们："上班去，上班怎么能随随便便？"

姐姐让妈妈晚上到她家去，她要好好陪她说说话，让她发泄发泄。

爸爸说他已经长胖了，都七十一公斤了。怕我们不信，他握拳头给我们看，"我的手又像肉馒头了。"

爸爸生来就胖，奶奶一直说爸爸的手像肉馒头。奶奶另外一层意思是：肉手有福气。

打水给爸爸洗脚，帮他卷起裤脚，腿上掉下一层皮。很惊讶。

爸爸却高兴，说："不死掉层皮啊。"

民间有这样的俗语。妙姨补充："人经历一次灾难就会蜕层皮。"

妙姨很朴实，什么都不让我们干，她和爸爸真像多年的老夫妻。

不是每个人都能遇到这样的爱，不离不弃，到灾难到病弱到绝境到撒手。我由衷地感动。像推开了一扇门，原以为是常景，没想到别有洞天。

妙姨儿子天天来电话，他不反感他妈妈来当陪护，只是单纯地希望爸爸能好起来。

爸爸今天的状况的确让人高兴。

下午，妙姨带爸爸去理发，他们走了一大圈才回来。爸爸很久没走这么远的路了，回来洗澡都没力气。

体温三十八度一，还有烧，用冷毛巾敷在爸爸额头上，爸爸说，"真舒服。"

趴在爸爸床头望。

"望什么望，老头儿还是个老头儿。赶快回家。"

"这老头儿是我们爸爸，是世界上最好的爸爸。"我们俏皮。

爸爸笑。

“现在哪里难过啊？”

“很好，跑回来睡到这个床上舒服死了。”爸爸一定走得很吃力。

“就是感觉走路时腹胀。除此以外都舒服。”

“爸爸脸色好多了，红红的，比前几天好。”

妙姨悄悄把我拉到外面，“你爸爸不好啊，他脸上红不是好，是火啊。腿也肿了，男的最后就怕腿肿。”

“那，要是爸爸不好你就快点回去哦。”

“他的营养好，不会这么快，但要注意。我走了你们要当心。不是太好。我这个人真命苦，当年你叔叔走的时候我也是这样真心伺候。当时他的脚冰凉，我抱在怀里捂啊。我对人总是真心，就是命苦，哭都找不到地方哭，没有人理解。”

眼泪从她衰老的眼里流出来，她靠在墙上，孤独无依。

我只好伸出手去。

“不要难过，你哭了爸爸会看出来的。靠儿子吧，儿子媳妇有出息比什么都好。”我劝她。

“儿子到底是儿子，内心深处没个依靠，靠一个走一个。”她哭得喘不过气来。

妈妈在电话里跟妙姨说，“这些天你辛苦了，我就不来了。”

“不辛苦哦，应该的，我要报答他对我的恩情。”妙姨回答妈妈，两人客客气气。

“你妈妈蛮好的，对我特别好，总是帮我劝我。你爸爸现在还望好呢！我会继续鼓励他，说笑话让他开心。你叔叔得肝癌走也是这样，我跑出来哭，转身再装笑脸进去，现在又这样。”

她真是个质朴的女人，世俗没有遮蔽她的心。可怕的是她迷恋爱情，所以她总是绕不出痛苦。

也许人生就是一场迷恋，谁先看破，谁先解脱。

3月25日星期四

爸爸上午非常好，走了十圈，三千多步。他不让用蛋白，还教育我们说："跟医生讲话千万要注意方法。"

说话间爸爸依然精神、睿智、开阔，好像回到了从前。

爸爸跟哥哥、邵主任、朱主任说："现在最大的问题是肚子，你们把我肚子胀的问题解决了，我就能下床打虎。其他没什么不舒服。"

"是腹水。"邵主任检查过了，趁着爸爸进卫生间，他悄悄告诉我，无奈的样子。

腹水没法解决吗?

医生会诊的结果是用蛋白和利尿的药。

爸爸让我们去上班，他说："要把工作做好。只许做好，不许做坏。"

我搂着他的脖子大声答应。

中午和姐姐过去，爸爸吃得不错，骨头汤也喝掉了一碗。

吃完爸爸出去散步，回来脸上有汗。他去摸香烟，我给他用打火机点上，他很舒服地吸了一口，说："还是二小姐好。"

"大小姐没二小姐好吗?"姐姐不服气。

"你是大小姐呢！大小姐架子大。二小姐又没三小姐好，二小姐比三小姐架子大。"爸爸逗我们。

他说："现在最大的不舒服就是肚子，肚皮紧绷绷的。喝水都不敢喝。"

爸爸坐在椅子上，因为肚子鼓胀，他不得不把两腿很分地叉开。

姐姐执意要看爸爸的肚子，爸爸羞涩地拎起衣服，我们看见了黄黄的鼓得厉害的肚子。

“爸爸从前肚子就这么大吗?”我设法淡化爸爸的灰色。

“没有,现在裤子都系不住了,往下滑。”

爸爸睡到床上,仰面躺下,肚子像面盆一样扣在他身上。我想起怀汐汐的样子。

晚上和妹妹过去,爸爸躺在被子里一动不动。方叔叔和朱主任都在,他们一方面来看望爸爸,一方面检查治疗。

医生一走,爸爸就催我们回家。和昨天一样,他赶我们。

喜欢听爸爸喊我“小霞儿”。世上再没人这么亲热地喊我了,我多留恋这声音。我想陪爸爸。每天早上来,中午来,晚上来,所有的时间都愿意给爸爸。

爸爸对妙姨说:“这个鬼跑得最凶。”满是爱怜,甚至看到我就骂,“怎么又来了?!”

“你是我爸爸,爸爸住院我能不来吗?我应该来的,我是你女儿呢。”

爸爸笑。

我发现爸爸的脖子、耳背全黄了,脸色也黄。爸爸的黄比前几天深多了。朱主任说爸爸应该还有两个月。

妙姨说危险。

下午,一会儿没见到爸爸,心就痛得要命。

妙姨躲在走廊上哭着跟我说:“可惜他再也吃不上一口我做的饭了。”

她原是以给爸爸做饭为全部乐趣和价值的。她含着这句话,把眼睛哭得红红的。去水龙头上洗洗,回来继续逗爸爸笑。

我不觉得爸爸即将离开,一点也不觉得。我想我们的诚心会打动上帝。

花城出版社说《守口如瓶》可能五月出版,我觉得爸爸应该能看到。

15. 陶醉在险滩

3月26日星期五

早上六点，尚在睡梦中，突然听到电话，爬起来接听。是爸爸，太意外了，爸爸的声音很昂扬，

“爸爸，这么早啊！怎么啦？有什么吩咐？”

“你有没有找到熟人？”我突然记起他要我今天带妙姨去检查身体。

“没问题。上午我请假过去。”爸爸爱别人的瘾又犯了，自己已经这个样子，他还是关心别人超过一切。

“今天你想吃什么？”

“想吃茄子、青菜、豆瓣、面疙瘩汤。”

“好的，没问题，其他呢？”

“其他不要。”

“你精神多好啊！”

“哈哈——”爸爸笑得有几分夸张，但爽朗，明亮，像窗外春天的太阳。

我起来。

汐汐醒了。

“宝宝，妈妈要去照顾外公了。”

“呜，不行，我要妈妈。”

抱住女儿，我没有理由怪她。尽管我很讨厌孩子晨哭，可这阵子我委实缺席得太厉害。现在整颗心都在爸爸身上，从早到晚，汐汐感冒了我都不管。

我把汐汐搂得紧紧的。

“宝宝不是一直很乖的吗，今天怎么哭啦？我告诉你哦，外公得了一种很重很重的病，很难受，脖子下面埋了一根管子，肚子上埋了一根管子，每天吃不了饭。想想多可怜啊！如果是妈妈这样你也会去陪我的，对吧？”汐汐的哭声小了下去，她搂住我的脖子，后退一步说：“那妈妈晚上陪我上兴趣班。”

“好，好的。”

妙姨站在楼下等我，她说是爸爸让她下来的。

我要告诉爸爸接到妙姨了，爸爸的电话占线。

体检很顺利，进行到一半爸爸打我的手机。

“你接到她了吗？”

“早接到了。”

爸爸对她这么好。

中午，一起坐在爸爸病房，妹妹问妙姨：“你最早看到我爸爸，他是什么样子？”

“记不得了。”

“爸爸，人家把第一次见你的情景全忘了。”妹妹调侃爸爸。

我们笑。

真没想到，在爸爸遭遇病痛遭遇无望的劫难中，我们集体沉浸在他晚年奇怪的爱情氛围里，甜蜜、新奇——属于爱情的因子泛滥在我们的眼神和心灵，我们一半在伤心一半在欣慰，边看边感动，世间真有宁死不屈的爱情？

“我不嫌弃你爸爸，我要陪他到最后。他说假如不行他死也不让我离开。半夜他醒来总要喊我一声，早上睁开眼睛，他看见我就笑——”

爸爸陶醉在他设想多年的理想生活里，他和她的爱情被我们全盘接受，不仅容忍，还能分享。他可以心无芥蒂地爱她，珍惜她，也可以心无嫌隙地面对妈妈和我们。他爱所有人，也感受着所有人对他的爱。

妙姨可以照顾他，爱他，妙姨还可以爱妈妈照顾妈妈，像他多年前私下里跟我说的那样，“将来我们老了，不行了，你们要上班带孩子，妙姨不仅伺候我，还可以伺候你妈妈。”

体检的间隙，妙姨又哭了。她说：“你爸爸不知道，他糊涂，一点也不认为自己快不行了。”看她如此心疼爸爸，很安慰。

“他可能是为了安慰你故意装糊涂的，他很聪明。”

“不，不，他真的不相信自己会不行，我懂他。”

爸爸今天精神很好：“我走了两公里，十二圈。”

“太多了，少走点！”

“不累，我感觉不到累。”

爸爸胃口也很好。不过，爸爸的眼珠很黄，黄得就跟染黄的玻璃球一样，脸上手上还好。

“肚子胀吗？”

“比昨天好，昨天胀得衣服碰到都疼。”

“晚上流了三百八十，早上又有了一百。”

“徐老的药好，才喝了一次。”

看到爸爸的好心情，很振奋。赶紧回去上班。

爸爸今天想吃肚丝汤。妈妈担心婆婆做不好，烧好了送过来，她已经好几天不来医院了。

我们有点担心。

妈妈说：“他都快要失去这个花花世界了，他就要这点幸福，让他去享受吧。成全了将来谁都不抱怨，阻拦有什么意义？！”

妈妈这么开明，我们当然庆幸。妈妈让我给姐姐发信息，不要让妙姨走。除非爸爸要她走，或者她自己提出来。

"不要违背他，都到这个时候了。"妈妈念叨。

这样的爱不是寻常夫妻之爱，而是一个人对另一个人最纯粹的疼。除了生身父母，人能碰上一份这样的爱也是前世修来的福分。爸爸真是有福气。

怕妈妈孤单，决定陪她去山西路走走。妙姨来之前我就跟她说过，"她来了我去陪你。"

妈妈不用我们陪，一个人挺过了最难熬的痛苦期，最终从自我中挣脱出来，更加大气、空灵。我敬佩妈妈，六十八岁，还能这样战胜和突破自己。

陪她去湖南路商场。今年闰二月，女儿该给妈妈买新鞋，那样妈妈才会健康顺利。

一双米色皮鞋，旁边绣花，花上带水钻，很漂亮。妈妈很喜欢。

晚上亚明来看爸爸。她带了苹果、梨子、香瓜、龙眼、香蕉、提子。六样，每样六份，"六六大顺！"

亚明笑嘻嘻的，特地穿了套裙。印象中休闲派的她难得这样庄重。可见看望爸爸在她来说是件不可含糊的大事。

我们是认识二十年的朋友，初中在一张床上睡了三年。

爸爸说，"不简单，二十年，你们真有缘。"

亚明知道妙姨的身份后，感动得哭了，眼泪一串接一串："真不敢相信她一个不识字的农村妇女能做到这样，还愿意跑过来伺候他?!"

又哀叹："一切东西包括财富、声誉在生命面前都那么脆弱，都必须让步，没有生命一切都不存在了。"

我们在走廊的暗处热切地说话，落泪。

3月27日星期六

早上我牵着汐汐去幼儿园，汐汐高兴得蹦蹦跳跳。多久没这样陪她，很歉疚。路上她给我唱《拨浪鼓》，听完，她让我唱给她听，小女儿的爱特别甜蜜。

妙姨儿子今天过来，午餐选在真知味。本来期望爸爸一道去，可是爸爸坚决摇头。他的精神很好，气色红润，但引流袋白白的干干的，没有东西出来。肚子从上午十点开始胀，突然很不舒服。

朱主任很急，多方咨询如何解决腹水问题。他对我摇摇头说，没什么好办法，病人会越来越痛苦。

最后决定往管子里推药水，推了两针。他用镊子把导管夹住两个小时，可是松开镊子，袋子里还是什么都没有。

爸爸肚子胀啊，他皱着眉头睡过去。

我想他一定很难过，但凡身体有一丁点力气，他都会出席今天的午餐。

难受成这样，爸爸仍记得催我去拿妙姨的化验报告，结果非常好，妙姨什么毛病都没有。

“等你好了，和我妈妈一起去北京玩。”妙姨儿子安慰爸爸。

“还要带上你大婶。”爸爸补充。

在他构建的理想王国里，他爱两个女人，两个女人也同样爱他，互不相争，所有人都相亲相爱。

爸爸幸福地望着我们，他的女儿和她的儿子一起围在他身边，和和美美。

妹妹考爸爸，“请你分别用一句话概括你三个女儿的特点。”

“这个问题难住爸爸了？”我调侃他，“太难了，一句话。”

“容易，我分别用三个词：温柔、坚强、粗糙。”爸爸说完眉开眼笑，笑得很坏很调皮。

“粗糙是谁？”妹妹率先问。

“是你。”爸爸冲着妹妹笑，“你看看你给妙姨带的拖鞋，两只都是左脚的。”妙姨时时总在爸爸心里，连开玩笑也不例外。

“那她们呢？”妹妹顽皮。

“温柔是你大姐，坚强属于你小姐姐。”

“坚强是我？爸爸。”这如果说是爸爸对我的评价，不如说是他对我的期望。

爸爸生怕冷落了妙姨，对她说，“你还不有福气？凭空得了三个女儿。”

爸爸这样说真是天真。不过，生活永远是团谜，当年我们那么恨妙姨，怎么也没想到有一天我们会和她亲密无间。谁知道未来是怎么回事？

买来新指甲剪，我要给爸爸修脚。这是第一次，爸爸不拒绝。他的脚趾甲和我很像，两边陷在肉里，好容易才剪好，再用锉刀慢慢锉。

爸爸很舒服。

但鼓胀的腹水让他难受。没办法，肚子胀得像面鼓，爸爸挪动着笨重的身子，每翻一次身，都要轻轻喊。

“肚子里反正不舒服。”爸爸闭着眼睛皱着眉头。

妙姨儿子下午的飞机，临走，爸爸对他说，“放心，我的真病已经拿掉了，现在就是慢慢恢复。别着急，我花一年的时间来休养。”

他转身出去，爸爸喟然长叹，“这样他就放心了。”解脱了似的。

他是在设法安慰我们大家？

爸爸原来很明白？

爸爸今天抽了三次香烟，比往常多，他自暴自弃了，还是实在难过?!

专家都说腹水很头疼。爸爸的体重现在是七十五公斤。他对这个数字并不乐观,“哪里长这么多肉,是肚子里的气太多。”

爸爸不肯承认肚子里的东西是水,这难道不意味着他很明白?!

3月28日星期天

“谁不想活？天意不让也没办法。”

耳边老是回荡着爸爸这句话,还有说这句话时,他歪着头大彻大悟、无可奈何的样子。

晚上做梦,梦见一条漂亮的大金鱼,在一汪浅水滩里,游不动,还有一只大乌龟,身下的水也很浅。

随之我来到一座很高的楼上,回头看见妈妈还有姑姑们。妈妈面色苍白,披麻戴孝,一片肃静。

惊醒过来,明白是场梦。(爸爸最后葬于茅山脚下,梦里的情景与后来的葬礼竟然一样。)

慌慌张张去医院。

爸爸很好,吃了稀饭加烧饼,在外面走了三圈,肚子下坠得疼,不敢多走。

看见我,爸爸很高兴,他感觉比昨天舒服。

“昨天是我最不舒服的一天,肚子胀痛,即使睡在床上不动,肚子也像要裂开。夜里睡得很香,就好多了。”

引流没通,已经四十八小时了。

我带上相机,那个梦迫使我想给爸爸再照一张照片。

“爸爸,难得妙姨来,给你们拍张合影。”我的建议顺理成章,爸爸很乐意。

爸爸不肯穿睡衣,我们帮他换衬衫,打领带,穿西装。

爸爸坐在椅子上，先与妙姨合影。我和姐姐轮番上去，最后给爸爸拍了一张特写。

这张照片最后挂在了灵堂里。爸爸冲所有爱他的人安详甜蜜地笑着。

下午去湖南路韩复兴，爸爸爱吃那里的咸烧饼，感谢上帝，我买到了最后六块。

回到爸爸身边，姐姐来了。爸爸对我笑眯眯地说，他中午吃了饭，感觉比昨天舒服。

“像昨天，胀就胀死了。”爸爸感叹。

哥哥来电话，爸爸把肚子胀的情况告诉他。哥哥说，得想办法找到做手术的王主任。

感觉门口有人，本能地往外望，看见成主任，还有做手术的王主任，简直就像从天而降。我情不自禁地鼓掌。

“欢迎欢迎，请都请不到呢?!”所有的人都惊讶和高兴，真是说到曹操曹操到。

王主任一脸诚挚，径直来到爸爸身边，检查他的肚子和伤口，看他的 CT 报告。一边听爸爸叙述，一边细细询问。

我们希望他能解决胆汁不外排的问题。

王主任说排不排问题不是太大。

他上前再次检查引流管，徒手抽动了一下。管子一动，金黄的胆汁喷射而出，都溅到王主任手上了。他不慌张，不着急去洗。

继续在那里指挥成主任包扎。

胆汁通了，就这么简单，没用药物，也没用器械。

王主任简直神了。

爸爸好高兴，我们大家再次惊喜，觉得问题已经迎刃而解。

“谢谢，谢谢!”我们反复对王主任和成主任说。

傍晚，三姐妹并排坐在爸爸面前，妙姨坐在他脚边，抱着他的脚。

爸爸对妙姨说:“感谢二小姐,脚趾甲修得真舒服。”那把指甲剪是我专门给爸爸买的,果然派上用场了。

我们和爸爸一起说笑,爸爸来精神了,跟我们回忆往昔。只见爸爸眼神生动,言辞从容,铿锵有力,我们听得很过瘾。

今天的确是爸爸状态最好的一天,也是我们感到最轻松的一天,姐妹三个一起回家。

天还没黑透,路灯已经亮了。高楼上绿色的背景灯、蘑菇状的柠檬黄灯,交错映照着新修的草坪,一切笼罩在祥和之中。

多好的夜晚,春风沉醉,让我们觉得爸爸还会给我们一些日子。

3月29日星期一

半夜做了一个很幸福的梦,梦见我和几位知己静坐在蔚蓝色的水中。水很清澈,望见水底干净的湿泥和沙石。我们彼此欢欣,仰面水上,享受蓝天碧水那份远离尘嚣的安详。

突然感觉有人扯我,一下两下,睁开眼睛,是汐汐。

“宝贝,要小便吗?”我探过身去。

“呜……”汐汐哭了,除非生病,她难得夜哭。

“哦,是妈妈不好。妈妈在做梦,很美的梦,醒不来。宝宝拉了妈妈好多次?”

“妈妈,为什么你总是不在家陪我啊? 呜……”

“哦,是这样。”我搂住她,是我不对。我以为她能抗得住寂寞,我把她想得太大了,毕竟她只是个六岁的孩子。

“妈妈也不愿意这样,可是妈妈没办法。我不是跟你讲过吗? 外公身体不好我要去陪着他。妈妈不陪你不是在外面玩,妈妈实在是因为有事。”

“呜……”

“妈妈爱你宝贝儿，你看姐姐也是这样，弟弟也是这样，还有哥哥，大人们都在陪外公，孩子们就得自己在家。我不是夸过你吗？连外公都夸你懂事呢。”

“你要勇敢。”邹也醒了，邹是最不容易醒的人，但只要汐汐有动静他马上就能醒。兴许天下的父亲都娇宠女儿。

听到爸爸哄，汐汐的哭声果然收住。

我答应她，等忙完这一段一定好好奖励她。还许诺她早上送她上幼儿园。我们左右搂着她，一起睡。

这么一闹，大家都起晚了。婆婆说今天来不及去医院了，来不及我也得去。

骑车匆匆地赶，到医院浑身是汗。

先带妙姨去门诊，妙姨身体无大碍，医生只是给她开了一些补药，调剂调剂。

爸爸脸色太差，手臂、胸口、脖子都是黄的，两颊与额头泛黑，看了简直触目惊心。医生说过二十四个节气对病人都有明显影响，病人怕节气。

“我担心这个礼拜，礼拜天清明，过了这个礼拜应该要好一些。”妈妈偷偷跟我说，妈妈一心都想着爸爸的病。

查房的医生让爸爸多喝荤汤。爸爸不乐意，我说：“你就当稀饭喝，稀饭能喝下去，汤不一样吗？”

“你马上要成为心理医生了。”爸爸逗我，爸爸精神还不错。

早上爸爸走了八圈，走路似乎是他生命力的象征，每天都要精神抖擞地告诉我们走了多少路。走得多，我们就放心，反之就担心。

昨天走了十二圈，今天少了，是不是没力气？

午饭爸爸不想吃，我哄他：“努力吃吧，你要坚强！”

爸爸听了不禁委屈：“我坚强，谁说我不坚强?！我哪顿饭想吃？不想吃，但我硬吃。”

我听得泪潮汹涌，想来就心痛。

爸爸胃口差，可能与化疗药物有关。

我请教邵主任：“国家为什么不花很大的财力、物力和人力投资医疗科研？”

他说：“投资了，进展不快。这的确是个问题，老大难的问题。”

“投资肯定不够！”

“与国外先进国家肯定不能比，可是国际上也没把癌症攻克，只是重在预防。”

妹妹问：“我爸爸到底会不会创造奇迹？”

“不可能了。”

也许爸爸现在很明白，只不过他愿意用这种乐观的方式接受它。他不说自己有腹水，只说是气；他说他还能活二十年，他顽强地挺着大肚子走路，硬着头皮吃东西。他告诉姑姑们他的真病已经拿掉了，他答应妙姨儿子好了去北京——他以这样积极的面目来鼓励自己，安慰我们。

我记得他做 CT 的那个沉默的午后，他闭目静躺，睫毛下面那两颗晶亮，他什么也没说，但他明明伤心、失望。他只是咬着牙不说不承认不放弃。他给我们希望，同时也给自己希望。

现在，我们的支持和医生的治疗已经无比虚弱，我们共同知道那个不可更改的结局。

只有爸爸，爸爸乐观积极、顽强配合、努力战斗，每天挺着腰杆在走廊上顽强地走，半步也不肯马虎。

亲人、医生、护士、病友包括清洁工——都明白爸爸的路不长了，惟有他在不懈努力，他要用最后的力量来闯一闯、拼一拼。

我庆幸病房里没有镜子。卫生间虽然有，好在光线昏暗，相信爸爸对着镜子也看不清。

爸爸今天问姐姐:“我这手上是不是有点黄?”

“还好。”他全身像涂了层黄漆。

爸爸这么问说明他不清楚。

不清楚多好。

邵主任说:“你爸爸最后会出现三种情况,肿瘤长大引起大出血;黄疸过多引起肝昏迷;腹水胀得厉害。我希望他昏迷,什么都不知道。这样他自己少些痛苦,就怕他清楚,你们亲属也受不了。”

我祈祷爸爸把乐观坚持到昏迷之前。

照片洗出来,妙姨和我们都很好,只是爸爸像个金色的人。看起来很可怕,不敢把照片给爸爸看。

邹说,妈妈跟他说起爸爸的病情,哭了。妈妈怎么会不难过呢?

记得小时候问过妈妈,为什么要嫁一个比她小一岁的男人。在我看来,无论如何也不会爱上一个小男生,和我同岁的都觉得乳臭未干呢。

妈妈说:“找个比自己小的,将来老了他能把你伺候得好好地走。找个比自己大的将来身边空空,不同。”

妈妈当时还年轻,她在锅边炒菜。我站在她旁边,比锅台高不了多少。想想妈妈是个多好的妈妈,我那么小问这样的问题,她没有责怪,没有惊奇,更没有回避,她只是认认真真地回答我。

妈妈那么指望了。终了,爸爸走在前面她能不伤怀?何况她那么爱爸爸。她竭尽全力保持理性,只不过是想在我们面前做母亲。

妈妈内心该是多么孤独,失去爸爸与失去爸爸的爱还不一样。记得我问她:“如果爸爸好了跟妙姨回家,你怎么办?”

“那倒好啦!”

妈妈宁愿失去爸爸的爱也不愿意失去爸爸的命,她爱他这条命，胜过一切。还是回到那句话，“生命是条船，感情、财富、势位只不过是船上的承载。”

晚上看到爸爸，脸色还是那么暗，但精神很好。我进去的时候他正在铿锵有力地跟主任发表意见。他看不惯那些有学历有文凭但办事态度差的年轻人。爸爸看到这样的人就急，忍不住要批评。他总是生这些多余的气。一辈子就这样，坦坦荡荡，好说直话。

他跟哥哥抽烟，不知怎么念叨起老家的那座桥。

“每年都有人从桥上掉下去，许多都是上学的孩子。没办法，桥太老了，太窄，没栏杆，很不安全。”

爸爸满腹忧虑，后来知道，晚年的爸爸从桥上搭救过不少性命。爸爸天生古道热肠。

妹夫和丁丁一起送来了鸽子汤。

爸爸看到可爱的丁丁，眼睛笑得眯起来，妙姨直夸这孩子真漂亮。

丁丁给外公唱歌，念唐诗。

爸爸提醒丁丁：“春眠不觉晓。”

爸爸跟妹夫说笑话，“丁丁一看就是我们韩家的，漂亮聪明。”

丁丁确实像外公，三岁就很讲究，腰带系歪了一点都不乐意。浓眉大眼，肉手肉脚，连走路摇摆的姿势也像。每当看到他的小身影在地上移动，就仿佛看到了爸爸的幼年。

丁丁走后，我们给爸爸按摩背部，劝他起来坐一会。

爸爸叹息：“就是怕睡，看到床就难过。这天气也不好，好好坏坏让人无力。”

“有没有哪里疼？”

“疼不叫疼，就是说不出来的难过。”爸爸振作起来，让妙姨热稀饭，他要吃一只肉包。

妙姨悄悄在我耳边说："恐怕时间不会长，身上黄，一天天黄得厉害。他不知道，今天开始有点怀疑。下午他起来写了个东西。"

我以给专家看的名义把它抄写下来：

厌食无味

腹中胀气

口干舌燥

晨鼻积血

大便干燥

尾带鲜血

体温时高

腿肚小胀

多谢!!! 多谢!!!

看到那么多感叹号，我心痛。爸爸说邵主任看过，没说什么。能说什么呢？根本没办法。

爸爸对医学一片信赖和寄托，可医学对他的病却已回天无力，他们只剩下三个字："没办法。"

事实上他们在等待和观望爸爸的病情进展，而不是控制病情，是被病情控制着，牵着鼻子走。

我敬重给爸爸看过病的医生，他们非常诚挚，可谓竭尽全力，对爸爸认真负责。除去医术，他们付出的呵护、鼓励、体贴——简直无微不至，事无巨细，远远超过了职责范畴。他们是一群有医德、有爱心的人。我会永远地感激他们。

用他们自己的话说："就算是我的亲爹娘，得了这个病也没办法。"

我失望的是医学面对肿瘤的集体无能或低能状况，这让我痛心，让我愤怒。

多少年了，早在我十岁的时候，死于胃癌的大姑父就痛心疾首地大骂："医疗科技是骗人的，落伍得可悲，不是治疗病人，是拿病人当试验品。"

二十多年后爸爸被诊断为肝癌，后转移胆总管，确诊了，打开看过了，做手术的是国内有名望的大夫，算是顶尖的医术，可是现在爸爸还不是走投无路？

我们眼睁睁地看着病魔怎么肆掠他，用药啊、检查啊等等一切的手段都不具备驱除或降服的功能。即便有也是弱小的，试探的，不堪一击的。

为什么没有那种药物或手段来拦截来抵御来遏制来拼杀。如果那样，患者就只是提供一个平台来让医者和病魔打擂，那样才叫公平。

可以选择放疗化疗，但会给病人无穷的痛苦，甚至加速消亡，这自然不能算有效的措施。

当生命被确诊为癌症晚期，就意味着等待死亡等待痛苦一点一滴降临吗？二十多年医疗科技为什么没有丝毫进展，为何进展如此之慢?!

方叔叔说，现在的医生一旦有手段就为名利包围，很纯粹地静坐冷板凳做研究的太少太少，医疗科技发展实在是太难了。

我相信科技的进步，根由必然是人的进步。反之亦然。

爸爸从去年十一月就喊胃口不好，一天吃三次中药，三四种颗粒剂加上挂水，直到现在他还是胃口不好。但他仍然坚持吃药，因为他在等待奇迹发生。他相信医生们的鼓励。他甚至以为治疗进程不理想是自己向专家表述不清，所以他要一笔一画把病况写下来。

他的手直抖啊，多少天没正常饮食了，他的身体已经溃不成军。稍微走一走站一站就喘气。在这样的情况下他还是耐心地相信医学，相信专家。他用颤抖的手点在"谢谢"后面的那六个感叹号包含了多少希望、多少感激、多少渴望。

他说过他想活，他泪汪汪地拉着王主任和徐老的手说过：“我想活，哪怕再挨一刀两刀。”

爸爸觉得中西医那么有名望的两位专家一定会有办法的，爸爸相信他们，甚至哀求他们，“敬请”“尊老”，一声声，杜鹃啼血啊。

爸爸是深信文字的人，他觉得写下来比说更好。不仅周全详实，而且能点上六个感叹号，把谢谢重叠着写下来，其情殷殷，其意切切。

只是他永远想不到他的病情就是没办法，不仅省城的名医无奈，就是国家级的世界级的专家都无奈。

这到底是为什么？

我想起居里夫人，她一辈子拒绝名利，冒着生命危险待在实验室里做实验。如果不是她一生的忘我牺牲和奉献，医学史上还不是要多许多空白？

人类何其幸运有居里夫人，人类又何其不幸，居里夫人少之又少。

悲哀的不仅仅是这些。

求医无门的我们每天被各式各样的医疗广告所包围，有人塞在你手上、车篓里，甚至送到你病房、床头、手术室，让你无处藏身。

小报、晚报、日报统统起劲，某些名报大刊也在大张旗鼓地刊载，似乎处处是肿瘤治疗的新药品新专家新仪器。

可是信谁呢？

昨天那边还说怎么怎么灵验，今天这边就曝光说是弄虚作假，千万别上当受骗。

医学的乏力使得唯利是图的商人插手这片空白，暴利骗取患者的信赖，诈取百姓的买命钱。

特别是那些抛头露面做广告的所谓的肿瘤专家，他们为利益驱动，抛却良心与医德，深陷金钱的泥沼，和商人一起来戏弄生命垂危的病人?！戏弄绝症者的渴望。

爸爸曾经把宣传抗癌药品的某某灵芝广告报摔到推销人的脸上，骂："既然这么灵，国家为什么不把它们放在药房卖，为更多的人服务。骗贼！你们骗到病房里来了。"

利益让人类寡廉鲜耻到这个份上?！不能不让人怀念和向往真正的科学时代的到来，渴望真正的知识时代。

随着爸爸病情加重，求医心切的我们后来也受不了广告的诱惑，买了一个疗程的牌子很响的抗癌药物。爸爸吃下去不大舒服，自己停了。结果半个月之后，《新华日报》就曝光此药为打假第一号。爸爸摔都来不及，吃下去的还不知道有没有害。

那些为牟取暴利对患者坑蒙欺诈的商家专家固然可恶，可那些为他们提供阵地摇旗呐喊的名报大报党报呢?

爸爸不信歪理邪说，他相信正经的拿国家津贴的专家，可专家也解决不了他的问题。他只能接受最后的失败，只能怪罪残酷的命运。

爸爸挣扎着下床，走路的时候，我看见他的裤腰滑在肚子下面。隆起的肚子好大啊，裤子根本拎不上去。

爸爸捧起稀饭和包子，说，"管他呢，吃，看他吃下去能怎么样。中午也是狠狠心，吃下去三片瘦肉。"

爸爸这样的精神和意志，只要医学有一丝办法，一定是能创造奇迹。可惜医学就是没办法。

爸爸顽强地吃东西，跑进卫生间洗脸。我心疼，跟在他后面。

他双手拧毛巾的动作多么熟悉和亲切。

从小我就看着爸爸这样拧毛巾，那双肉馒头一样的手依然有劲。难以相信，哪天他就失去所有能力。

爸爸的生命只剩下以天为单位了。

我给他按摩，捏他的肩膀。他叫起来，说："你这小手，力气那么大。"

爸爸自我安慰说："好在脑子不糊涂，很清楚。"

他看我忧心忡忡，给他擦背的时候，他故意说笑话逗我："我就喜欢二小姐，谁让她是作家呢?! 谁家有作家女儿!"

我拼命地给他擦背，擦完了忍不住抱抱爸爸。

借口帮他盖被子，仔细端详他的脚，发现脚面肿得老高，大拇趾肿得像棒槌。

不敢问爸爸，不能让他知道。

主任告诉姐姐，爸爸发的就是癌性烧。

一切仿佛都不可逆转地朝着那个可怕的方向去了，我不能接受它的到来。我依然希望有奇迹和意外，依然觉得这么好的爸爸，这么顽强的生命不会轻易逝去。

我给爸爸讲起那个幸福的梦，给他描述梦里的蓝天碧水，"湖水好清澈啊，连水底的沙粒都看得清清楚楚。"

爸爸喊好，说："这意味着你今后的人生目标清晰，不会犯糊涂。清澈好，就怕浑浊。浑浊就意味着失去方向和目标，糊涂了。"

爸爸在说梦吗？他是不是在跟我话别，他希望我以后一辈子目标清晰，不浑浊，不糊涂。

爸爸是吗？

我记下了，我觉得是，就是。

16. 痛苦山一样压榨着我们

3 月 30 日星期二

汐汐告诉我，她这几天在读《小蝌蚪找妈妈》，“这本书挺有意思，我还想读三遍。”

孩子在一天天地长大，好让人安慰。

去爸爸那里，他在走廊上锻炼。跟以往一样，背挺得很直，走得很拼命。

新换的引流袋空空的挂在胸口。自从王主任动了一下，前天胆汁流了三百，昨天流了一百一十。

走廊上的护士和医生不时地与他打招呼。爸爸微笑，点头。

他脚步硬朗如风，不是缓慢无力地移动或拖的感觉。

唯一不同的是爸爸的肚子，微微凸起，把宽松的衣服鼓鼓地朝前撑。另外，爸爸面色黄，两颊黑。

妙姨告诉我：“精神特别好，晚上热了两次东西吃，喊肚子饿得难过。第一次热的鸽子汤，一碗喝下去。下半夜吃了三袋子藕粉。早上吃了稀饭和肉包。不吐不拉，睡得很沉，晚上打呼噜。”

“爸爸今天你想吃什么？”

“不想，碰到什么吃什么。”

窗外春光灿烂，房间里阳光充足。爸爸进来的时候我看见他的脸黄得恐怖，妙姨说他身上更黄。

办公桌上摊着一张纸。

爸爸把昨天那份“求诊书”重新抄了一遍，字迹放大了，更认真，更仔细。某些字句在抄写的过程中做了调整和修改，可见他的赤诚和热切。纸上写：

敬请尊贵的徐老先生阁下予以诊断，近期病况如下：

厌食无味

腹中膨气

口干舌燥

晨鼻积血

大便干燥

便尾带血

体温时高

小腿肿胀

有劳自惭！谢谢！！谢谢！！！

爸爸不愿意承认自己的腿肿。肿不是好事，他明白。就像他肚子里是腹水，但他坚决指水为气。现在他已经不管引流的问题了。他把六个感叹号分开来点，有递进关系，表示他由衷的无法用语言表达得尽的感激与企求。

他把希望寄托在徐老的诊治上。昨天写“尊老先生”，我读的时候有疑义，今天他改成“尊敬的徐老先生”。真是恭敬到不知所措。

“有劳自惭”接近文言，意思是“有劳大驾，自惭形秽”，我看到爸爸下跪式的虔诚和用心。

“爸爸你写得真好。”爸爸的字迹还是那么潇洒。

“哪好啊，没你写得好，你是作家呢！”

“作家是你培养的，你是作家的爸爸呢。我努力一辈子还不知道能不能达到你的水平。看看你的字，多有个性和灵气啊，自叹勿如。”

“慢慢练。”

“你的字不是练就能练到的，它容纳了你的气魄和精神，大气和灵气是独特的，字如其人嘛。”

“真的？”

“当然真的。”

爸爸很开心。

我把汐汐独自在家读书的事讲给他听，他笑眯眯的，很高兴。爸爸这辈子最喜欢人读书上进，他喜欢努力的人。

不知为什么，爸爸突然以为哥哥要来了，他让妙姨回避到走廊上去。每次哥哥来，爸爸都特别慌。

爸爸紧张地望着房门，抽了几口雪茄，味道很浓，呛人。现在已经没人管他抽烟了，护士长也不管。

爸爸内心是不是有那么一小块地方是羞涩、惭愧、不平展的。比如他怕妙姨被哥哥撞见。每次哥哥到了楼下，他就手忙脚乱，直到妙姨离开了他才安心，简直像做贼。

那是什么滋味，做父亲的尊严不完整之后的尴尬、愧疚，理不直气不壮了。别人最后都能接受，都能坦然，他自己独独不能接受不能坦然了。那定是一份我们不能领略的苦涩，终是不圆满不畅快。

“你妈妈今天来吗？”

“来啊，这是我帮她开的药，你要提醒她带走啊。”

“知道。”

关于妈妈来不来，爸爸已经问过我两次。

昨天晚上我把爸爸写的求诊书讲给妈妈听，妈妈在电话里连声唏嘘。她今天要给爸爸做他最爱吃的菜肉饺子。

妙姨在，爸爸格外惦记着妈妈。大概他觉得亏欠妈妈吧。

尽管他昨晚还跟妙姨说：“她们让你来是为了我好，一个在南京，一个在乡下，多一份思念之苦，哪有在一起好呢？”

爸爸内心的痛苦我们不懂，他鼻子流血、大便出血从不跟我们提及。总是一味地喊好，一天比一天好。爸爸骨子里也在为我们分忧。

他爱我们所有的人，这是亘古不变的。

今天报上刊载整治“红顶商人”的报道。

爸爸读着报纸问我，“什么叫红顶商人？”

“大概是指国有企业的领导吧。”

我这么讲完，爸爸虚心地点头。

我再次领教了爸爸的好学和不耻下问，我一直忘不掉这个细节。那是知识的力量，它依然能让一个生命垂危的人引发出探索的兴趣，让他一时间可以不去想病痛，想治疗，想生死。

求知的爸爸，快乐得很纯粹。

3月31日星期三

一大早，爸爸和妙姨在走廊上走。

爸爸背剪着手，移动得较快，腿脚可能与消瘦有关，显得更细更长，落在地面上有孤寒和飘零的感觉。

他的手臂夹住身子，紧紧的，看得出他走路很吃力。但他仍在努力。我不想分散他的能量，站在旁边看报纸。

偷偷看，发现爸爸没像过去那样挥动手臂，抓握手掌，也没有扩胸、扭脖子。爸爸只是在单纯地走。

爸爸见到我，摸着鼓得很厉害的肚子说：“就是下坠得疼，要是把这点问题解决了就好了。”

带一双袜子给爸爸，在万达买的。当时失魂落魄，付了款袜子没拿。晚上突然想起来，跑过去又拿到了，失而复得的一双袜子。黑色的，带灰格子，格子很大。

我把它带给爸爸有另一份祈求：希望爸爸的健康也失而复得。

哥哥一早也来了。爸爸告诉哥哥他的肚子下坠得疼，除此以外没什么不舒服，可是他的眼珠和肤色黄得更厉害了。

哥哥说，等会儿徐老来会诊。

爸爸写的求诊书放在桌上已经期待了两天两夜。徐老到病房来这事本身就给爸爸带来了许多希望和鼓舞。

爸爸回到床上躺下："这样躺着没哪里不舒服。"

妈妈前天夜里吐了，她老是这样半夜呕吐，头晕，眼睛不能睁开。哥哥说："就怕她将来中风，叫她动作悠着点她总不听，我发现她越来越急躁。"

爸爸听得很忧虑。

"她的身体不如我。我这个病能看得见，两个月把它拿掉，就没什么问题了。她那个病看不到，很难弄，将来还是我伺候她的多。"

爸爸是真不知道自己的病情？我听得心惊肉跳，两个月，医生对他的估计没有那么长。他到现在还蒙在鼓里，还是为了安慰我们？

妈妈放不下爸爸，恨过怨过，最后还是要赤诚地爱。她每天都要来中医院挂水，顺便看看爸爸。爱真是太复杂了。

今天妈妈给爸爸带来炒腰花。爸爸今天吃得比昨天差，很困难，下咽的时候咽不动。

妈妈走的时候偷偷哭了，"老头子不如早点去，在一天受一天的罪哦！"

爸爸不太有精神。

徐老——他最相赖的徐老来过了，他觉得爸爸的病情进展太快，肝脏已经坏死，估计五月一日前后差不多。

真要挨到五一，我们也都满意了。

午后,爸爸看外面阳光明媚,他坚持下楼锻炼。回来要洗澡,妙姨怕他受凉。

爸爸说:“你马上要走了,趁你在,多享点福。”

妙姨说:“不要这样说,我还会再来呢!”

爸爸舍不得她走,我知道他的心。

傍晚,妙姨躲在盥洗间哭。

她说:“我跑不走啊,我舍不得他。天天在他面前说笑,私底下偷偷落泪,哪怕出来洗碗的工夫眼泪都止不住。我这辈子到死也不会停止流泪了。他现在不知道,成天哄我他要再活二十年。下午在外面散步他还同情你妈妈,他说你妈妈可能活不到多大。没有了她,他不会来南京。虽然儿女孝顺,可满床儿女不如半路夫妻。我听了实在心疼啊。当年我爸爸走我都不哭,等你叔叔走的时候,落下了头晕的毛病。后来遇见你爸爸,他总是开导我。谁知凭空又来这一无情棒。我这个命不知怎么就这么苦的呀!你们不能体会我的苦。虽然你们都好,对我都尊重,但我在你们包括你们的妈妈面前抬不起头来啊,总觉得自己无耻!毕竟你们的妈妈还在,我和你们的爸爸这样子的确感到无耻。你们不说我心里也清楚。不是为了让他好起来,我不会来陪他的。我劝他今后留在南京,别回老家了,把我丢掉,和你妈妈好好过日子。他不答应,他说他丢不下我。”

她的眼泪一行行交错滚落,听着她的叙述我很难过,但并没有哭的冲动。可是当我听她说出“无耻”这个词时,我震撼了。她原来那么自尊。那瞬间她在我面前复活成一个真正的人。她自尊的样子令我感动,眼泪第一回由衷地冲出来,我开始心疼这个人了。

“爸爸是个个心疼,心疼我妈妈也心疼你,他就是不知道怎么心疼自己。”我劝她。

“他嗜睡,增加了头疼头晕的现象不是好事,这是黄疸侵害到大脑的表现，肝昏迷的前兆。”朱主任讲过。

一个满头白发的老太太上来安慰妙姨。

她是对门的病人，看妙姨哭得这么伤心，忍不住劝：“别难过，我看你哥哥这两天不是好多了吗？”

“哥哥”是指爸爸，我们骗周围的人说她是他的妹妹。

“她想家了。”我哄善良的老人。

“不要想家，好了就可以回去了。”

我劝慰不了妙姨，她的哀痛太深了。某种程度上，也许她的伤心比妈妈更甚。在妈妈那里，失去的是一个总伤她心的丈夫；在她这里，失去的是一个不可替代爱她需要她的情人、知己，是天也是地。

我不知道这两种痛苦哪种更甚。

妈妈私下里劝妙姨，说：“我看到你也感到同情，将来他走了我有三个女儿劝。你呢，谁来劝你？所以你不要太难过，忘掉过去，靠儿子重新生活。你清明回家，我买了点纸钱，你帮我烧给你男人，你在这里伺候我家老头子，我们对不起你，更对不起他啊。”

“你妈妈来跟我说这席话，叫我怎么不伤心，怎么不觉得对不起她？我也真是……”妙姨的眼泪一串接一串，热辣辣的，擦不尽。

哥哥找来成主任，他把引流管往外拽了拽，胆汁流出来三十毫升。

成主任觉得胆汁老不流，原因之一是管子老往里缩。最好在肚皮上缝一针，保证它的位置不动。

“没有麻醉？”妹妹问。

“就一针。”成主任说。

“缝就缝。”爸爸硬气地讲。他想好，无比积极。

“等等再说。”哥哥在旁边念叨，他不想让爸爸受这些无用的苦。

“成主任，你看我这两只手臂黄不黄？从昨天开始我老觉得我的手臂黄。”

“还好。”我赶紧补充，怕成主任实话实说。

“不一样吗？”成主任撸起手臂。可是，成主任的手臂白白红红，跟爸爸完全两样。

“没吃东西，有点黄也正常。”哥哥说。

“徐老今天来了吗？”哥哥转移爸爸的注意。

“来了，他开了三天的药。”

“这是对你负责，保证对症下药。出现什么情况，用什么药。”

“爸爸真幸运，有德高望重的徐老看病，还有这样负责的成主任监护。”妹妹说。

“那是，徐老的确德高望重。八十六岁从不出门应酬，生活起居非常有规律。他是受到主席接见过的医学专家，获得过白求恩奖。他对病人非常真诚。先后给我写过三次字条，说‘谁再让你喝酒，就掏字条给他们看，最好一滴酒也不要喝’。”哥哥补充说，“他是国宝，培养一个很不容易。徐老是从小读汤头歌练出来的真正的专家。”

“是宝贝，人类的宝贝，像这样的专家有几个呢?!”爸爸附和。

可是爸爸这样推崇和信赖的专家私下里跟妹妹说：“不行，我已经治不了你爸爸的病了。大概五月一日前后吧，说不准其中还会有变化。难说。”

徐老很难过地走了。他难过是不是因为读到爸爸写的“尊贵的徐老先生阁下”，他受不了爸爸对他的期望。

这是当前科学的临界呢，还是爸爸尘缘的临界，他与我们就这样分手？爸爸就这样在中医院西楼一九一二房间告别人世，告别我们？

爸爸凝视黄黄的手臂是不是已经初见端倪？

爸爸的状况急转直下，大家商定让妙姨回家过清明，一来人家得祭祖，二来她走了，我们可以更多地陪护爸爸，努力尽孝，以免遗憾。

晚上，姐姐妹妹悄悄劝爸爸，别让妙姨回家后急急地来，妙姨身体吃不消。爸爸先说她能吃得消，干农活的人吃这点苦算什么。

爸爸希望她过了清明再来。

后来她们反复说，爸爸就沉默了。他感觉出了弦外之音，爸爸还可能想到了妈妈，妈妈现在完全靠药物支撑。

我不忍心了，说："等妙姨回家了你们天天通电话，如果她感觉很好就让她来。如果她感觉吃不消就让她在家多休息几天，我们来陪你。"

爸爸不说话了，他点了点头。但我知道他不高兴了，他谁也不要，只要妙姨。

也许妙姨和我说的许多话都是爸爸教的，爸爸知道我这一关最好打通。我想起妙姨一遍遍地在我面前说爸爸舍不得她走。可怜啊，我怎么满足爸爸这颗心呢？

坐进哥哥的汽车，大家哀叹爸爸，觉得时日无多，我们要亲自陪护。可又觉得爸爸需要的不是我们，妙姨能给予他的温暖和快乐，我们都给不了。

哥哥说："可以了，人家来这么两周也算尽心了。"

"看爸爸的情况再定吧。"姐姐最后说。

各自心事重重地回家。

4月1日星期四

看契诃夫的《农民》，最后写到，“他们过得比牲口还糟，诡诈、肮脏、酗酒——可他们毕竟是人，他们跟普通人一样受苦、流泪，而他们在生活里没有哪件事是不能找到使人谅解的缘由的。”

我想起妙姨。

我预想过看在爸爸的份上要尊重她，对她客气，把她照顾好。可人是有感情的。我们朝夕相处，我们一同为爸爸着急担心忧虑难过惋惜，我看见她的眼泪，听她叙述作为一个年轻寡妇挣扎的辛苦，我的内心超越预计地被她覆盖，一天比一天严重。我居然会由衷地爱她?!

眼下，回到村里，她的伤心将不可公开羞于声张，她只能咬碎牙齿往肚里吞。等待她的，还有无数恶毒又无情的闲言碎语。人们表面上会同情她，但暗地里肯定要笑话她，奚落她，说她是扫帚星，天生克夫。

她哭着说：“这一棒打得我没力气活下去啊。往后我怎么在老家待呢，人家要笑我命硬。我的苦楚没人体谅，没人同情了。”

我的心阵阵潮涌。这些天我望着她各式各样的眼泪和哭泣曾经非常冷静，冷静到接近绝情，天知道我们曾经多么恨她。

可最终还是忍不住要爱，当我听到她说：“我觉得自己很无耻。”

我对她的拒绝和冷漠从此解冻，那一刻我让她热辣辣地扑进了心底。一个五十三岁情感伤痕累累被命运捉弄得接近绝望的女人这样对我哭诉，这等于在向我们这些年为她痛为她恨为她伤的心下跪呢，她在致歉，致歉得这么诚恳，这么彻底。

她是不识字的人，可是那句话她说得异常书面，字字句句从衷肠里掏出来，诚心又诚意。

很久以前，我的确认为她在我们以及母亲面前应该感到无耻。

现在她自己说出了这句话，好像她一把挣脱了无耻的帽子和外壳。她成了和我们一样会爱会受伤也会痛苦的人。我们不再隔膜，我们之间的仇恨彻底化解了。不只是当着爸爸的面，或者是为了让爸爸欢欣。

说不定以后在某个平静的午后我会念及她，想着该给她打个电话，劝一劝她，给她买样喜欢的东西。让她思念爸爸的痛苦少一些，安抚她那颗多情却孤独的心。

和邹一起去看爸爸，爸爸和妙姨在走廊上锻炼。看见我们，爸爸笑笑说："任务还没有完成。"

他指锻炼任务。

爸爸每天的锻炼依然一丝不苟，他坚持走到走廊尽头，一步没省，连转弯那几步也认认真真。

回来看到邹说：

"走了九圈，今天好多了。昨晚流的胆汁有六百五十毫升，早饭吃得很香。"

爸爸坐在我对面。背光，看不到他的五官，整个面部是灰暗的，瘦弱单薄的邹今天倒显出几分富态，面色红润。

爸爸问他案情，邹说这个罪犯智商很高，是个经营上的人才。

爸爸不屑，一生经营的他说："人才？既然智商高为何要忘记法律搞诈骗？当年我牢记政策，八十年代公安机关专门调查过我的财务。"

"我们怎么不知道？"

"你们还小。工作组做了两个月调查，公安局一个姓钱的局长亲自来跟我见面，说：'老韩，你的资产来路光明正大。你放开手脚干吧。'人怎么能凭聪明耍滑头呢？不行的，法律迟早要找上门的。"

爸爸说起这些特别来劲，像是忘了自己躺在医院的病床上，连我们也忘了医生那些吓人的诊断。

"今天肚子松动多了，摸上去柔软，比前两天好。"

妙姨要回去了，爸爸让我们整理一些旧衣服，捎给老家的穷人。

爸爸每次回去总要带旧衣服，孩子的大人的。去年冬天，爸爸最后一次回家，他也背了许多救济物品。

现在爸爸不能自己回家，却念念不忘这件事。

爸爸躺在床上，眼睛无力睁开，脸蛋暗红，也许他在头痛。

"爸爸，不舒服就睡会儿吧。"

我们出去，妙姨又哭。

她说："怎么想起来告诉你妈妈我要买被子？我怎么好意思拿，她竟然给我买了一床粉红色的被子。"

本来爸爸让我们买，姐妹三都怕妈妈知道了伤心，犹犹豫豫。结果妹妹告诉了妈妈，妈妈就买了。

一个女人可以无私到这个程度，妈妈这样幸福吗？我无法抵达她心灵的深处，但我知道她不这样做她的内心就不安。她的心总是要求她对别人好、对别人善，哪怕是伤害她的人。

虽然我觉得母亲这样很伟大很崇高，可痛苦也像山一样"伟大崇高"地压榨着她。不然她怎么会常常晕倒，怎么会抑郁难眠？她的忧愁无计可消。她告诉我，每天听着梵音数着念珠才能入睡，她在苦海里独自挣扎。她这样对妙姨是不是能让痛苦减轻些，但愿吧。

我觉得妈妈是不会快乐了，一会儿飘尘出世，一会儿潜身地狱。但我相信，妈妈心底的爱和善更多。每每是爱，是善，让她安全地泅渡苦海。

妙姨说:“她对我这么好,我真是——我今天对她讲了,以后回老家,我就把她当亲姐姐,我去陪她过夜。你们家的银杏树年年结果,以后没了你爸爸,你妈妈回去我会帮她。到任何时候,你们都要相信我,我不是这个时候在这里说好听的。任何时候你妈妈找到我,我都当她是亲姐姐。”

妈妈会去找她吗?会不会认她做妹妹。

爸爸今天很舒服,下午妙姨给他洗了澡。昨晚体管里的胆汁有六百五十,今天白天有两百。流出了这么多,肚子应该会轻松多了。

这个夜晚,向夜空祈祷。

4月2日星期五

穿了双不合脚的靴子去医院,眼皮连续跳了四天。妈妈让我反手拍打,没用。她让我处处小心,其实就是疲劳过度。

昨天汐汐说游戏时有同学掐她的脖子,她居然没有反抗,没有叫唤,没有告诉老师。

我忍不住打她的小手予以训诫。

汐汐很惊讶地望着满脸怒气的我,我再次跟她讲:女孩子要懂得保护自己。

随觉自己过分。等她睡着了,反复去摸她亲她。

可能是被妈妈和妙姨这两个不懂得保护自己的女人吓坏了吧。

都是美丽、善良、聪明、坚强的女人啊,可都没有能力创建自己的幸福人生,都不能将自己从苦难和不幸中抽离出来。

难道真爱就是这样叫人无奈?!

她们让我想起张爱玲,“她自从遇见他,就一直很低很低,低到尘埃里去,心里却是喜欢。”

关于爱，张爱玲还说过一句深刻的话：爱没有值得不值得。

金代的元好问写过《摸鱼儿 雁丘词》：

问世间情为何物，直教生死相许？天南地北双飞客，老翅几回寒暑。欢乐趣，离别苦，就中更有痴儿女，君应有语。渺万里层云，千山暮雪，只影向谁去？横汾路，寂寞当年箫鼓，荒烟依旧平楚。招魂楚些何嗟及，山鬼暗啼风雨。天地妒，未信与，莺儿燕子俱黄土。千秋万古，为留待骚人，狂歌痛饮，来访雁丘处。

是否在爱面前，一切理性的思考都苍白无力。

我无法帮助她们，但我同情。

邹深夜归来，把汐汐的事说给他听，让他明天重新跟她交流。邹是个耐心的父亲，很会教育孩子。

是时，汐汐朦胧中一把抓住邹的手。

邹感动极了，这双小手是他今生的至爱，他紧紧地握着。我被他们的手一左一右网在中央，很感动，很温暖。

父爱是最坚实的爱吗？邹爱母亲，也爱我，但无疑他最爱的人是汐汐。

爸爸对我们不也是这样吗？他可以背叛妈妈，可以和妙姨两相好合。但他爱我们，直到现在，直到永远。

4月2日晚上11点

早上到爸爸那里，他已经锻炼好了，正用他浑圆的大烟斗抽雪茄。

护士长调侃他："你这是福尔摩斯烟斗。"

爸爸没有机会做福尔摩斯了，但他这辈子凭着思考的力量独断了许多大事倒是真的。前天他还说我身上的冷静和逻辑思维的能力是遗传他的。

"昨天晚上我流了多少胆汁你都想不到！"爸爸一脸开心，

"九百毫升。"

我很惊讶。

接着他又问:"昨天夜里我发呆,你猜我吃了多少东西?"

我还是摇头。

"把你送来的鱼汤全喝掉了,还热了三个生煎包和三个煎饺吃掉了。"

我笑:"早上走路了?"

"走了十圈。"

"中午吃什么? 你点,我来让婆婆做。"

爸爸最后点了排骨汤。

姐姐说爸爸脸色真黄,可我没觉得。可能我有些麻木,每到关键时刻我就容易麻木。

中午拿来骨头汤。妙姨午后回家,书贵叔叔从老家来接她,他们安静地坐在病房里。

爸爸睡着了。

妙姨把我拉出去:""你要当心你爸爸的引流袋,没事用手捏捏。我在这里捏了一上午,里面有血块。我跑不走啊,不管有什么消息,你们要告诉我。"

她又流泪了,她舍不得爸爸。

爸爸醒了,吃了饭菜和骨头汤,吃得很顺利,量也不少。

"你们该走了。"爸爸看看手表对书贵叔叔说。

车子是下午二点四十分的,爸爸让他们一点三十离开。爸爸让妙姨整理行李,已经一点了。

行李早就理好了。

"我要丢三百块钱在这里,你妹妹买了一套衬衣,你妈妈买了一床被子,我不能白拿。我和你爸爸在一起这么多年,从没要过他的东西,难不成到现在还要——我不肯。"妙姨情真意切。

"不是给你东西,这是我们对你的一片心意,你在这里照顾我爸爸这么辛苦。”

“这是我应该的，我这样才对得起你爸爸。”妙姨眼里有泪。

“你要丢钱下来，我妈妈会着急的。”

“我给你爸爸。”

“爸爸也不会要的。”

“她要给怎么办呢！”爸爸满脸为难，他是为了让妙姨安心。他了解她，我不好多说什么。

“你们走啊？！”

“再过十分钟。”书贵叔叔善解人意。

一点二十分，书贵叔叔点了支烟给爸爸，爸爸说：“抽完这支就走，这是送客烟。”

我觉得应该给爸爸和妙姨留点空间，也许这是他们的最后。

我心疼。

“书贵叔叔，我带你来看看公共汽车的坐法。”我把叔叔引到门外。

书贵叔叔到了外面就明白了我的用意，我们径直来到走廊尽头，那里有一排明晃晃的窗户。

一点三十分，爸爸抽完了烟，再次催他们走。

妙姨说到五十，我赞成。爸爸惆怅地说：“送君千里，终有一别。走吧，早点到家我放心。”

“没事，二点走也来得及。”书贵叔叔说。

“徐老那天看了我写的单子，很长时间，抬头问我，‘这是你写的？’”

“是我写的。”

“不简单，能写这个单子的人不多见。”徐老遇人无数，不过，我相信像爸爸这样的病人，他遇到的不多。

据说徐老后来还不止一次地对人说：“韩老是个不简单的人。”

“你是不简单嘛。”我附和他。

“现在有女儿为我证明。”爸爸逗我。

“我证明不了你，我只是个小瘪三。”整个大学时代，爸爸一直喊我小瘪三。婚后，他喊我“二小姐”。

我们的谈话终于从告别的伤感中解脱出来。要不是妙姨提醒，我们还要说下去。

妙姨说：“我走啦。”

她拿起行李背对爸爸，头低着。她哭了，强力地控制着自己，快步去了。

我追上去陪她等电梯，她一直在流泪。想着爸爸一个人在房间更难过，我跟他们说：“一路平安。”

赶紧又跑回去。

爸爸耷拉着脸和眼睛，好像哭的样子，脸上却没有泪。

“你走吧。”

“不要，我的工作今天已经做完。”

“去吧，下午又不挂水，我在这里反正是睡觉。”

“不要，我去也是开会。”我知道这个下午爸爸一定万分难过。

“开会也该去的。”

“开会无聊，浪费时间，我在这里看看书多好。”

爸爸睡觉了，我看《毛主席诗词鉴赏词典》。看着看着趴在桌上睡了一觉，醒来精神很多，继续看书，爸爸在翻身。

他让我去热能全力。

热好了遇见邵主任，他来看望爸爸。

爸爸高兴起来，邵主任听说爸爸引流出来那么多很振奋，顺着爸爸的意思说：“不着急，慢慢来。”

“外面阳光真好，我们等会儿下楼散步，晒晒太阳，好不好？”我建议。

这个与我无关的春天好像突然来到了我的心底。

“好。”爸爸一口气喝光了营养液。

邵主任一走。我就帮爸爸穿衣服，衬衫，V 型领羊绒衫，裤子。当裤子拎上来时，我发现裤腰，原来大得厉害无法系住的裤腰现在变小了，肚子胀得虽然比前几天好些，但裤腰还是没法提上去。

很难过，我担心爸爸更难过。

爸爸死劲把皮带拉进去系好，穿上布鞋，下楼。

阳光照在新剪过的草坪上很美，春日下午特有的悠闲迷惑着我们，我跟爸爸绕着草坪散步。爸爸走得不慢，边走我边跟他说学习与工作，告诉他我的写作计划。

爸爸说得少，但他和我一样轻松高兴。

走了三圈，爸爸累了。

我们并肩朝太阳坐着，继续聊天。

院办的王姐姐来找爸爸，我迎上去。

王姐姐在帮爸爸寻找羚羊角，一种保肝去毒的药，稀有名贵，一时间无法找到。

爸爸想请徐老再来一次，徐老的药对他非常有效。吃下去大小便都好，腹胀明显好多了。王姐姐欣然应允。

正坐着，突然背后一声熟悉的“喂”！

是妈妈，她拎着一只包走过来。

我很激动，爸爸也激动。

“我来陪你爸爸，至少陪他一个礼拜。”

“你怎么能来，你那个身体？”爸爸惊讶。

“我这个身体怎么啦？我就不爱听你说我身体不行。正好我天天挂水，陪陪你。你不要我来啊？”她反问爸爸。

爸爸微笑：“你这么说，我都不敢讲话了。”

妈妈身体那么差，要是她再病倒，我们怎么办？

“你不能，哥哥嫂嫂也不让。”我劝阻她。

“你们就是这样，老以为我不行！我没事，我来照顾他才心安呢。再说这里都是医生，怕什么？！”

妈妈带来了洗漱用品，还有毛巾、茶杯、换洗衣服。

妈妈动真格的？！

妈妈悄悄跟我耳语：“这样我以后不会后悔。”

爸爸无法反对，不过爸爸看上去很高兴。被人关爱总是愉快的。他提出上楼，妈妈让我陪爸爸先上去，她在那里等方叔叔开的药。

爸爸很吃力，上台阶身体很沉重，我感觉他急促起来的呼吸。

爸爸很虚弱，好不容易回到十九楼，他坐到床上很解脱地说：“真舒服！”

妈妈上来挂水，爸爸睡着了，他太累了。

晚上，我、姐姐妹妹以及哥哥都劝妈妈回家。

妈妈却铁了心，我们只好帮她铺床，刷牙洗脸。

妈妈说：“放心，我能做好。”

4月3日星期六

忙碌一天，晚上匆匆来到病房，爸爸妈妈正在看一台晚会。爸爸靠在床上，面色苍黄，眼神虚幻。加上面孔消瘦，看起来很弱，弱得让我心疼。

桌上，我看到一份刚刚写就的求诊书。

“小便漆黄、口干舌燥、味苦干涩、无力无神——”

“没写好，要修改呢。”爸爸说。

打水帮爸爸擦身，妈妈说他已经洗过了，自己在卫生间洗的。爸爸一定不想劳烦衰弱的妈妈。

爸爸说不要擦，但我坚持。

水很烫，我从水里抢出毛巾，拧干了往爸爸身上放，拼命使劲。我记得姐姐给爸爸擦身时手都烫得通红。

让爸爸吃了中药，还有人造牛黄，很苦。

“这一口要苦到明天早上。”

帮爸爸睡下来，盖好被子。

再帮妈妈吃药，铺床。

想想妈妈年迈体弱要睡在陪护“床”上，养尊处优多年的她，面对爸爸善意的嘲弄、我们的反对、劝阻，就是不回家。她要陪爸爸，她说哪怕陪到最后也没关系。

这么大的决心?!

妙姨走了，我们都已经做好陪夜的准备。

“你们都有孩子，女婿们都有工作，我在最好。”

妈妈为来为去还是为了我们?!

帮他们关掉电视和灯，掩上门，心底一片冰凉和酸涩。

那里睡着我的爸爸妈妈，他们这么近，有我们四个孩子；可他们又那么远，咫尺天涯。

我是这样爱他们，分别爱着，疼着。他们分裂的情感最终也分裂着我们的心。何止是我们的心?！其实是世界，是我们头顶的看不见和看得见的天空。

17. 他在字里行间呐喊

4月4日星期天

爸爸对邹说："浑身难过，难过得没办法说。"

早上我带婆婆和汐汐来医院。汐汐到了外公面前很淑女地坐在沙发上，她指着墙上挂的药单问外公："这是你的教材吗？"

"汐汐，给我表演一套武术。"阳光把房间照得很明媚，爸爸情绪不错。

汐汐想起来了似的，"下面我给你们讲个故事吧！"

我没打断她，爸爸带头给她鼓掌。汐汐讲的是我从没听过的故事——《小青虫的故事》：

森林里举行晚会，胖胖的鸡姑娘、长腿的狗狗分别表演了节目。轮到小青虫了，它走进一间房子，说："我要给你们表演一次变形金刚。"十多天过去了，大家跑进房子，只见小青虫变成了一只美丽的花蝴蝶。小青虫早就不见了。

"啊呀，花蝴蝶就是汐汐呀！"外公跟她开玩笑，一屋子的人都呵呵笑起来鼓掌。

汐汐又给外公背《三字经》，爸爸听得很开心。

爸爸的胆汁上午流了三百，他在登记卡上记载：四月四日总计一千二百毫升。

邵主任来看他，拿起桌上的求诊书，爸爸已经修改过了：

小便量少，色似黄漆
腹胀好转，膨气未消
进食即吐，强吃积胸
厌食无味，舌干口燥
四肢无力，味苦干涩

这是爸爸的感受，是他的呻吟和呐喊。无声的，字字滴血。

可是我们眼前的爸爸多么安详啊，他笑嘻嘻地躺在被窝里陪我们说笑，他一定在强撑。

扶他起来，让他抽两口烟。早上他在外面走了十圈，我们以为他很好。他从不叙述这些痛苦，如果不是写下来，简直无法想象。

邵主任把求诊书拿在手上看了又看，他没办法解决。连中医泰斗的徐老都说没办法。

邵主任能做的就是和我们一起安慰爸爸。真的感谢他的到来，爸爸信赖他，每次看见他，总是格外兴奋。

“肚子不怎么胀了？”

“不像过去，胀还是胀。”

“食欲不好？”

“不好，吃什么都没味道，不知道要吃什么。明明想的是这样，等做好了拿过来又没胃口了。”

“能吃就吃点，睡觉好吧？”

“就是睡觉好。”

“睡觉好就好。好好休息，别着急。”

邵主任走了，妈妈也挂上了水，病房里剩下我们三。

今天清明，阳光真好，世界明亮得让人爽心，真是清清明明。

想起去年回老家，这样的阳光照着金黄的油菜花和绿茵茵的麦地。乡亲们好奇地把我当外乡人，看久了，认出来了，喊着我的小名，格外高兴。我还找到当年读书的村小，在门口拍了一张照片。

爸爸当时那么有活力，端着酒杯说他的心永远只有十八岁。

爸爸睡在被子里喊冷。

今天气温下降了十度，我赶紧去给他盖毛毯。盖好了，搂了搂他。

爸爸缩在被子里说，“清明冻老鬼。”

“嗨，你怎么说这个话?!”妈妈嗔怪他。

转而妈妈又安慰他：“清明冷一下以后就要转暖了，转暖人就舒服了。清明要明，谷雨要雨，说明今年风调雨顺，天好人也舒服。过了三月，再过了七月，你就好了。”

“以后万事大吉。”我跟着安慰爸爸。

“这时候老家的人肯定在剁肉啊切菜啊，准备包饺子祭祖。”爸爸笑眯眯的，他在想家。

“去年的今天，我和邹回去看你，饺子在红叔叔家包的。我们两家一起吃的饭，还拍了许多照片。爸爸，你记得吗?”

“嗯，记得。”爸爸有点难过。

当时告别爸爸，我特意把他拉到一旁，叮嘱他要少喝酒。他不以为意，头一扬说：“我这个身体我知道，我不会有什么问题的。”

那两天，我看到爸爸喝酒很潇洒，是真的担心，真的着急。后来回回打电话都要让他少喝酒。没想到意外这么快就来了，而且不可逆转。

今天的爸爸面色黄黄，眼珠黄得彻底，眼皮耷拉着，嘴唇干得起皮了，脸庞瘦削。我站在他的脚头，看着他，泪水不自觉地涌出来。我必须时时遏止它们泛滥的企图，我的爸爸啊!

时光多么无情，让我们转眼来到了今天!

4月5日星期一

妈妈一早来电话，我吓了一跳。她说爸爸很好，晚上胆汁流了一千七百毫升，让我不要急着过去。

汐汐被电话吵醒，下床就哭，动作很慢很慢，我忍不住批评她。她赶紧躲到邹怀里。这让我想起爸爸，爸爸也喜欢一大早教训我们，脾气很吓人。

觉得这样不对。

送汐汐去上幼儿园，路上告诉她，妈妈很爱她，但希望她珍惜时间，尤其是早上的时间，一日之计在于晨，一年之计在于春。

这个成语我轻易不说，它在我心里非常特别。

那时候我读小学三年级，刚刚学会骑车。爸爸要出差，我骑车送爸爸。

我和妹妹对车都处于痴迷状态，能骑车那是莫大的幸福。小镇离家五六里，我比妹妹大，这个任务当然非我莫属。

爸爸穿着黑风衣，白衬衫，旅行包绑在车座右侧，我朝左坐。我将送爸爸到镇上。镇上的长途汽车带他去上海，我把车骑回来。

雨后的清晨，雾很大，天上地上都湿漉漉的。我坐在爸爸身后，泥泞小路向村外延伸。不知为什么，离别之情缓缓地由心而生。我第一次看清了对父亲的依恋，有点忧伤，还有点莫名其妙的害羞。

雾很大，一切都看不清楚。

爸爸骑得很慢，很小心，边骑边对我思想教育。因为离别，他的每句话听起来都格外深情。

“你是姐姐，要带头好好努力，珍惜时光，多学些知识。早上应该早早起床，早起读书效率高。一日之计在于晨，一年之计在于春。”

我一下子就记住了这个成语，爸爸教我的。直到现在，每每读到它，就会想起爸爸的白衬衫和黑风衣，想起那个湿漉漉雾茫茫的早晨。

那天告别了爸爸，雾还没散，回家的路上，我把车骑得跌跌撞撞。中途从一个高坡上冲下去，慌张不堪，车和人一起冲下河坝，多亏了一丛芦苇。

我重重地摔下去，稀烂的黑泥弄脏了手和衣服，芦苇根刺破了手。小心地下河去洗，想着爸爸已经坐上车走了，不禁对着河水呜呜哭起来。

就是那场送别，我渐渐地懂事了。

爸爸今天想吃土豆红烧肉、毛豆炒干子。中午送过去，爸爸毫无精神，迟疑了一会儿才起来。

爸爸吃得不错，饭菜基本吃光了。

我们三个围在他身旁，妈妈回家拿衣服了。

爸爸坐了坐，又上床躺下。我发现他的手老是抖，气息也急促。胆汁流得太多了，袋子里又有了三百毫升。

妹妹帮他把脚搬上床。

妹妹做这个动作的时候，让我想起怀孕后期，每晚都是邹帮我把脚搬上床。爸爸肚子真是太大了。

“爸爸，你的脚怎么这么冷？”用被子裹住爸爸的脚，裹得紧紧的抱在怀里。

爸爸叹息着说：“这样睡在这里舒服极了。”

“太阳这么好，等下我们去晒太阳吧。”

“那要看我有没有精神呢，昨晚没睡好。”

回来写东西，无意中听到《祈祷》，想起全家一起为爸爸唱歌，趴在桌上哭起来。

整理书桌，从书堆下面翻出一本很旧的《雨花》。已经忘了它为什么一直被我放在这里。翻开,发现多年前的一篇散文,写的竟是爸爸。

看台上的父亲

那天,父亲不知从哪搞来两张文艺晚会的票,兴冲冲地邀我同往。父亲素知我热爱文艺,想是拿票的时候就早有打算。

我当然不能拂却父亲的美意,欣然答应。

父亲并不缺乏温情,但我们兄妹四人从小就畏惧他。那时候我们生活在一个偏僻穷苦的乡村。父亲长年累月背井离乡,在城乡之间做贸易。父亲为数不多在家的日子便似我们的"灾难日"。他会严格地过问我们的学习,谈心,督促,鼓舞。要是我们不像话,他自然会怒斥、训诫甚至咆哮。

父亲所有的努力就是巴望我们跳出农门,他要我们读大学。我们四个打小就提着气儿在父亲的"审视"下勤奋读书,生怕读不好让他失望,更不敢让这个一发火就雷霆万钧的父亲生气。

那样的父亲,我们只能仰望、顺服、敬畏。想来难以置信,记忆中第一次牵父亲的手已经二十二岁。

那时连妹妹也进城读大学了。父亲心想事成,完成了所有心愿,却因为透支过度,病倒了。

父亲那次来南京就为了看病。

那是个深秋的夜晚,秋风已凉。我站在路边将父亲从拥挤的公车上扶下来,我就这样第一次与父亲有了肌肤之亲。父亲住姐姐家,下车后我们还要走一段。

没有松开父亲的手,银色的月光淡淡地照着。父亲急急地大步流星,没有笑也没有说话。我碎步相跟,忐忑中我们僵僵地牵着的手都汗涔涔地发烫。父亲脸上的肃穆让我清晰地感到他肩上独自扛着的负荷，是那么沉那么重。

这样的父亲在我们家每个人心中都至高无上。父亲是我们绝对的恩人，也是我们绝对的偶像。父亲说话绝对权威。父亲已经不需要发火，他只要一变脸就没有人不顺服。算起来在这个家里，唯一正面冲撞过父亲的只有我，当然也只有那么一次。

那年我刚刚大学毕业，自以为意气风发能摧枯拉朽。非要挣脱父亲的牵引，风风火火独断专行。父亲苦口婆心，我冥顽不化。父亲痛心疾首，恨到极处，甩手摔了他的烟缸，从此对我冷眼沉默。

我紧锣密鼓一口气完成了恋爱择夫生子这人生三大事情。父亲养育我二十五年，我一朝成婚竟然剥夺了他的选择权和发言权，想想真是民主自由到野蛮。

好在夫婿和父亲投缘，之后点点滴滴冰释了父亲的心头之忧。父亲重新对我笑眉笑眼的了。

成家的我们，联手对父亲施展温情攻势。然而让父亲“软化”的却是我们的孩子。

每当女儿伸出粉嫩的小手在父亲脸上乱抓乱拨，父亲就乐得疯疯癫癫，真有些返老还童了。

不巧父亲相约这晚，女儿特别闹，缠着我无法脱身，去不去看演出竟有些动摇了。然而父亲那边电话来过几次，他告诉我他坐在某排某座，让我别着急。

等我姗姗来迟，舞台已经灯乐齐放，主持人款款入场。父亲热烘烘的声音老远就把我迎过去。没等我坐下，父亲就起身要走。至此我才反应过来，原来我们的票不是连号的。父亲让我看完原地等他，说罢就摇着胖胖的身子在嘈杂的人堆里消失了。慌乱中我只听清了他的位置在三十五区，好像在楼上。

演出已经精彩纷呈，这时我才发现我的座位正对舞台又贴近舞台。我想父亲这辈子也没坐过这么好的座位。

我迫不及待地离开了，我要去把父亲换回来。父亲已经六十四岁，让他一个人寻寻觅觅摸索到楼上我实在于心不忍。我一边在人群中挤，一边心下自责。

从三楼到一楼翻了个底朝天就是没有找到父亲。黑压压的观众席上一片安详，人们倾心地欣赏着音乐与劲舞。我猜父亲一定顺利地找到了他的座位，而且已经稳稳地坐在其中了，无可奈何中我的心底一片潮湿。

毕竟我喜欢舞台演出，很快我就陶醉到歌中舞中。

在那灯光璀璨的一刻，蓦地，我看见了“三十五”这个今夜让我特别揪魂的数字。它超乎我想像地高远，躲在舞台背后的最上方，远得让我陡然间快乐全无。随之而来的酸楚在我周身弥漫。我似乎方才明了，父亲这一生都这样默默地隐掩在那个精彩纷呈的舞台后面，只为了将我们推上前台。

在我们相继精彩之前，父亲一个人多少年摸索在黑暗中，流汗流血，奔走跋涉，直到提前告老病退也不悔初衷。在剧场空前欢乐的海洋中，我的泪酸酸地流了一脸。

我知道父亲这晚上的欢欣一定超过我们在场的所有的人，尽管他坐在这个剧场最差劲的一个座位上。

我不由得想起第一年高考落榜，我在县中补习。父亲背着行囊进城，临别来看我。父亲气宇轩昂又豪情冲天，他说，“留得青山在，不怕没柴烧。有我在你怕什么，再读两年我也能供得起。”

那份信任和希望哪像是面对一个没出息的孩子？父亲让我再次相信自己应该是个东西。

而今夜隔着舞台，我更明白父亲这辈子是为我们活的，父亲的苦是为我们受的。永生永世我们的父亲都会在高高的看台上殷殷地望着我们，快乐着我们的快乐，幸福着我们的幸福。

那晚散场后，我急切地起身抬头在人群中寻找父亲。父亲的声音又一次在我茫然时响起：“我在这儿！”

这一生我是不会忘记我六十四岁在高高看台上的父亲了。

读罢心痛，想起父亲说的，“现在由我的女儿来为我证明。”心力交瘁，但坚持打开电脑。

为了爸爸，我只有“坚持”两个字。

4月6日星期二

因为爸爸生病，我们姐妹三每个清晨和黄昏都要见面。以前大家忙忙碌碌，联系没这么密。

姐姐妹妹从小爱吃零食，只要醒着她们的嘴巴就闲不住。她们一起吃东西，东拉西扯。我不爱吃，但我爱看她们。我和她们向来没有共同的兴趣和爱好，这并不影响我们之间的亲密。看她们吃和说是我最大的享受。我常常在旁边参与话题，三个人笑得东倒西歪，笑得肚子痛是经常的事。

妈妈有时候会跟着我们笑。

奶奶也是。但大多数时候奶奶是表示不满，她嘟着满是皱纹的嘴，埋怨爸爸把我们三个姑娘宠得不像话，埋怨爸爸不重男轻女，埋怨爸爸对哥哥远没对我们好。

多少次，爸爸喜滋滋地说："我就是喜欢女儿。"

爸爸对我们的喜欢是由衷的，相反他看到哥哥总是板着脸。

奶奶偷偷生气。姐姐逗她："奶奶一生气嘴巴就像个包子。"

奶奶就变怒为笑，反击姐姐说她的脸像个银盆，大概是说姐姐的脸圆、饱满、大而富贵。

爸爸不恼我们这些小节，他只对我们的学习、品行严肃，特别抓大放小。

现在我们每天中午聚在爸爸身边，吃爸爸吃不掉的东西，伺候爸爸，和爸爸说话。爸爸在床上有气无力地望着我们，有时候闭上眼睛，有时候又睁开，笑眯眯地躺着。

爸爸交代过姐姐："任何时候，姐妹之间都要互相关爱。"

可惜我没有听到。

"爸爸，来吃根玉米。"姐姐提议。

"不吃。"

"爸爸，看我们吃得多香啊。"妹妹逗爸爸。

爸爸不搭理，他显得特别无神。

"什么时候我们下岗就好了。"妹妹抱怨工作压力太大。

"下岗了我们就一起开家小吃店。"姐姐说。

姐姐一直梦想开店，悠闲地当老板娘。养尊处优的她不知道老板娘很少悠闲。

姐姐从小单纯乖巧，上学听话，嫁人顺从，生活从不用她劳心劳力，直到现在她几乎没体会过什么叫遭遇和逆境，身体也很好。姐妹三，她是经历最顺畅生活最舒坦的一个。

"你要开小吃店，卖的东西还不够我们俩吃呢！"妹妹说完，三个人笑喷出来，爸爸也忍不住笑出了声。

"卖不卖得掉都不愁，卖不掉就自己吃。"爸爸笑话她们。

人的本性可能就是乐天，至少我们三个粘到一起总是乐天，一时竟像忘了爸爸的灾难。只是一会儿，我们又涌到爸爸身边，冲着爸爸嘘寒问暖。

哥哥来了，他带来了成主任的建议，说要挂一种含钾的营养剂，护士马上就来。

爸爸苦笑着对我们说："它不放我好过啊，前两天不是挺舒服的嘛。没哪难过，现在不是这里难过，就是那里难过，反正浑身不舒服。"

可能因为营养流失得太多，这两天爸爸的胆汁特别多，一千二百、一千四百、一千七百，连爸爸也觉得太多了。

爸爸的眼珠黄了，面色发灰发黑，眼皮也黑。晚上，我们给他洗脸，擦身，换上干净衣服和新枕套。

爸爸的手表该换电池了，"宁海路老鸡汤面馆旁边就是钟表铺。"

我没印象。沿着宁海路走，果然在老鸡汤面馆隔壁看到了。

爸爸记忆力真好。

二〇〇二年深秋，爸爸帮我们装修房子。每天早出晚归，跑装饰市场。因为他懂行，比我们能杀价，所以总是他亲自去。

那阵子爸爸很辛苦，中午只肯到楼下的小吃店吃快餐。请他到饭店他不让。常常为了吃饭跟我吹胡子瞪眼睛，他就怕我浪费。

为了调节口味，我带他去过几次老鸡汤面馆。因为价格贵的缘故，后来他也不肯去了。我们去了不过三次，但他记得这么牢，看来他喜欢。

帮爸爸换上新电池，准备打包一碗鸡汤面去试试。

爸爸一辈子为我们辛苦操劳，现在就算时时刻刻为他奔走，也总觉得负疚。

4月7日星期三

早上给妈妈打电话，妈妈说爸爸昨晚吃了鸡汤面，早上吃了稀饭和包子，还出去走了几圈。

中午他点了肚丝和豆苗，肚丝要求细细的。

爸爸告诉妈妈，妙姨在这里他未必就幸福。两个人在一起固然很好，一旦哥哥、医生或者其他什么人来的时候，都要赶紧让她回避，让他尴尬，而且委屈人家了。（委屈妙姨可能是爸爸最大的不舒服。）

爸爸这么说我就放心了，我以为他一直放不下妙姨。这么说他愿意妈妈在这，悬着的心终于安生了。

中午姐姐催我，说爸爸已经饿了。往常我送饭他都嫌早，说明爸爸胃口好多了，我赶紧打车奔过去。

水没挂好，爸爸主动让我去热饭。他要坐在床上吃，这是第一次。一般他都要等水挂好了，下床如厕洗手洗脸再吃。是很认真很讲究地吃。

饭菜热好，一碗白米饭，半碗肉和土豆，两筷子茼蒿、一筷子苋菜、一筷子豆芽，婆婆说，“能吃掉就不少了。”

爸爸没吃饭，坚持把菜都吃光了，喝了三口汤。

推开碗不再吃了。爸爸的精神并不好，不笑不说话。说话就用最简洁的字，声音不大，起身很困难，睡下来就嫌冷，老要把被子捂得严严实实。

特别是脚，始终冰冰凉。

黄昏，爸爸在走廊上锻炼。实际上已经没有锻炼的气魄，就是费力地坚持着走。

我跟着爸爸。

“好多了，下午？”

“不行。”

“能走了，说明腿有力气。”

“不然怎么办呢?”爸爸声音低沉，我听不大清。

“别说话，专心地走吧。”

走廊尽头，应该拐弯。爸爸像往常那样，沿着窗户从南走到北，三步走完了才回头。

即使是三步，爸爸也不能省略，他必须一丝不苟，尽管没力气。

可是爸爸的眼睛是黑沉的，严肃而抑郁。是丧失了希望的郁闷和绝望。不仅仅眼睛黑，面色也暗黑。

他背剪着手，从后面看，两条腿像拴了沉重的锁链，爸爸走得很艰涩很沉重，简直就是在地上拖。

因为努力，爸爸的上半身朝前方探出去，头因为无力举着，也向前勾着。整个人没有一丝精神，好像被折磨尽了，消耗光了，就剩下一副枯老的骨架，疲惫、衰弱，但顽固不屈。

妈妈说，爸爸夜里不停地骂人，心情很不好。他问邵主任，“到底怎么回事？已经两个月了，应该见好了。”

爸爸真的到了他的最后吗，世界慢慢地黑下来，我几乎感觉不到白天了。

4月8日星期四

早上醒来六点一刻，窗外蒙蒙亮。

我要起来去看爸爸，多看一眼也好啊。

三路车很难等，没想到一出门就遇上了，顺利地到了医院。去医院门口的超市寻找爸爸爱吃的儿童榨菜，找了一圈没找到，只好随便拿一袋。给妈妈买了一双橘黄的塑料拖鞋，妹妹带的不成双，把它扔了。

房间里很静。

妈妈去庙里烧香，爸爸在睡觉，面色暗红，像是睡深了。桌上有一只稀饭碗，筷子搁在上面，那是爸爸吃过的早饭吗。

悄悄放下东西去洗碗，收拾擦洗桌子，发现一碗甲鱼汤也只剩下骨头。那是昨天妹夫送的，爸爸都喝掉了，多好啊！

收拾好房间，爸爸动了一下。

“爸爸。”

“你来了，帮我洗碗的？”

“你吃过早饭了？”

“饿死了。”

“现在饿吗？”

爸爸摇头，“甲鱼汤不好吃，什么味道也没有，我饿得没办法都吃了。什么都不喜欢吃，就想吃稀饭。”

“稀饭还不容易吗？哥哥拿来了，正在路上呢。”

“今天下午你给我送一盆来。饿的时候吃一碗就没事了。”

“好啊。”

妈妈烧香回来的时候，哥哥拎着稀饭到了。他没想到爸爸在等，一听，赶紧三步并着两步跑。

哥哥问爸爸怎么样，爸爸说起来走了十多圈刚刚躺下。晚上流了不少胆汁，昨天一共一千二百。

哥哥看他床头放的南京香烟，“干吗抽这个，不是有好的吗？”

“这烟也不错。”

“它会加重咳嗽，抽好的。”哥哥示意我收起来，他给爸爸丢下苏烟。

“爸爸，外面太阳好，吃完我们去晒太阳吧。”

“不去，没这个精神。”

单位有会，匆匆告别爸爸。

中午，站在衣柜前突发奇想。换下天天穿的休闲裤和牛仔服，把长长短短的裙子拿出来。

我打算从现在起，每天都盛装去见爸爸。

爸爸病了之后，每天抑郁、伤心、惆怅、焦虑。爸爸面对的是怎样的我啊?!

窗外的阳光提醒了我，以后我要换一副样子见爸爸。

穿上久违的裙子，对镜贴花黄，把自己打扮得漂漂亮亮，我要拒绝悲伤，我要让最后的爸爸看到我各式各样的美丽和精彩。他是我最爱的男人，也是我最该为之美丽的男人，他为了我们今天或今生的美付出了一切。

剩下的日子我们应该天天是节日。

同事们见我突然每天盛装，不禁惊讶，“哦，漂亮起来了，每天不同的漂亮衣服。”

我应付着笑，谁会明白我内心的苦楚?!

我的心只要不在爸爸身边，就在高高的荒原。

爸爸，你就这样一点一滴地从我眼前逝去吗？每天每时每分每秒，我都在失去我的爸爸啊！想到这一点，我常常会焦灼地抓起电话，可是想想，只好轻轻放下。

想找一个厚实的肩膀去哭泣去放纵内心的痛苦，想找一个无人的操场，可是四顾茫然啊。

电话突然响了，是邹。眼泪再也控制不住。哗哗地，积蓄太多无法抑制，一气流着却说不出话来。

“爸爸怎么样?”

“有什么不好?”

“医生说了什么?”

他问一句我答一句。我们是八年的夫妻，他算是我至亲的男人，可是即便如此，即便他前年也失去了父亲，可他依然不能给我父亲那样的依靠。

他忙他的案子，日夜没有休息，能抽一点点空问问爸爸的情况已经很不错了。他的语气很急，电话从看守所打来，听也听不清楚，身边可能还有犯罪嫌疑人，我能向他倾诉什么。

“你好像不高兴，说话怎么有气无力，是不是旁边有人？”

“没有。”

“那怎么啦，心情不好啊？”

“没什么，我担心爸爸。”

“应该不会有什么，我看他的情况还不错，在保守治疗中他这样的表现已经很好了。”

今天我穿着湖蓝色的毛衣，配着红黑格子短裙，黑皮靴。靴子是为爸爸新买的。走进爸爸的房间，爸爸躺在那里美美地笑起来，“不错哦，二小姐今天真漂亮！”

爸爸已经好几天没笑了，更多的，他无力无神，烦躁不安。

我给他带了一锅老鸡汤面，宁海路的。

等面的时候，发现老店生意依然火爆，店内设施一如从前。

特地去爸爸坐过的那把椅子上坐了一会，当时爸爸抽着香烟，将墙上挂的“民间老鸡汤面”的文字介绍详细地读了一遍。

食客大都是忙人或饿鬼，进来都是直接犒劳嘴巴和肠胃，很少有人对墙上染了油烟和污渍的文字介绍感兴趣，更别说去认真读。顶多看个题目大概就了不得了。

可是我的爸爸——我的和我一样生来就深信、痴迷、尊崇文字的爸爸，却利用等面的间隙仔细地读了，还跟我细细分析了“介绍”的书法和行文。我对文字的好感和认真就是这样潜移默化从爸爸那里秉承来的。

爸爸敬畏文字。当然他更敬畏知识。

爸爸拿笔写字的样子向来神秘又神圣。爸爸喜欢写小楷，笔迹飘逸风流。爸爸在城里做生意，很多时候就是凭着他滴水不漏的口才和飘逸风流的书法征服人。大家都不相信他来自农村，更不相信他只读了小学，只会问他，“老韩，你是哪个大学毕业的?”

爸爸的大学梦就那样一次次被问出来了，以至于我们一出生，爸爸就给我们确定了大学之路。

长大后才知道有这样的爸爸我们何其幸运，村里几个要好的羡慕我们，纷纷说：“小时候谁懂读书重要？要是我们的爸爸从小就告诉我们读书的道理，我们也会去读大学啊。”

我们先后都读了大学，可是在这样的爸爸面前，读大学又算什么本事?！爸爸太开阔了，我常常由衷地说他，你是社会大学毕业的，比我们都厉害。

兴冲冲打开鸡汤面，结果爸爸闻到味道就闭上眼睛说：“倒掉，我想吐。”

昨天他还对这个面有好感的呀。

“闻和吃肯定不一样，等你起来吃上一口，说不定就喜欢呢。”我耐心地哄他。

爸爸起来，喝了大半碗鸡汤，一块鸡肉、几片鸡血、几块鸡肫，两筷子面。第二口面爸爸真的吃不动了，想吐。

我和姐姐赶紧给他递水杯。

爸爸像木雕的一样，浑身一动也不敢动，生怕一动就倾盆而吐。

好歹镇定了。

爸爸在椅子上坐着抽烟，妈妈给他轻轻地拍肩，按摩脖子。

“爸爸你应该继续挂蛋白。”

他从昨天就私自停用了蛋白，理由是上万的钱花下去没有用。

“医院当然希望我们用，价格昂贵。”爸爸声音低低的。

“你不要考虑钱。”

“不仅是钱的问题，你们不懂，也别劝我。”

“你得听医生的。”

“医生？他能把这个道理给我讲通了，我就听他的。”

“什么道理？”

“为什么我刚来的时候蛋白有四点几，现在用了多少瓶蛋白下去，只降不升？蛋白为什么只剩下三点几。”

“这不是在恢复期间吗？消耗多。”

“消耗，为什么我不能吃饭？他们为什么不解决这个问题，只叫我挂蛋白呢?!”

“吃不下，吃得少，当然要挂蛋白补充营养。”

“我宁愿吃饭，不想挂蛋白。”

爸爸不理我们，他回到床上去。姐姐帮他把双腿搬上床，爸爸再也没力气自己把腿放到床上去了。

回家的路上，姐姐说起她昨晚聚餐，她在酒桌上失态了，哭得一塌糊涂，根本无法收拾。一个内向的人大概从没出过这样的洋相。

“可能是喝酒喝多了，不过是啤酒，喝得并不多，就是想爸爸。”

“所以我不出门，不离开他，陪着他我就安心，离开他半天我都受不了。”这是我的心里话。

今天四月八日，是爸爸患病满八个月的日子。八个月，我们的爸爸已经枯瘦如柴。

晚上给他擦身子，他坐得很吃力。背和手臂黄得如蜡染，脖子下面像老牛，一摞皮囊干瘪地挂下来。两条腿细成了麻杆，皮肤起了皱斑，像存放经年接近腐烂的老竹，瘦得让人心寒。

爸爸的精神濒临崩溃，他不肯挂蛋白，脂肪乳和营养素全部停掉。手术的成主任和中医院的专家们非常着急，频频来做思想工作。爸爸的犟脾气上来了，谁也不信。

爸爸敌对了医生们，觉得他们的建议，只是商业图谋。

“到时候他会很烦躁，跟我们闹，跟你们闹，不配合治疗——”一个月前，方叔叔和朱主任就提醒过我们。

晚上，哥哥、姐姐、我、邹、妈妈围在爸爸床前。

“听医生的，爸爸，你一定要赶快用上蛋白。”

“身体恢复要紧。”

“这里的专家已经很尽心了，他们对我们已经很照顾了。完全是朋友情谊，根本不存在商业企图。再说人民医院的医生也是这么建议的呀。”

哥哥努力劝解，边劝边前倾着身子。儒雅斯文的他因为着急，额头上亮晶晶的全是汗。他已经努力到不能再努力了，四十七岁的哥哥还能怎样呢。

爸爸不说话，他眨巴着眼睛看天花板，后来干脆闭上眼睛。两行晶亮缓缓地从眼角流下来。

爸爸不再说话。

我感觉爸爸一说话就会号啕大哭。他已经受够了，他受到了这辈子从没受过的折磨。

八个月来，开刀、介入、开刀、插管，身上插着这样那样的袋子。胃口不好，嘴巴苦涩，不想吃，呕吐，腰痛，腹水，胸胀，没气力，稍稍动弹气喘、手抖、大便出血、小便困难……

我觉得他已经忍受到了极致，他看不到希望。

“爸爸，我们知道你很难受。可是你还要像刚开始的时候那样，精神振奋，充满信心，积极配合。”哥哥感觉到了爸爸的犹豫和灰心。

“人家斗争三年四年十来年呢，哪里是这么简单的毛病啊，病去如抽丝。”

“我知道，我不用你们劝。”爸爸闭着眼睛说。

我想起爸爸一次次在走廊上执著地走，哪怕往前挪；想起他中午因为一口面条全身上下一动也不敢动弹地绷紧。爸爸哪里是没有斗争呢,他每天每时每刻都在斗争,只是老牛拉破车。爸爸累了。

“关键他们没有解决问题,我开始就是吃饭有问题,弄到现在还是不能吃。闻到菜味就要吐,一点进展也没有。”

爸爸心里比我们难过多了。

我们心事重重地望着爸爸。

“我可能要出差到香港,去五天,下周去。”哥哥换了个话题。

“该去的你就去吧。”

“推不掉。”哥哥面有难色。爸爸这种样子,他自然觉得“远游”有罪。为了照顾爸爸,哥哥已经推掉了许多机会,有的机会直接关乎前途。

哥哥常常跟爸爸交心,我们努力,不图其他。只求一大家子平平安安,其乐融融。

“你也不该推托。”爸爸睁开眼睛,他纠正哥哥。我们的爸爸一下走出了低沉。

“所以你要好好用药,你这样哥哥在外面也不安心。”我赶紧抓住机会。

爸爸爱我们,他一旦意识到要爱我们,力量就会像火苗一样往上窜一窜。

爸爸不再回应,不说挂,也不说不挂。

妈妈说他下午下楼去晒太阳的,妈妈让他坐他不肯,坚持绕着花坛走了三圈,休息一下,又走了两圈。

爸爸不服,爸爸想走下去。我不知道上帝为什么非要截断爸爸脚下的路?!

我们当然也不服。

4月9日星期五

早上送稀饭去爸爸那里，爸爸站在卫生间清洗他的福尔摩斯烟斗。

爸爸精神好多了，我很惊讶。

今天，我为爸爸穿的是米黄色短打西装，下面配着红色超短裙，很青春，和窗外的春光一样精神抖擞。

爸爸看见我笑了一下。

中午没去爸爸那里，哥哥让我赶紧准备遗像。我去飞尔图片社，找到摄影师，她的鼎力相助肯定能保证照片效果。

处长安排我下周三出差到张家港，采写一个文艺片的台词。惦记爸爸，可又不好违抗组织，很矛盾。此刻我更能理解哥哥的焦急了。

晚上带玉米过去，爸爸睡着了。

我们和哥哥在走廊上说话，商量爸爸的后事，好久才进房间。

爸爸依然在睡，我们把他推醒，给他吃药。爸爸精神很坏，他肚子疼，下午开始的。

伏在爸爸枕边，把出差的事告诉爸爸，爸爸说，“去，当然得去，这么好的机会。”

“什么机会?”

“锻炼自己的机会，怎么能错过。”

“可是我想待在你身边。”

“哦，不行，你要去。应该去。”爸爸很有激情，就像他支持哥哥去香港一样。

哥哥给成主任打电话，成主任答应明天上午来看爸爸。

我们给妈妈铺好床，兄妹四个一起回家，哥哥说：“老爷子太可怜了。”

惋惜。除了惋惜我们还能做什么。

18. 有什么绝望苍凉得过壮士暮年

4月10日星期六

午饭之前到了病房。爸爸在睡觉，脸黑红黑红，窝在被子里。

妈妈坐在爸爸旁边，姐姐和嫂嫂在走廊上焦急地说什么，哥哥在医生办公室。

“怎么样？”

“很不好。”

“怎么不好？”

“徐老来过了，成主任也在。徐老觉得爸爸肯定过不了五一节，他建议哥哥不要去香港。”

哥哥的行程已经安排好了，好多手续已经办妥，他出去是有任务的，不是可去可不去。

我一听马上决定取消采访。

如果爸爸过不了五一，那爸爸在这个世界上的时间就真的屈指可数了。我怎么能在这个时候离开他？在他生命最后，我一步也迈不出去。

爸爸依然在睡，好像有鼾声，是肝昏迷吗？

“徐老来，成主任来，他都这样，一点精神都没有。我们喊他也没反应。”

爸爸的脸红得没有光泽，眉毛皱着，很痛苦的样子。

医生在会诊。

“徐老为什么这样讲？”

“他把脉，给爸爸上上下下检查。他说爸爸的疼痛可能是腹水引起的，属于癌性痛。爸爸的腹腔可能已经感染了。徐老态度很肯定，情况非常不好，医生都很紧张。”

妈妈应该回家休息，如果爸爸有情况，那么后面的事情简直太多太多，估计妈妈的身体肯定吃不消。

嫂嫂把妈妈带回家，我和姐姐留下来，我们打算晚上轮流陪床。

爸爸的药水增加了三种。

“到现在我的疼痛依然没减轻。”这是爸爸醒来说的第一句话。

“哪里疼？”

“肚子以及腰。”

小护士来给爸爸打针。

“什么针？”爸爸问。

“消炎止疼的。”

“早就该给我用这一针了。”爸爸感慨，带着埋怨。

爸爸锁骨下面埋的针有些出血，医生给他细心地换药。

因为换药，怕大出血，胸上压了一只小沙包。

爸爸身上不疼了，精神马上好多了。

姐姐喂他吃了一碗稀饭，我给他吃了两片红烧肉，嚼了半天才咽下去，摇头不肯再吃。

吃过饭，姐姐走了。房间里静得很，就剩下我和爸爸。我靠他坐，让他睡觉，我帮他看水，总共三瓶。

爸爸不放心，每次水快完了他都自己按铃，比我精确。护士换水的时候他都要执著地问一句：“什么水，管什么？”

腹痛渐渐停歇了。

爸爸生气地说："这些医生，谁在认真给我看病？除了徐老的药方子他们都干了什么。我对他们提的问题一个也解决不了，就知道对我说'吃徐老的药'。那么贵的药，成月成月地吃，拿我们的钱不当钱。你看看我说的这个肚子疼，从昨天就跟他们说，他们都不放在心上。这么简单，一支药就解决的问题。这些医生啊，没一个认真！"

这一针是杜冷丁，不到万不得已，医生不敢用。

爸爸真像糊涂了。

我让他睡觉，他眼睛就是不闭。

不再催他，现在他昏睡多于清醒。就我们两个在，多清净，我们正好可以谈心。

"爸爸，五一马上就要到了，我们一起陪你回老家。"

"不一定，看情况。"爸爸口气消极，我赶紧换话题。

"我来看看你的手相，瞧我们两个多像，怪不得我们脾气性格这么相似。"我抓着爸爸的手，把手团在爸爸手心。

"去洗手。"爸爸严肃地命令我，甩开我。

"为什么？"

"你摸我的手的。"爸爸现在知道自己的病情？！我没听，我不嫌弃他。

"我什么都和你一样，尤其是坏脾气。"

"那就改脾气，你晓得要我改脾气自己为什么不改？你只要改了脾气，身体就不会有什么变化，多体检，多注意。"

"脾气哪能轻易改？江山易改，本性难移。"

"你还年轻，改来得及。你要记住'遇事三分静'，回去把这五个字写下来压在你的书桌上。"

"三分静——冷静、安静、宁静。"我念叨。

"静对身体多好啊！不要燥，燥伤身体，遇事要冷静！我就是太容易燥。”

“是啊，是啊。”

“千万要记住，回家就写下来，五个字‘遇事三分静’。”爸爸又强调了一遍。

“好。”

“你呀，我说死了，你也不听。”

爸爸翻了个身，亮晶晶的眼泪一下子滚出来。爸爸为我哭了，抑或是为这句话。爸爸为我的这份心啊?!

他知道自己生命将尽，他简直就是在哭求我，忠告，遗嘱，以死相训啊!

我的视线也模糊起来。我就是想在这个中午把自己的一颗私心抛出来给他再抽上这一鞭子。我爱他骂我。世上有谁这么懂我这么骂得我服帖而温暖?

我只把他的骂当作最厚实的最珍贵的爱，这席话是我自己讨得来的。我恨不得身体是台录音机。

我就是想让他最后再骂一骂我。但我没想到他这么由衷，他骂动情了，他是不是失望了? 以为我到这个时候还要让他费神费心费力，我是不是勾起了爸爸的担心。

我们背对着互相落泪。我觉得这样罪过，死命咽住泪，笑吟吟地上前，拍拍爸爸的背，帮他盖好被子。

顿了顿我说:

“爸爸，你别急，我知道了。好不容易才不疼，身上舒服了就睡吧，别为我担心，你说的话我都懂。”

我看爸爸疲惫地闭上了眼睛，悄悄挪到窗口朝外看。

阳光澄明，楼顶之间一丛一丛夹杂着绿茵茵的树木，春天、春光、春色，吸引和感染着我。

可爸爸正在这个春意盎然的时分，一点一点枯萎着。

眼泪转了转，它离我这么近，我知道它们有汹涌的激情，我一不留神就要被它们淹没。

这些日子心和眼睛的距离似乎从未这样近，只要一点点情绪，眼泪就呼啦一下涌出来，像个蜡烛人，经不起轻轻触碰。

“说死了也不听。”

爸爸这最后的埋怨我一定要记牢。

不是写在书桌上，而是刻在心上。

以后想起爸爸，我就要想起他对我说的这五个字：“遇事三分静。”

一时间，耳边尽是他说的“说死了也不听”。爸爸的确是说了我一辈子。

从小，四个孩子里我的脾气最古怪。爸爸教育我，失望、暴躁、甚至老泪纵横——到现在，他靠杜冷丁赢得的一点点精神又用来说我了，都说出了眼泪。爸爸是想到以后再也不能说我了吗？

我这个设计实在错误，我完全可以这样开头，“爸爸，你看我现在多好啊，你应该放心了，我很努力而且家庭美满、工作顺利——”

我应该说这些宽慰他的话，让他高兴、放心。在开始我们之间的这场难得的谈话前，我的方向就错了。

明天或后天我一定要重新设计一次。

爸爸翻身，我去帮他。因为心疼，我把脸贴近他的脸，一边用手轻轻抚摸他的头。

爸爸要小便，在卫生间时间太长。出来脸色苍白，倒在床上，嘴唇、牙齿、眉毛一齐颤抖。

“怎么啦，爸爸？”

“冷。”

我给他盖上被子，加上毛毯，铺在爸爸身上抱住他。

爸爸这样子太让我害怕了，我双手抱得紧紧的，直到他平息，再次睡过去。

晚饭来了，稀饭馒头。我想晚上留下来，决定先吃一口。

“小霞儿，你在吃晚饭?”爸爸没睁开眼睛，我刚刚抓上馒头。

“是，你需要什么，我吃好了。”

“吃好啦?”

“好了，你想吃吗?”

“给我弄点稀饭。”

“一碗。”

“把那两只鸡蛋剥了，蛋白我要，蛋黄扔了。把蛋白用开水烫热了，给我吃。”爸爸仔细地吩咐。

早上，哥哥哄爸爸吃鸡蛋。随口说，蛋白里就有蛋白营养。

爸爸觉得既然能直接吃蛋白，何必每天花钱挂蛋白。所以不爱吃鸡蛋的爸爸现在坚持要吃蛋白。

爸爸吃了四口稀饭，蛋白吃得剩下两口。

突然打嗝，要吐，我紧张地拍他的后背。

轱辘一样的东西在他的喉咙和胃之间上下翻滚，他前倾着身子，嘴巴一张一张地呕着，好像一口就要全部吐出来。

我拍着他，把碗筷全部推掉，一边想着在他吐了之后怎么应对，是拿报纸还是拿盆。万一他吐血怎么办？我紧张，紧张得要跟他一起晕倒，气都喘不过来。

“躺下。”

爸爸的命令让我赶紧去摇床，放平爸爸，两分钟过去。

“我死命坚持，就不让它吐。”爸爸说话了，可我还是手足无措。

“给我把那两口蛋白喂下去。”爸爸像勇士。

我顺从地去做。

爸爸居然拼命地吃下去了，稀饭让我倒掉。

再让我把床摇起来。

“干什么?”

“吃药。”

“吃这么早,平时都是睡前吃。”

“……”

我伏下去,让爸爸抱住我的肩,死命往后拽,双手终于把爸爸抱起来了。

给他颗粒药,然后中药、牛黄药粉包、片仔癀。爸爸一一吃完。中途不喝水,用中药吃西药。

“不能停顿,太苦了,吃一口苦一夜。”爸爸喊。

“吃完了。”我心疼地念叨。

“今天提前完成任务。”爸爸发扬革命乐观主义精神,边说边笑,解脱般的轻松。

他不屈地问我:“我这个人怎么吃这种苦头,过这种日子?”

我坐在他对面满心破碎,无语。

姐姐拎着鸡汤来了,她也要来值晚班。

结果我和姐姐都争不过妈妈,妈妈非要来。

爸爸也希望妈妈在,尽管他嘴上说:“让她在家休息两天,她吃不消。”

妈妈来了,爸爸马上开心地笑起来,催我们走。

看来,妈妈给他的安全感要比我们强。满床的儿女不及半路的夫妻,他们到底是夫妻。

我和姐姐帮爸爸擦身,爸爸不反对。我把毛巾弄得很烫,擦后背、手臂、胸脯。

爸爸看我气喘吁吁的样子,开我玩笑说:“今天韩青辰非要争口气。”

爸爸老说我是拿笔杆的手,不如姐姐妹妹劲大。今天的毛巾烫得姐姐都下不了手,我使出了全部力气,努力像她们那样有劲。

奇怪，爸爸不再提妙姨。也许一旦他觉得好不了，就不会再要她来了。这个安静的下午，我以为他一定会跟我说起妙姨，但他始终没说，我也不说。

看来爸爸对妈妈的感情也不是我们想象的那么简单。人是多么复杂呢，恐怕这个深浅连爸爸自己也难以分清。

或许病痛现在让爸爸根本没力气想及其他。

成主任告诉妹妹，爸爸危在旦夕，只能用药物保，争取保到哥哥从香港回来。

爸爸还能创造奇迹吗？

晚上爸爸念叨："我怎么这么溃，太溃了！"

邵主任偷偷告诉我，爸爸昨天跟他说："人财两空啊！"

爸爸知道?!

4月11日星期天

今天我看到的爸爸让我惊讶、痛心，紧张得整个人都要倒过去。

爸爸怎么变成了这样？

枯黄、羸弱，没有一丝气力。

早上他坐在桌上吃稀饭，碗里有几瓣咸鸭蛋。

我进去喊"爸爸"，他看了我一眼，他的脸简直不叫脸。黄、黑，眼珠黄得可怕。腰直不起来，头朝前勾着，脖子下面的皮耷拉得更长了。

爸爸看我的眼神没变，依然有温度和感情。爸爸如此吃力地看了我一眼，我的心就被一把扯碎了。

买来他最爱的儿童榨菜，打开给他。他用筷子夹，夹了足足有一分钟，榨菜被筷子追来赶去，千难万难，爸爸才把榨菜夹住了。

妈妈和我要帮忙，他拒绝。

这个顽强的人，颤抖着手，艰难地努力着，最终坚持自己把它吃到了。

爸爸太费劲了，他夹一筷子菜好比夹起一座山；筷子颤颤巍巍越过碗口，如同翻越崇山峻岭。

爸爸吃完了，没力气出去。他起来要去卫生间，妈妈搀扶他，他不拒绝，他拒绝不了了。

爸爸站起来双腿直打颤，迈不出去，前后摇晃。爸爸惊讶地问自己，“我怎么没有抢步了？”

我分别给姐姐妹妹打电话，我太害怕了。

姐姐把寿衣买来了，她跑得很累，特地弯到菜场买了一把葱，意思“冲喜”。

我去找护士长商量：能不能先放在护士台，先不拿进房间。我怕万一被爸爸看到。

妈妈的脑部很不舒服，面色很差，我让她赶紧去挂水。

妹妹坐小月子了，应该卧床休息。她放心不下爸爸，一再叮嘱我，爸爸要是不妙马上通知她。爸爸这个样子，恐怕等不到她满月了。

妹妹冲进来，看了爸爸一眼，就跑进卫生间哭。

她说：“爸爸变化简直太大了，脸都找不到了，黑瘦啊。”

我们天天来看不出，妹妹五天没见爸爸，感觉简直触目惊心。

妹妹是月子里的人，不能哭的。我去安慰她，可她就是哭，鼻子眼睛都哭红了，怕爸爸发现，只好到走廊上去转。

爸爸问：“小妹呢？”

我们骗他去厕所了。

妹妹这个时候哪有心思坐月子，她显然没养好，面黄肌瘦。平息好了，她跑回来趴在爸爸身边，做出她一贯的“最喜小儿无赖”的样子。

爸爸知道她在坐小月子，愠怒地怪她：“给我回家休息去。”妹妹不肯。

我们兄妹四个留在爸爸身边。

爸爸挂上水后又昏沉沉地睡去，不说话，眼睛也不想睁。

爸爸隔会儿就喊“小便”，一个小时喊了三次，可能是用药的缘故，哥哥被他喊个没停。

哥哥出去接电话，爸爸的小便来了，自己没拿好尿壶，小便弄潮了衣服、床垫和被子。

爸爸又羞又急。

我们安慰他，姐姐打水给他擦洗，妹妹找床单换，哥哥抱他起来，我找出干净衣裤，大家七手八脚。

爸爸窝火，对自己生气地说：“不换了，太麻烦了，就这么捂。”

我们哪里舍得。

爸爸又哭了，泪水滚出来就被妹妹擦掉。我们四个一起泪水涟涟。不过，赶紧忍住，努力恢复平静。

姐姐让我回家带孩子，我和哥哥一起出去。哥哥心事重重地说：“老爷子的信心打击大了。”

他指爸爸尿床。

中午，等婆婆熬好稀饭，又赶紧骑车回到爸爸身边。

姐姐在用镊子帮爸爸拔胡须，白色的胡须，很长了，拉拉杂杂，爸爸快一个月没清理了。

姐姐怕爸爸疼，很慢很轻。

“拔，没关系，很舒服，不疼。”爸爸鼓励姐姐，表情很享受，一边说，“大姑娘的功劳。”

姐姐拔了半天，爸爸面部干净了。爸爸不放心，要来小镜子自己照，又指出哪里还有，让姐姐加工。

爸爸是个精细的男人，他对自己的仪表向来在意。即使住院，即使现在，镜子、梳子、摩丝、面霜，一一放在他床头柜的抽屉里。

等姐姐修理好他的脸，哥哥嫂嫂虎子和妈妈他们都来了。

“爷爷。”

“虎子来了？”爸爸睁开眼睛。

“爷爷还好啊？”

“缺少精气神。”

“虎子懂事了，前天开家长会，老师表扬了他，学习有很大的进步。”嫂嫂告诉爸爸。

“我的正气下降了，孙子的正气上升了。”爸爸跟虎子开玩笑。

哥哥他们去外面说家常。

虎子和我留在爸爸身边。

爸爸喝掉一碗鱼汤，吃了三块黄鳝。我给他擦身子他没拒绝，擦了前面，我要给他擦后面。

他挣扎着坐起来，脱了衣服。我努力大刀阔斧地擦，水很烫，烫得手指不住地跳动。

“二小姐有进步，又拿出吃奶的力气了。”

我感到汗珠在额头上爬。

为了让爸爸舒服，我不停地加开水，一瓶水很快用光。擦完了，爸爸说：“真舒服啊！”

然后昏沉沉地睡着了。

我怕爸爸中途要吃，留在那里等到十点。

走之前，喊爸爸，他睡得很深，腿伸到外面，头也滚到床边。我帮他搬弄好。他像醒了，问他吃不吃东西。

他说：“不吃哦！”

很难受，没气力的样子。我觉得他在昏迷，不知道今夜他会怎么样？

他对虎子说："今天的药方大调整了，该会好一些。"

大调整是加了药量，"这么多药下去总归有好处。"他安慰他的孙子。

爸爸最怕吃牛黄粉，太苦。吃完嘴里全是苦味，苦得无法忍受。

邵主任建议他停一停，爸爸也想好了停一停。

可是等到吃药的时候，爸爸犹豫了一下，还是痛苦不堪地一口吞了。

爸爸指望它能祛病，他不肯放弃。医生说什么有疗效，千辛万苦，他都坚持。

邵主任说爸爸的毒现在全出来了，亲密接触感染的可能性很大，他要我们大家小心。

可是，看到爸爸就什么都忘了。管他什么病毒！我不能不爱爸爸，它隔离不了我们。

妈妈和姐姐怪我不当心，说我靠爸爸太近。可她们自己，不也靠得很近吗？

听天由命吧！就让我们多待一会儿吧，上帝啊，我们只是想待在一起而已。

4月12日星期一

早上六点，妈妈的电话把我吓醒了，胆战心惊地爬起来。

妈妈说爸爸已经起床小便了，别起早过来，多睡一会儿。

哎，妈妈真是糊涂啊，醒了还怎么睡？

跑过去看爸爸，他睡得很深。九点过了，我们轻轻喊他，他皱眉头，蹬腿。声音很弱地说："不吃，不要烦。"

半个小时之后，姐姐又去喊，他不理，继续昏睡。我们无奈，担忧，害怕。

妈妈说早上爸爸起来小便直摇晃。手伸不直，成拳头状，无法穿袜子。坐在马桶上很久，后来妈妈把他扶回来，他就仰面倒在床上。妈妈费了好大的劲才把他搬上床。

妈妈说爸爸不会再吃了。姐姐的鸡汤和我的稀饭统统放在桌上没动。

爸爸肚子里还是前天喝的那碗黄鳝汤。

引流袋里大概九百多毫升的胆汁，不是黄色的，也不是红色的，是黑的，浑浊，可怕。

姐姐请假在医院，我回单位写悼词。心里混乱，不知所措，慌极了。后悔先前平静的时候没写。

写出初稿，让驾驶员送我去制作爸爸的照片。

那是一家云锦车间，师傅很尽心。选用的是上好的石木材料。两幅，黑白和彩色，精心加工。等了半天，做好送到哥哥家。下午修改悼词。

晚上，哥哥姐姐妹妹都在。爸爸坐着吃生煎包，爸爸吃掉了肉馅，吃了几口又让我们热饺子。爸爸虽然精神不好，但能吃了，我们很激动。

等到吃稀饭，爸爸不要我们一口一口地喂，他端起饭盒，把大半盒稀饭一口气喝光。

给爸爸点香烟，他居然有力气跟我说笑："现在你让我抽烟了?!"

哥哥偷偷说，爸爸有点像老顽童。

他不要我们扶他上厕所，我们担心他在里面晕倒，结果爸爸每次都一脚把门踢死，将所有人堵在门外。

爸爸非常自尊，爸爸又非常可爱。

看爸爸说说笑笑的样子，悬空的心和心惊肉跳马上消失。

邹带着新熬的稀饭过来，我们一起回家，他说："我没空来陪爸爸，其实心里比你还难过。我就愿意那样看着他，哪怕看着他昏睡！”

4月13日星期二

六点不到，奔到医院，爸爸居然好好地坐在床上。太让我意外了，姐姐比我还早到。

爸爸想上卫生间，我和姐姐搀他下床。他又一次把我们堵在门外，自己摇晃着进去。

他有他强大的尊严，只要有一丝力气都会坚守捍卫。

姐姐不放心，旋开卫生间的门，留下一道缝。从卫生间的镜子里能看见爸爸。

爸爸眼里老有泪水。

姐姐说那不是泪水，是脑子里的积水，叫渗出。医生告诉她的。

爸爸能这样坐着，已经让我们感到满足了，昨天卧床用的坐便器已经备好。

爸爸上好厕所，自己刷牙洗脸。昨天他没起床，没吃东西也没刷牙。今天他一到卫生间就惦记着要洗漱。

爸爸洗好了出来，早饭也热好了。

爸爸妈妈并肩坐在桌旁吃早饭，我们笑他们是一对好孩子。

“好好吃饭啊！”妹妹进来看见他们双双坐着，忍不住高兴。

爸爸妈妈笑。

妈妈说：“小时候我就和他同桌。他太厉害，一张桌子总要占去大半，狠得要命，总是把我逼到边上。”

妈妈说完仰面笑，我们都开心地笑起来。

爸爸不笑。

“你们那时候就认识，是不是那时候就偷偷早恋？”姐姐打趣他们。

爸爸认真地吃饭。吃掉一碗稀饭，还有两只鸡蛋白。

吃完了，爸爸坐到床上。姐姐和妈妈帮他切片仔癀。很难切的，姐姐歪着头用劲。

我给爸爸点烟，因为愉快，我情不自禁地哼起了歌。我哼的是《为了谁》："泥巴裹满裤腿，汗水湿透衣背——"

"二小姐还唱歌呢，心情好啊。"爸爸笑眯眯的，他不要香烟，要雪茄。

他不知道我是有意唱给他听的。我要让他再体会一次，享受一次，开心一次。

哥哥来了。

哥哥西装革履，今天他要去香港。五天的行程因为爸爸浓缩成一天，今天去明天回。他放心不下爸爸，一早过来话别。

爸爸精神这么好，哥哥很高兴。

"问问护士，昨天引流多少，我要记录。"爸爸吩咐我。

一千二百左右，浓黑的。

今天早上的胆汁金黄。爸爸的危险暂时退到一边去了，我们很安心。

妈妈和姐姐把切好的药包成小包包。妈妈包的是五角包。爸爸看着笑，"你们包得不错啊！"

姐姐递给他一份："你也来，我们比赛，看谁包得好。"爸爸不拒绝，他认真地包起来。

爸爸包的大，大家像在玩折纸游戏。

哥哥把我喊到外边，他把悼词给我，让我再修改几处。他已经把修改意见写在后面。

"赶紧写，他尽管这样，不会多好。"

回到爸爸身边，哥哥扶爸爸躺下。

"今天去香港，外面有雾啊？"爸爸看着窗外。

“没事，下午走，马上就会出太阳。”哥哥安慰他。

“放心地去吧。”

“本来一直在推，推不掉。”

“不应该推，工作怎么能推?! 去吧。”

“放心，我明天就回来，就一个晚上。”

走之前，哥哥又俯身到爸爸床头，说:“爸爸你要坚持，别多想，有什么不舒服就给我打电话。”

“爸爸今天好多了。”我们安慰哥哥。

“疼痛轻了。”爸爸也安慰哥哥。

“是的，炎症消掉就不疼了。”

“你放心啊!”爸爸反过来劝哥哥。

哥哥万般不舍。告别了爸爸，他在走廊上跟妈妈说:“如果有空，中午我还要来。”

爸爸躺在床上喊:“不要来，不要来。”

挂职锻炼的姐夫回来了，他请了两周假陪爸爸。

“爸爸中午吃什么，来，点菜开始。”我主动逗爸爸开心。

“给我带个汉堡包。”

“好，什么馅儿的? 牛肉，鸡腿、鱼?”

爸爸微笑:“你把汉堡包店搬来才好呢!”

回单位的路上一直唱《为了谁》，爸爸喜欢听我唱，从小就是。因为爸爸自己也最爱唱。

今天爸爸能这样，真是太好了，比什么都好。哪怕他就这样永远躺在那里，也是我们最大的福祉啊。

中午，哥哥坚持来了，他要再看一眼爸爸。

“你怎么又来了?”爸爸心疼的样子。

“嘿嘿，有一点空。”

哥哥放下公文包，俯身在爸爸床头，双手抓着床栏杆。笑眯眯地跟爸爸说:“你这两天要受苦了，爸爸。”

我感觉哥哥赶过来，就是为了再喊这一声“爸爸”。

哥哥喊得很用心。

哥哥这声“爸爸”喊得我们眼泪汪汪。一时间，我们兄妹四个像即将流落街头的孤儿。

“受苦又不是你们害的，都是病，没办法！”爸爸叹了一口气。

“放心，我明天就到家。”

“你放心地去吧！”

哥哥抓着爸爸的床头，抓得紧紧的，眼里湿湿亮亮。难舍难分，哥哥实在跑不走。

下午四点，爸爸一觉醒来，跟我们说：“你哥哥到香港了。”

果然，一会儿工夫，哥哥就把电话打到爸爸的床头。

回家的路上，三路车播着一首《父亲》：

想想您的背影，
我感受了坚韧；
抚摸您的双手，
我摸到了艰辛；
不知不觉您鬓角露了白发，
不声不响您眼角上添了皱纹。
我的老父亲，
我最疼爱的人！
人间的甘甜有十分，
您只尝了三分。
这辈子做你的儿女，
我没有做够；
央求您呀下辈子，
还做我的父亲……

一下子唱到我心底，唱得我泪流满面。上网寻找，这首《父亲》是刘和刚唱的。

央求上帝，让父亲下辈子还做我们的父亲吧。让我所有的亲人下辈子还做亲人。

4月14日星期三

晚上不能再让妈妈陪了，妈妈身体吃不消。爸爸和妈妈又坚决不要我们兄弟姐妹。

妈妈说："你们年轻，没经过事，万一有什么会慌手慌脚。不行，必须找个上了年纪的。"

妈妈想到小姑夫。小姑夫品性温和，沉稳细致，跟爸爸感情也非常深。

小姑父热切，妈妈昨天打了电话，今天中午他就到了。多少年不见面，我们看见他非常亲切。爸爸也是，看见他就问："家里有没有什么新闻啊？"

小姑父被问得笑起来，说："乡下哪比南京，还是老样子呗。能有什么新闻呢？"

爸爸坚持自己做引流记录。

四月十日之前引流一般超过一千毫升，最近一连四天都是五百左右。

今天他在上面记录，"第一次三百，第二次二百五十，小计五百五十。"字迹越来越潦草。手上的力气不如以往。只是，我没想到这是他最后一次记录，剩下的空格还有大半个版。

夜里九点半，哥哥从香港回来了，下飞机直奔爸爸病房。爸爸睡得不深，哥哥轻轻一声"爸爸"，爸爸就睁开了眼睛。

哥哥一定是想让爸爸睡得安心才赶来。当然哥哥不看一眼爸爸，估计也无法入睡。

这就是人世间最动人的亲情吗?!

4月15日星期四

早上看见爸爸,发现他神色凝重,举止艰难。

所幸他坐在桌前吃早饭,吃得不多,吃完了没挪动。他拿出纸和钢笔,我知道他要写东西。

我和姐姐一左一右站着。爸爸握着钢笔,以我们熟悉的优雅而神圣的姿势,在纸上写:

腹疼腿酸,四肢无能。

厌食无味,口干舌燥

上腹打嗝,小腿胀疼

大便干燥,小便量小。

受在自惭,多谢!谢谢!!

爸爸写得很慢,可能手腕无力,笔迹在纸上飘,加上墨水颜色很浅,所有的字显得虚无飘渺。但能看见,而且整齐。

爸爸尽管吃力,但连一个标点符号也不肯马虎。我和姐姐看那笔尖在纸上滑动,鼓励他,"爸爸你龙飞凤舞嘛!"

"写得真好!爸爸。"

爸爸不理我们。他疲乏至极,写完搁笔,踉跄回到床上。

我拿着爸爸的求诊书。小姑父示意我收好,悄悄说:"保留起来。"

意思说可能是爸爸的绝笔。

我突然想起来,赶紧把笔拿给爸爸,"爸爸,你今天写字的感觉很棒。你写写我的名字吧,我好回办公室跟着你练。我最怕写自己的名字了。"

爸爸没有拒绝,一笔一画写下我的名字,字体很大,空灵得很。

爸爸要躺下，我们抱着他的背缓慢地帮他睡下来。

哥哥来了，我把爸爸的求诊书拿给他看。他私下里跟我说："徐老不肯来了。"

随即骗爸爸说："徐老感冒了，出不来，我把你写的这个带给他看。"

我跟哥哥一起去见徐老，老先生看了爸爸的书写，长长地叹息，摇头。说："不行了，笔力越来越差。"

4 月 16 日星期五

下午，爸爸肚子胀得厉害，腰部疼痛。邵主任和成主任都在，方叔叔带刘伯伯来看爸爸。

这么多人围拢在身边，爸爸坚持坐起来，微笑着对大家说谢谢。

他们决定给爸爸穿刺，将腹水抽出一部分，减少痛苦。

邵主任说："这就意味着你爸爸的生命进程很快，这是加速。但这也可以缓解他当前的痛苦。不抽他会胀死，没其他办法。"

医生征求哥哥的意见，哥哥觉得应该从让他轻松安详的角度去考虑。最终由爸爸最喜欢的邵主任出面跟爸爸商量。

爸爸听邵主任讲完，皱着眉头说："我现在就是肚子的问题，把这个问题解决了，其他就没毛病。"

邵主任微笑，说："这是解决问题的捷径。"

"你哥哥呢?"爸爸问我，始终笑眯眯的。

我跑到医生办公室喊哥哥。

爸爸对哥哥咧开嘴巴笑了一下，这个笑含了小半在嘴角，不无苦涩。

"来哦，现在遇到一个新问题，要排水。"哥哥低头倾听。

"这样排不是要天天排吗，排到何时何日呢?"爸爸问大家。

哥哥看着邵主任。

“不必天天排，我们会根据情况的。”邵主任讲。

“我这点问题就不能解决啊?”爸爸面带怨怒，低声诘问。他不便发作，可他的确表示了失望。

花了那么大的力气，受了那么多痛苦……爸爸窝火，他不知道该跟谁发火。

“啊?! 我这点问题? 就没有其他更好的办法?!”爸爸歪着头问邵主任，他清楚抽水并没解决病根。

他要除根。

没有人回答爸爸，这句诘问应该收编进当代医学史册。

多痛心的诘问啊!

气氛尴尬。

邵主任过来之前，成主任说了：“就让我们出面来跟老爷子说，要怪让他怪我们好了。不要让他怪你们家属，否则你们多难过啊!”

他们都是真正的医者，他们既爱爸爸，也爱我们，我们遇到这样的医生真是幸运。

“排就排啊!”爸爸最后睡下去。

哥哥拉着他的右手。

没有麻醉，成主任动手。在等待消毒的片刻，成主任谁也不看，盯着某个地方，我觉得他很紧张。

我们姐妹三很难过，虽然爸爸走是大势所趋，但谁也不愿意这么快。我们害怕一针下去，爸爸万一……

突然觉得我可能再也不用来这里了，这个世界再也找不到爸爸了。我跑进熟悉无比的走廊，熟悉无比的盥洗间，在窗边哭泣。

眼泪泼出来一样，控制不住。这么一抽爸爸不就知道自己的身体状况了吗?

他一直不肯承认他肚子膨胀的是水，他怕，一直说水为气，他想回避。可是今天回避不掉了，爸爸此刻的心应该都明白了吧?!

妹妹也掉眼泪，姐姐在卫生间哭得不出来。

哥哥理智地抓着爸爸的手，站在旁边。成主任的针戳进去好一会，我才敢进去。

爸爸平静地躺着，眨巴眼睛。哥哥轻轻问他，疼吗?

爸爸说不疼。

但爸爸在眨巴眼睛，很紧张。

第一针没有水，成主任换第二个地方。

成主任怕戳到肿瘤，那样爸爸可能眨眼间就过去了。

感谢上帝，第二针下去水就出来了。护士长双手接着引流袋，时间过了有十分钟。

多少了，有人问。

六百毫升。

六百啦？爸爸问。

没有，邵主任回答。他有经验，始终站在病者的立场。

最后抽掉了一千毫升。

爸爸问，多少？我们回答说没多少。

爸爸抽完了闭上眼睛休息，他比医生估计的状态要好。

十分钟之后，爸爸起来吃稀饭。他说："我就是要抽，抽出来看看到底是水还是气，这么胀。"

爸爸又振作起来了，爸爸是真正的勇士。

抽水之后，爸爸的肚子明显柔软了。

邹来了，他带来了我很想吃的紫菜饭。紫菜饭天天在师大门口叫卖，每次经过我都好奇。有一回我忍不住跟邹说，不知道它到底是什么味道。这是半年前的事了，他居然记得，我很感动。

我弄给爸爸吃，他不反感，吃了三块。爸爸这样，我们放心多了。

方叔叔跟我们说："这时候病人很难受，他咬紧牙关在挺。我们不该考虑他拖多久，该考虑怎么让他少受煎熬，怎么让他平稳舒服。最好安详地去，不受折磨。"这是中医之道。

"熬点荸荠汤给他喝。最好守着他，现在他最需要的是亲人的陪伴。"

4月17日星期六

早上六点去菜场买荸荠，已经下市了，最后一点全买下来。还有几根胡萝卜。回来将荸荠洗了放进高压锅，胡萝卜用榨汁机打。

徐老被爸爸的精神感动了，今天他主动来看望爸爸，正在医生办公室写药方呢！

我很高兴。徐老肯来，爸爸又有希望了。徐老的脉和药一定能让爸爸舒服一点。爸爸在睡觉。

姐姐说爸爸很好，自己下床小便吃早饭。

徐老认真地开药，医生们毕恭毕敬地围着他，虔诚地学习。

徐老满头白发，慈祥可亲。他开着药方，嘴巴念念有词，很投入。

我想把爸爸写的求诊书要回来珍藏。老先生毫不含糊，"有，都在我办公室，我收着呢。"

我要跟他下楼去拿，他同意。

徐老不仅将爸爸写的求诊书还给了我，还从抽屉里拿出一副他写的对联。

"你爸爸过年来的时候，看到我写在医院大门上的对联，夸奖我的字写得好。我一直记着。来，请你带给他。这是我送给韩老的。”

“题上你的大名吧。”

“不题了，盖章吧。”徐老很谦虚。

我一口气跑回爸爸病房。

“爸爸，看，徐老送你礼物了。”

我把对联打开给爸爸看，“徐老说你曾经夸奖他的字，他一直记着，特地送字给你。你看徐老多么在意你啊，说明你在他心目中很重要。你要振作起来，爸爸。”

对联是“春满人间杏林暖，光照神州百业兴”。平常的祝福，平常的心愿。平平常常原是人世间最大的不平常。

徐老的字，让我想到“钟灵毓秀”这个词。老先生的字端正儒雅，难怪爸爸要夸赞。爸爸对字是最讲究的。这样的字动人之处不仅在笔墨，更重要的是字里行间流淌着非凡的修养和智慧。

做事先做人，这是永远的真理。

“怎么还人家徐老这份情呢？”爸爸读了对联，小声念叨。

“你好好养病，坚强一些，乐观一些。你好了，徐老不就更有价值感了吗？这是对他最好的回报。”

“把它收好了。”

“爸爸，你认识不认识，读读看。”妹妹逗爸爸。

“春满大地杏林暖，光照神州百业兴。”

爸爸很娴熟，过去他帮村里人写对联，类似的句子应该写过很多。

“我就佩服徐老。”爸爸不止一次这样念叨，有情意的爸爸遇上了有情意的徐老，这是多么有情意的一件事呢。

徐老真是给爸爸开了一副最好的药。

徐老之外，邵主任、朱主任、方叔叔、王姐姐，人民医院的王主任和成主任，他们组成了爸爸的救治特别行动小组。在技术无力回天的情况下，半年来，他们对爸爸付出了常人难以付出的真诚和情意，这也是我们和爸爸不幸中的万幸。

上午爸爸喊疼，中午十二点用杜冷丁。一觉醒来二点，爸爸继续喊疼，整个背部都疼。值班医生不赞成再打杜冷丁，他认为太频繁了，一般要间隔四至六小时。

我给哥哥打电话，哥哥带着妈妈很快就来了。哥哥的身体很不好，边走边敲背，看起来很疲惫。

田田带着她画的《地球只有一个》来看外公，田田对外公说："地球只有一个，外公也只有一个。"

爸爸看着田田始终慈祥地笑。

汐汐也给外公画画了，《海洋鱼》和《练功女孩》。汐汐说："我希望外公天天练功，将来健康了，变成一条自由自在的海洋鱼。"

爸爸指着汐汐的"练功女孩"说："看，她两条腿站得多有劲啊！"

爸爸口气里不无羡慕，他的腿现在疲软无力。

我把这些画贴在爸爸对面的白墙上。这样爸爸睁开眼睛就能看到孩子们的作品，关键让他时时感受到孙辈对他的爱。

东进过来看望爸爸，发现情况这么危险，他决定留下来。东进一刻也不离开爸爸，抱爸爸起来、下床，给爸爸接痰，丝毫不嫌弃。爸爸总算没白疼他。

下午，婆婆熬的稀饭吸引了爸爸，他喝了两碗，吃得很香。

晚上爸爸起来上厕所，足足半小时。出来喊："小便困难，胀死了，小便就是出不来。"

他要医生赶紧用速尿。

医生解释这不是速尿的问题，可以用水滴的方法引导，还可以安导尿管，那就意味着爸爸再也下不了床了。

哥哥找邵主任，他们请来秘尿外科的值班医生。发现爸爸不是膀胱疲软，而是肾功能衰竭，腹水外排引起的后果。

“快了，我早就讲过，外排腹水结果快。这样一天不出小便，导尿出不来就快得很。一两天的事，呼吸不行就不行。”邵主任说。

我和姐姐挤在哥哥车上。一家人虽然早有防备，可现在还是六神无主。

我们多希望爸爸能再拖一拖。

邵主任说：“韩老是可怜，我也希望他能多拖几天。可今天的腹水比昨天更厉害了。他忍着没讲而已。这样拖着也是受罪，对他没有任何意义?!”

黑夜如此漆黑，黑得连那些霓虹都苍白了。

19. 哭别

4 月 18 日星期天

这一天,爸爸放弃了信念,失去了理想,丢掉了希望。

爸爸一辈子,除了奶奶去世哭过外,这是我们看见爸爸哭得最多最伤心最频繁的一天,爸爸的泪水擦也擦不完了。

与前两天不由自主的"渗出"不同,爸爸今天是真正地哭。

上午十点,妹夫把爸爸最疼爱的丁丁抱过来。白白胖胖的丁丁抱在妹夫手上,奶声奶气地喊:"外公好。"

爸爸躺在床上,笑吟吟地答应,"宝宝好。"

丁丁好奇地问:"外公你怎么啦?"

爸爸看着丁丁天真的脸,泪水再也忍不住,双双蜿蜒而下。妹妹心疼地扑上去:"爸爸,哎呀呀,你怎么啦?!"

爸爸哭了。

我去找哥哥,哥哥、姐姐、东进……我们统统围住爸爸。

爸爸鼻子红了,眼睛红了。爸爸号啕大哭,伤心绝望,委屈不甘。

爸爸哭着对我们喊:"我想活啊,我不想死,我还没该死呢!我不情愿啊!"

爸爸这么一哭一喊,我们的心都碎了。给爸爸擦眼泪,自己也眼泪成河。

我们安慰爸爸，让他休息。引流袋子满了，帮他换掉。现在每天有一千毫升。

十一点，爸爸有小便的意向，他坚持去卫生间。

大家七手八脚地扶他过去，他坐在马桶上，前后二十分钟。他要求所有人都出去，拒绝陪护。

我们担心，偷偷去看，他恼火地锁死门。

姐姐哭着说，爸爸在里面直摇晃。

可爸爸就是不让人进去，他抖抖忽忽坚持独立。爸爸自尊了一辈子，我能理解他。

中午，大家出去吃饭，我和姐姐在病房。爸爸又要上厕所，我们俩一个提药水瓶，一个抱爸爸，引流袋塞进口袋。

爸爸大小便了，我们替他高兴。

把他抱上床，爸爸一点力气都没有了。失望的他又一次满眼是泪，他简直是在喊："死症！治不好了。"

"爸爸，你今天怎么老讲这种丧气话？你要坚持，现在我们都没放弃呢！爸爸。"

爸爸闭上眼睛，不理我们虚弱的鼓励。他无声地哭着，嘴巴一张一张地动，想说话，可是未语泪先流，心里痛苦万状。

"别这样爸爸，你没到那个伤心的时候呢。"我们给他擦眼泪，自己却失控了。

"我有数，好不了了。"爸爸说。

"你不要这么说。"我们趴在他脸上给他擦眼泪。

"丢得了手了！"他指我们吗？

"你不要难过，你对我们所有人都好，你对得起所有人。再说你现在还能治呢，哥哥在找医生，你要相信。"

"你是我们的一座大山，你要倒了我们靠什么？你不会倒的爸爸。"姐姐泣不成声。

"你能长寿，你不是总说你能长寿的吗？"

“我也不服气，我不服。我怎么会吃这么多苦，我怎么会走这个运？我不甘心。”爸爸抓着我们的手，我们也死死地抓着他。

“怪我们爸爸。我们对不起你，我们太年轻，我们让你吃了那么多苦。我们总是忙。要是我们多花些时间照顾你，恐怕就不会这样了。”我慌不择路。

“我原先给孩子们准备了一些钱……现在恐怕来不及了。”

“你给她们的何止是钱能买得来的呢？爸爸。不是你，我们哪能给她们现在这样幸福的生活？你给孩子们的已经太多太多了。是我们没照顾好你。”我制止他的遗憾。

“你一直在老家，我们又不在你身边。”姐姐哭着掩面，我们三个人哭成一团，浑身的劲都冲到泪腺，人空了，心也空了。

“爸爸，你有什么愿望，你对我们说？”我们一左一右趴在爸爸枕边，抚摩着他的脸和头。

“让红叔叔明天来，把老家的解毒药送来，死马当做活马医，试试看。”

“好。”

“到最后不行的那一天，你们让她来一下，最后见个面。”

“让叔叔？”

“不，让妙姨。”

“好，等你好一点吧。现在这样她看了会心疼。”

“是心疼，可是好不起来了。”

说话间，强叔叔到了。他从老家赶来看爸爸，抱着鲜花。

我们赶紧擦掉泪水，爸爸殷勤地吩咐我们泡茶。

内心，我们还在刚才的哀伤里。

爸爸告诉强叔叔：“所有的人都鼓励我，舍不得我，包括给我看病的老专家，八十多岁的人，还亲手写了幅字赠我。”

强叔叔是哥哥的朋友，提到哥哥，爸爸声音沙哑了：

“他都是忙的我啊！他去香港，应该去五天，结果一天就回来了。"爸爸说着号啕大哭,张着嘴巴,哭得喘不过气来。

哥哥正好进来,他把爸爸的手握在手心,一手搂住爸爸,劝慰着。

为了让爸爸平静,我们带强叔叔到隔壁房间休息。

我悄悄跟哥哥说了爸爸要妙姨来的心愿,提出让强叔叔完成的方案,哥哥马上同意。强叔叔也乐意,他明天就把红叔叔和妙姨一起送过来。

临走,强叔叔去问爸爸:"明天我把妙姨带来好不好?"

"等等吧,来了难过。"

"明天我正好有空。"

"你们不懂,见不到还好。早来了,早一天痛苦……"

爸爸说不下去了。爸爸这颗真挚滚烫的心啊!幸亏歪歪倒倒的妈妈听不到这些。

张爱玲说,人生是爬满虱子的旗袍。多数时候,还是学会远视吧,只见旗袍,别数虱子。

那英唱《雾里看花》,有一句"借我借我一双慧眼吧,让我把这纷扰看得清清楚楚明明白白真真切切……"

其实雾里看花是智慧。

人生哪经得起慧眼细察?更不能清清楚楚明明白白真真切切。

多少人能承受真正的真实?!

晚上虎子来看爷爷,一米八三的他站在床边连声喊:"爷爷、爷爷……"

爸爸没力气答应,好久才睁开眼睛,说:"爷爷送你四个字。"说完努力酝酿,拼命咽吐沫,好一会才说,"好好学习!"

停顿,失声哭着喊:"努力向上!"

哥哥也哭了,我们都哭,抚摸爸爸。

爸爸一辈子就是好好学习努力向上的人。他希望他的儿孙们，希望世世代代都好好学习努力向上。

这是他今天的四次哭泣，为女儿为儿子为情人为子孙。

哥哥临时召集我们，分配后边的工作。姐夫联络殡仪馆，妹妹妹夫负责采购，我们负责守灵接待，姐姐陪护妈妈。

他和邹琢磨悼词。

天黑了，爸爸最要好的两个朋友从老家搭车过来看望爸爸。

正赶上爸爸坐起来吃稀饭，喝营养素，妈妈在给爸爸喂虾仁。

爸爸看到老朋友，说："你们忙里偷闲啊！"

再没力气说多余的话，我们费了好大的劲哄他把徐老的中药喝下去了。

4月19日星期一

早上带稀饭去十九楼，爸爸躺在床上。

我喊"爸爸"，他睁开眼睛，眼里血红，朝天花板方向看了看，又闭上了。

嘴巴间隔着吐气，妈妈说他快了。

我惊讶。

妈妈让妹妹送糖过来，正在路上。可等啊等啊妹妹就是不到。

哥哥喂爸爸吃能全力，妈妈喂水。妈妈一直在念叨要喂糖水，吃了一辈子苦的人，最后吃一口甜，来世好做个享福的人。可能是老家的规矩。

我等不及，跑下楼买糖。

姐姐去寿衣店，哥哥发现她买的衬衫太小，要换大号的。

爸爸要坐起来，姐夫抱他。小姑父让我赶紧给东进打电话，让他过来。书贵叔叔领着他的大哥书堂叔叔一起来了，邹也到了。爸爸床边都是人。

邵主任进来，看了一眼说不出话来。

他跟爸爸相识相处八个月，已有很深的感情。看到爸爸这样自然也难过。他多次跟我们说，韩老是个很好的人。

直到中午，爸爸一直这样或躺或坐。他不说话，要吐痰，痰吐不出来。眼睛不聚光，但有灯光反应。血压六十至一百，医生给他吸氧。

我们喊他，他就把眼睛睁开，眼睛往斜上方看，红红的。

邵主任说爸爸今天不走就是明天。

妈妈吃不消，头直晕。我们让她回家躺着。

爸爸不肯睡，眼睛始终留道缝。医生给他调整锁骨下的留置针，很疼，爸爸知道皱脸。但喂水不知道吞咽，水沿着嘴角直直地淌下来。

午后两点，强叔叔带妙姨和红叔叔到了。他们用熟悉的乡音喊爸爸。爸爸不答应，红叔叔号啕着哭起来。

红叔叔不肯坐，他心疼地站在爸爸身边，一会帮爸爸擦嘴，一会扶爸爸起身，可见他跟爸爸的手足情深。

妙姨来到爸爸跟前，我们都退出去。她在爸爸耳边喊："我来了，你有什么话要跟我说？"

妙姨连喊好多声，爸爸没有反应。

妙姨哭，我们让她出来喝水。

妙姨喝不下，转身又来到爸爸床前呼唤。

爸爸不答应，但是知道流泪，叹气，摇头，他跟她说不了话了。

妙姨哭着出去，说："我来晚了。"

四点多，妙姨该回家了。她进来再次呼喊，道别。

爸爸这回答应了，他问："你是妙……"

"是的，我是。"妙姨抓着爸爸的手。

“我对不起你。”

爸爸流泪，爸爸的心多醇厚啊！

没想到他千辛万苦地要她来会面，是要亲口对她说这个。妙姨也没想到，只知道哭，互相抓着手什么也说不了了。

我帮爸爸擦去眼泪，安慰他：“你对得起她，这么多年你们在一起，你帮她把孩子教育得那么好！”

“你替我撑门面呢！”妙姨醒悟过来。

一时两人只剩下牵手与哭泣。

强叔叔怕爸爸伤心过度，他领着妙姨匆匆告辞。

他们一走，爸爸就睁开眼睛问姐姐：“你妈妈呢，我要见你妈妈。”

爸爸清醒了，我赶快把哥哥喊过来。

“对不起儿子！”爸爸哭泣。

“哎！爸爸，你这是怎么说?！你对得起我们，不是你，我们哪个出得来啊？我感激你，你在我们心中永远是伟大的爸爸。”

“爸爸，你是最好的，我们爱你。”姐姐说。

“我们舍不得你爸爸，我们永远感激你，向你学习，好好努力。”

“你们的妈妈呢?”爸爸又问。

妈妈、妹妹、嫂嫂都在来的路上。

爸爸拉着哥哥和姐姐说：“小妹，不放心，她最小，让她听你们的话。”

“我们会照顾好她的。”

“爸爸，我们三个人也在，你有什么话要说?”邹上来握住爸爸的手，流泪。

“兄弟三个要拧成一股绳。”爸爸看着三个女婿，他个个疼爱。

爸爸边说边哭，我帮他擦眼泪。屋子里的人都在流泪，纸巾抽个没完。

妈妈来了，她奔过来握住爸爸的手。

“家产都在老家的厢房里。”

“好，你放心。”妈妈哭着答应。

“爸爸。”妹妹走上前。

“爸爸对不起你啊。”

“爸爸，你怎么对我说这种话。你怎么会对不起我呢?!”妹妹满脸是泪。

“你最小，四个好儿女，要互相照应啊!”

“知道了，爸爸。”我们一起答应爸爸。

“爸爸你放心，我会把丁丁带好的。”妹妹补充。

虎子从学校打车来了。

“爷爷!”他双手抓住爷爷。

“乖乖，我没想到这一天来得这么快啊!”爸爸哭得泪水大串大串的，但言语不乱，没一句多余。

妈妈头晕，只能出去息一息再进来。

爸爸把手伸向妈妈，说:“说不动话了，就拉住手吧。”

爸爸把妈妈的手拉得紧紧的:“话在心中，都明白。”

妈妈把额头伏在他们紧扣的两只手上，闭目号哭。声音尖利得像一柄剑，一下子把他们五十年的恩怨全部剖开，活生生的，全是真情。

“我就是不放心你啊！最舍不得你，只有对不起你了。”爸爸也哭。

所有人都失声哭泣。

“放心，有儿子媳妇和姑娘女婿，他们对我都好啊!”妈妈哭着回应。

“你放心我们会对她好的。”嫂嫂说。

妈妈哭倒在爸爸身上，片刻，她从怀里掏出一块盖满印章的手帕，塞进爸爸怀里。说，“这是我们一起敬菩萨的宝贝，现在给你。你放在怀里，一路走好。”

“不要哭啊，这是人生必经之路。每个人都会这样。哭也没有用。我一辈子坚强，将来死了你们都不要哭。”爸爸声音铿锵起来。

“扶我坐起来。”爸爸伸手召唤，我们大家一起去帮他。

“爸爸，你看我们和医生还在研究，还在寻找新的治疗方案。你不要灰心，要坚强，看看能不能创造奇迹。我们现在已经尽力了，你也尽力了，要不是你这么坚强不会拖到今天。”哥哥抱着爸爸的背。

“你站起来。”爸爸吩咐妈妈。

他一手拉着妈妈，一手拉着哥哥，说：“我们有一个好儿子！”

“我没什么，这是应该的。”哥哥流泪。

爸爸哭着说：“从得病我就知道不得好，没想到这么快啊？！”

“医生已经尽了最大的努力。”哥哥说。

“现在医学太落后。”嫂嫂说。

“爸爸喝口水吧？”哥哥劝。

我们端上水杯，爸爸喝了一口。哥哥让我们去热能全力给爸爸喝，妈妈端着碗喂。

爸爸喝了几口，摇头不喝了。

我提出让爸爸喝徐老的中药。

“不要吃药，到现在还吃苦的。吃了一辈子苦，吃甜的，把水里放点糖。”妈妈提醒我们。

“还是喝药吧，再苦一次。”爸爸想了想说。

虎子读高三，晚上有课，他跟爷爷告别。

爸爸哭，不说话。

虎子抓着爷爷的手说，“我知道，我会好好学习的，爷爷你放心吧。”

爸爸哭得用尽了力气，躺下闭上眼睛，一阵子像睡着了。

一会醒来，妈妈说："我回去拿一下东西再来。"

爸爸又哭，他抓着妈妈的手不放。

妈妈走后，爸爸继续流泪，说："她也舍不得我，我也舍不得她。"

"我们都舍不得你。"

"这眼前的花花世界，我舍不得啊！"

"爸爸，我们也舍不得你！下辈子你还做我们的爸爸。"

爸爸听了一声叹息，泪如雨下。他闭上了眼睛，安详或疲倦地睡着。

又说："不如快点。"

"别放弃啊，爸爸，我们还在努力呢。"

我趴在爸爸边上，怕他这一觉睡下去再也不会醒来。犹豫再三，我在他耳边说："爸爸，我是小霞儿，我的新书过两天就要出来了，你再等两天好吗？"

"好。"爸爸哭了，一滴眼泪横在他鼻梁上，这是不是我和爸爸最后的对话。

晚上三个女婿坚持在那里，让我们回家带孩子。

九点多，爸爸喝掉一大杯开水，今晚应该平安。

多给我们一些时间吧！

上帝啊。

4月20日星期二

有什么比赶到爸爸身边更急的呢？

一路冲锋，看到爸爸就喊。他答应我，流了串眼泪。比昨天好，有神志。后来再喊，他难过地说："你喊我这个爸爸有什么用呢？"

我们安慰爸爸，哄他吃了稀饭，喝了水，喝下能全力。但他不大能睁开眼睛，只是喊难过。不时地用手去摸头，摸耳朵，小声哼哼，痛苦的时候歪着嘴巴，皱着眉头。

邵主任说他现在应该很难受：缺氧、肌肉酸痛、脑部胀痛、全身浮肿、嘴唇发白——真正活受罪。

成主任和邵主任会诊之后，觉得爸爸不会挺过明天。

“你爸爸犟气，他还在抗争。虽然知道了结果，仍没完全放弃。”医生分析说。

中午，我劝爸爸吃徐老的中药。我说昨天吃下去，今天情况就好转多了。

爸爸说，“你不要骗我啊，我明白。”

“吃吧，爸爸，吃了总归有好处。徐老开这药前后花了一小时，嘴里念念有词，很精心的。写了方子还送你字，你不吃不是辜负他老人家吗?”我劝他。

爸爸哭了，张开嘴巴咬住药袋的吸管，一口气喝掉中药。

爸爸一会儿又睡着了，打呼噜。醒来二点左右，他坚持要下床上厕所，给他用尿不湿他不肯。

姐夫和小姑父搀扶他下来，爸爸不能走动，他的脚在地上小步移。我赶快给他擦净马桶，等他坐下来，像往常一样，他将大家往外撵，关死门。

姐夫告诉我，爸爸夜里不停地喊哥哥，让他不要去弄药，不要浪费钱。

又说，“到底是什么病，死也要弄个明白。”

爸爸回到床上，喂他喝水，喝能全力。问他难过吗，他点头。热了知道用手去擦额头，翻身也能配合我们。喊他爸爸知道答应，但下午开始不睁眼睛了。

哥哥留在病房，其他人一起回家。

姐姐心口疼，她说感觉不妙。她骑车回家，我乘车。半路收到短信，她的自行车丢了。

我也心口疼，隐隐觉得回家是个错误。下楼的时候姐妹三很犹豫，舍不得走，一步三回头。

多少天我们无数次跑进跑出，对楼里的清洁工都有了感情。如果哪天我们不再来，我们会想念，我们会一辈子想念这栋楼，想念和爸爸在一起的最后时光，想念这里的医生护士，想念一切的一切。

中医院，注定是我们心上永远的痛了。

一路懊恼，没有一直握着爸爸的手。给邹发短信，让他记得喂中药，让他多握握爸爸的手。

姐姐遗憾地说，爸爸恐怕再也不会醒来了。

也好，醒来爸爸太难受了。他那么清醒地看着那个结果，我们都无能为力，太残酷了。

希望爸爸把这一晚坚持下来。

转念也觉得无所谓，这个病反正好不了，拖一分钟爸爸就经受着邵主任说的那些痛苦，肌肉酸痛、呼吸困难、吐痰无力、头脑胀痛，全身的毒素都出来了，排不出去。

心口痛得越发清晰，活像长了一个正在糜烂的溃疡。

哥哥一直在请教医生怎么减轻爸爸的痛苦，一边安慰自己说："爸爸还算好，他没有多疼痛，没有吐血，没有受太大的折磨。"

20. 弥留之际，爸爸让我们唱歌

4月21日星期三

早上过去，爸爸在睡觉。

妈妈来了，爸爸知道答应妈妈。他听得出妈妈的声音，妈妈让他吃就吃。爸爸吃了能全力，糖水，稀饭，很稀很稀的，妈妈用茶杯捧在手上带来的。

十点多要小便，我们给他用了尿不湿，他不习惯。又拿尿壶。爸爸一直闭着眼睛。他闭着眼睛答应我们，说话不多，但声音清晰，有条理。

走廊上有来宾，爸爸听到嘈杂声，问："是你哥哥来了吗？"

"你要哥哥来？"我们问。

"是，还有你妈妈。"

给哥哥打电话，一会儿他和嫂嫂妈妈都来了。

爸爸见到妈妈就哭。

"你要什么？"妈妈问他。

"命都没了，要什么，什么都不要。"爸爸哭泣，一只手拉着妈妈，一只手拉着哥哥，直到午休。

妈妈和哥哥一夜失眠，他们撑不住。等爸爸睡着了，他们就到医生办公室去休息，一会又跑过来，看看爸爸醒了没有。

爸爸闭着眼睛，一会迷糊，一会醒来。他老要摸额头，可怜手指一路摇晃，我们不时地帮助他。

妹妹喊："爸爸！"爸爸就睁开眼睛看她。

我问："爸爸我是谁呀？"

"小妹。"我们的声音很像。

"不是，我是小霞儿。"我抓着爸爸的手。

"小霞儿。"爸爸睁开眼睛仔细看我，他的瞳孔无力，放大了但聚焦在我脸上。我能感觉他在"看"我，那是父亲特有的温暖、仁慈和疼爱的目光。

爸爸说："我认识你，你是小霞儿。"

爸爸就那样"看"着我，我看着他眼睛红了，泪水滚出来，鼻根也红了。

"爸爸不哭，爸爸不难过。"我抱住他的脸，自己却哭出来。

"以后靠你妈妈和哥哥。"

"爸爸你放心，我会记住你对我说过的话，我会好好努力的，你放心。"

"吃中药好不好？"我转移他的注意。

爸爸摇头。

"吃啊，吃了有效果，你今天比昨天好多了。今天早上我过来，一下车就看到一对白头发的老爷爷老奶奶手挽手。爸爸，竟然是徐老唉。他和老伴在散步。徐老还问你好呢，叫你一定要坚持。"

爸爸听了我的话，肯喝药了。

吃完中药，他说"给我香烟"。在姐夫的帮助下，他抽了大半，抽不动，最后掐了。

爸爸的脚不太肿，肝功能坏死不造血，嘴唇发白。三点多小便，引流畅通。毒素有出口，估计爸爸今天不会有危险了。

吃晚饭时，邵主任来看望爸爸。

爸爸闹着要下床小便，他第一次大声嚷嚷，暴躁不安，不时想爬起来。姐夫花很大的力气抱不住他。姐姐去劝，他一把将姐姐推出去好远，表情可怕极了。

爸爸像疯了。

我们都吓得哭起来。

成主任及时到了，他和邵主任会诊，确定爸爸是深度昏迷，先狂躁然后抑制，这是病情正常发展的规律，他们决定给爸爸用杜冷丁。

镇静。

邵主任说不该再用蛋白或血浆了，维持老爷子的生命等于维持他的痛苦，把他的磨难拉长。客观上应该让他少受这种折磨，尽量让他安详地去。

五六个人按着爸爸打针，爸爸狂躁的样子让我们伤心又绝望。

打过针，爸爸很快睡着了。

半小时，爸爸又哼哼起来，他抓着床栏要起来，大家一起抱着他。

间或地，爸爸无意识地喊，"拉手拉手，来拉手。"

我和姐姐给他手，一边一个拉着。邹和姐夫左右抱着爸爸的身子，后面垫着被子，

爸爸就这么坐着，不闭眼睛，眼珠不转不动也不眨。爸爸这样太可怜了，我们知道他正在遭受非人的折磨。

让他躺下休息，一会他又挣扎着起来，就这样反反复复，手颤抖着在脸上摸索。

痛苦，我们没办法帮他。

喂他喝水，水从嘴边流下来。模模糊糊听到他在喊："拉住我。"

"不怕爸爸，我们拉住你了。"许多手一起握着抱着爸爸。

"全家都留不住我啊。"爸爸哭得说不出话来，可怜之极

哥哥找来邵主任，又打了一支杜冷丁。五分钟后，爸爸睡着了，很沉，像昏迷。

爸爸这回恐怕再也不会醒来了。

我们谁都不愿离开，妈妈和哥哥发火，说要保存实力。结果两个女婿留下。其他人忧心忡忡地回家，伤心和劳累让我们已经没力气说话。

乘错了车，只好走回家。

4月22日星期四

离开爸爸心急如焚，往爸爸那里去心急如焚，深夜醒来心急如焚。世界只剩下心急如焚。

外面很热，今天三十二度。爸爸身上黏答答的，我们帮爸爸擦洗身子，换上睡衣。

爸爸开始不配合，等擦好了他表示舒服。

爸爸的头发也该清洗了，昏睡时他常常把手颤微微地摸向头，我怀疑他头痒。当然，更多的煎熬他说不出来。

偶尔他会哼哼，瞪着眼睛，皱着眉头，歪着嘴巴。我们能做的，就是给他擦脸，量体温，用棉签湿润嘴唇，喂他水喝，让他喝能全力。

还好，爸爸知道张嘴，知道吞咽。

上午很平稳，下午爸爸要坐起来，他问，“你妈妈呢?”

妈妈几夜失眠，站起来天旋地转，只能躺在家里听电话。

“妈妈马上就来。”我们安慰爸爸。

窗外的艳阳天忽然变成狂风暴雨。十九楼风声格外凄惶，让人撕心裂肺。山雨欲来风满楼，不祥之感围剿着我们。

“命路不长了。”爸爸也听到了窗外的风雨，他突然清醒地对我们说。

“给我电话！”爸爸吩咐。

姐姐把手机放到他耳边，只听爸爸喊：“喂，大霞儿？”

“怎么没人答应？”

“唉，爸爸，我在这里。”姐姐握住爸爸的手，姐姐哭了，我也哭。爸爸还有感情，还有思想，他要和姐姐打电话。

“小田！”爸爸大声喊着姐夫。

“怎么啦？爸爸。”姐夫抱住爸爸。

“你要当心。”

“当心什么？”

“替我去跑一跑，找找人，这个病怎么就治不好？到底是什么原因把我弄成这样。”

“好。”姐夫姐姐一起答应。

爸爸说完继续哼哼，听上去很痛苦，很委屈，很悲切。

“受不了！”爸爸喊。

“爸爸你哪里疼？”

“没哪里疼，我没得病，你们都糊涂了。”爸爸糊涂了。

“我没做坏事，我不是坏人。”爸爸流泪了，他想不通为什么会遭这样的罪。

爸爸依然在和万恶的病魔抗争、较劲。这个顽强的斗士永远也不会屈服。

腹水顶得爸爸呼吸困难，坐起来呼吸好些。引流不到一百毫升，很少，很黑。

下午小便比昨天少，热了半碗能全力，爸爸一口一口喝光了。

妈妈来了。

爸爸听到妈妈的声音，立即把圆圆的、空洞的、不聚光的眼睛对着妈妈，并且伸出手去。

爸爸握住妈妈的手，问：“你想不想我啊？”

“哪能不想呢?”

“不要把我忘掉啊!”爸爸嘱咐妈妈。

“不会忘，永远不会忘。”

爸爸的眼睛不肯闭上，他圆睁着，眼神像惊恐哀伤的老马，透着非人类的光芒。

时不时地，爸爸伸手在半空中抓握。他在呼唤，在渴望，他要爱，要温暖，要情意，要拯救。

我和姐姐一遍遍握住爸爸，不让他失望，设法帮他减轻凄惶与恐惧。

爸爸对妈妈说:“赶快走，这里弄不好我的病了，去找另外的好医生吧。”

邵主任和王姐姐来看望爸爸，他们建议我们告诉爸爸病情，让他安心地走。不然爸爸一腔怨愤，会死不瞑目。

“他现在肯定渴望知道真相。”面对生死，医者比常人更理性，更科学。

可是说出真相，我觉得太残酷。

爸爸还在幻想呢，他让妈妈把他转到另外的医院，让姐姐姐夫替他想办法，他还渴望好，他没有放弃啊!

爸爸的生命之火还在燃烧，虽然极其微弱，可到底没熄灭啊。怎么忍心向爸爸泼这盆冷水?!

4 月 23 日星期五

爸爸坐着，我看他很安静，两只眼睛空洞但平和。我想这时候他要能听听音乐多好啊。

我的本能反应是唱歌给他听，我觉得爸爸这时候要是听到《军港之夜》，一定会感觉好过些。

我唱不出来，只好开开电视，选了锡剧折子《庙堂相会》。

“好听吗?”爸爸像盲人一样把眼睛挪向电视。

“嗯。”

“喜欢吗?”

“喜欢。”

爸爸的命在呢,我该想法子让他的最后再得到一丝丝快乐。

姐姐让姐夫给爸爸点支香烟,爸爸抽了三口,抽不动了。

回家的路上眼前都是爸爸痛苦、不屈的脸。还有爸爸伸向半空的手。

只要有意识,爸爸就把手从被子里伸出来在空中寻索,像孤独无依的孩子寻找母亲。我们姐妹三总是弹起来冲向他的手,把爸爸握在手心里。

上午,爸爸烦躁地说:“怎么你妈妈还没来?”

我们三个围拢在他身边,给他喂水。

“爸爸,我是谁啊?”

“小霞儿。”爸爸把眼睛朝着我,昏迷四天的爸爸还认识我。

抚摸爸爸的脸,爸爸平和地“看”着我。

姐姐妹妹分别来喊爸爸。爸爸一一答应,最后他故意拖长声音“哎——”跟我们亲昵着。

爸爸多爱我们啊,这一刻多么幸福。

可是爸爸今天的脸色更差,皮肤皱了,最明显的就是他瘦了一圈,手臂细得变了形。

爸爸迷糊了一会儿,突然喊:“小霞儿?”

我跑上去,“我要屙尿。”

爸爸第一次用这个词,以前他都说“小便”。哥哥说他脑子里只剩下原始记忆。

爸爸又一次睡着了。

我在走廊上练歌,给爸爸唱歌是我现在最大的心愿。爸爸在受苦,唱歌,我要给爸爸哪怕一丁点儿美的享受,爸爸曾经那么热爱歌声。

晚上，爸爸喝了能全力躺在床上休息。洗碗之后，我走上前轻轻唱：

我的老父亲，
我最疼爱的人！

爸爸灵敏地将头转向我，眼睛一如既往空洞地瞪着，但眼里分明有轻灵和喜悦，他在寻找我的歌声。姐姐也看到了，她很激动，鼓励我唱下去，妹妹也催，“唱啊，爸爸听到了。”

我搂着爸爸的头。

人间的甘甜有十分，
您只尝了三分。
这辈子做你的儿女，
我没有做够；央求您呀下辈子，
还做我的父亲……

爸爸听着听着，在我怀里睡着了，十分安详。

凌晨，爸爸又开始狂躁，女婿们说他闹得很离谱。

成主任分析说：“老爷子是个非常自尊的人，前个礼拜连上厕所都坚持自己进去，他要有意识不会这样闹。”

这简直太违背他自己了。

哥哥和成主任商量治疗手段，姐姐妹妹在，我回避到爸爸身边。

爸爸能喝水。我夸奖他，他就张开嘴巴，喂他喝能全力。

他哼哼我跟着他哼哼。

他沉默我就轻轻唱。

他嘴巴干我帮他潮湿。

他鼻子痒我用手揉。

他出汗我拿热毛巾擦。

他喊难过我就轻轻抚摩。

他的眼睛除了睡觉就圆鼓鼓地大睁着，简直像铜锣，眉毛很长很黑。

我感觉爸爸的大眼睛里全是诘问：

我怎么会这样？

我怎么到这个地步？

我为什么摊上这样的命运？

你们为什么治不好我？

难道这就是我的结局……

我最受不了爸爸伸在半空的手，我感觉那双手写满饥饿。

晚上，汐汐来电话，“妈妈，今天外公怎么样啊？”她告诉我，她给外公画了一只大老虎。最后强调：“我打电话主要是问问外公怎么样了？”

多好的孩子啊，懂事、坚强、乐观，如果能得到一个健康快乐的孩子，我宁愿付出一切。

爸爸就是这样为我们付出了一切。

因为我们，爸爸才会如此匆匆。

爸爸爱我，我爱汐汐。一代一代将爱传承，这是否就是生命的意义？！

4月24日星期六

早上，护士长送来一次性手套。她提醒我们要勤洗手，碰过爸爸要消毒，一切戒备森严。

哥哥和邹在病房里逐字逐句地修改悼词，一遍又一遍，认真到极致，修改好了打印出来，再修改。

爸爸的引流袋是空的，一天的小便只有四百，比昨天少一千。毒出不来，爸爸很难受。

中午，上海的叔叔婶婶来看望爸爸。他们跟爸爸交情深，进来喊爸爸，爸爸朝他们转过头去，说："谢谢，大老远地跑过来。"

然后又是昏睡。

昏睡中爸爸总要摸头。我感觉爸爸头痒。中午暖和，我决定给爸爸洗头。贴着他的耳朵问，爸爸点头了。

我们把床抽出来，姐夫抱着爸爸的身子，书贵叔叔托住爸爸的头，妹妹打水，我脱掉外套，动手给爸爸洗头。

我能最后给爸爸洗他这辈子最在意的头很安慰。

除了奶奶和理发师外，爸爸的头几乎没让人碰过。手术后他即使带着引流袋，也依然坚持自己洗。

爸爸闭着眼睛，喘息着，一动不动，任我给他擦洗抓挠，洗发液弄出很多泡沫。

洗到第三盆水，爸爸喊"好"。

洗好了，我用毛巾包住爸爸的头。

爸爸明净的脸上，露出了久违的笑，他笑得那么安宁与祥和。周围的人都看到爸爸笑了，那是洁净之后舒适满意的笑。

我感到一块石头落了地，终于了却了一份心愿。

妈妈气色很差，晕晕乎乎进来就吐。她只能坐到走廊上去吹风。

下午，成主任把引流袋子拔掉了。这个终身携带的袋子，这个让爸爸恨又恨不得、甩又甩不掉的袋子，现在终于跟爸爸一刀两断。

爸爸来到了他的最后。

爸爸不能带着它走，这一拔胆汁只能在里面了，爸爸的病情将会加速加重。

姐姐在卫生间里掉眼泪，昨夜她回家号啕大哭了很久。姐姐哭，是因为爸爸催她两口子去想办法。爸爸现在把希望寄托在他们身上。姐姐姐夫哪里有办法呢，他们只能辜负爸爸了。

姐姐想了一夜，决定跟爸爸说出实情。她不想让爸爸带着怨恨和误解离开。既然爸爸最后找到了她，她就有责任给爸爸一个答案。

病房里只剩下我们俩和爸爸。

姐姐征求我的意见，遭到我的阻止。随后细想，又觉得姐姐也有姐姐的难处。

姐姐泪汪汪地趴到爸爸枕边。我的心提到手上，只觉得万般不忍，不管爸爸听到听不到。

爸爸昏昏沉沉地睡着。

姐姐贴着爸爸的耳朵轻轻说："爸爸，你现在被弄成这样我们委实没办法，胆总管上长东西了，位置长得很不好。我们找了最好的医生也没办法。我们不是有意要骗你，是不忍心，是希望你能创造奇迹。这个结果我们不甘心，我们知道你也不甘心。"

"谁不甘心了？"爸爸听见了。

"要是肝上的问题倒好了，就是位置长在胆总管，动不了手。"爸爸闭着眼睛听，关键处他眨巴着眼睛睁开来。叹气，鼻根红，嘴巴伤心而委屈地咧着，痛苦万分状。

哭不出来，没力气。

"我们舍不得你，爸爸。我们也不情愿你这样受罪。"

"不要说——"爸爸声音很虚，皱着眉头，眼泪成串地流出来。

"爸爸你已经尽力了，尽了最大的努力，接触过你的医生都佩服你，觉得你很了不起。"

爸爸闭上眼睛哭开了。

"不要再说了，伤心表达不出来，太难过了。"我拉开姐姐。

爸爸闭上眼睛睡过去，五分钟之后他叫喊，“不要——不要——不要——”

我和姐姐抓着他的手，爸爸的表情绝望又恐惧，是不要这个真相吗？

爸爸听明白了。

爸爸现在多么哀伤。

上午他还提出要吃药，还让大家去北京去上海重新找专家，他还存着幻想，现在什么也没有了，彻底地等待黑暗到来。

他无法不恐惧，所以他喊：“不要——不要——”

爸爸好像眨眼间就瘦了。黄昏擦身，发现他手臂上的皮挂下来好长，只有肚子大得歪在右边。

他像在沉睡，平平静静。

我们喂他喝水与能全力。

哥哥过来喊“爸爸”，爸爸无力答应，只是叹息。

4月25日星期天

医生说爸爸熬过今天就是奇迹，是不可能的事，但爸爸熬过来了。

不过是很痛苦的一天。

上午很平静，下床解出四百毫升的小便。醒来第一句话——“我要回家！”

爸爸知道自己没有治疗的希望了，在他看来那还待在医院干什么？

我们心疼，泪水在脸上糊涂。

午饭来了。我尝试用菜汤泡米饭喂爸爸，先弄一滴，以为他受不了。谁知爸爸咽下去了，而且把嘴巴张得大大地等。

爸爸要吃，我们很开心。爸爸吃了一块米团，几十勺菠菜鸡蛋汤。

爸爸竟然能吃饭了,六天以来爸爸第一次吃饭。

奇怪,爸爸难到真的要创造奇迹。我们姐妹三很开心,好像灾难开始退潮。

爸爸能吃能小便。只是腹水厉害,呼吸困难,浑身难受。

下午开始,爸爸坐卧不安。一会翻身,一会起来,一会躺下。眼神万分痛苦,不说话,气息微弱。手像弹簧做的,握不起来,举不上去。

我知道爸爸不会轻易屈服,他求生的欲望太强了。但爸爸是在怎样的生啊。

傍晚他喊疼,杜冷丁作用不明显,爸爸一会清醒一会糊涂。扶他下床,明明已经站在地上,他还在喊:"让我下来!"

醒着,爸爸依然瞪着眼睛,黑色的,痛苦的,不甘的,不堪忍受的。

他喊我"小霞儿",一天喊了好几回,要小便或者要起来,他就这么喊。

21. 亲密到这个份上我们依然要失散

4月26日星期一

昨夜，成主任给爸爸抽腹水。爸爸的血压出现四十七/二十三，很危险。医生给他挂多巴胺，让血压升上去。差点儿，我们就见不到爸爸了。

下雨，讨厌这样阴郁的天气。浑身不舒服，腿脚酸软，脑袋发胀。爸爸睡在那里，因为用了安定，睡得很平静。

妈妈嫂嫂过来了，爸爸的血压已经正常，不像医生预料的那么可怕。

爸爸无奈地睡在那里，我给他一颗一颗擦洗牙齿，洗脸。喂他喝水，又喂下去半碗能全力。

昏迷的爸爸喝得那么好，大家惊讶。

晚上，成主任和邵主任一起来给爸爸抽腹水，抽掉三千毫升，四十针，小半筒。

邵主任本来担心抽水会出现危险。可整个过程爸爸一切正常。

抽完，邵主任笑了。说："韩老的意志太坚强了，说不准，今天看来危险不是很大。"

病房里肝臭味道浓烈，医生给我们发了口罩。

没人戴。

不是麻木，是我们不忍心隔离爸爸，哪怕爸爸是病的毒的臭的，爸爸还是我们的爸爸。

哥哥找来理发师给爸爸理发，姐姐修理了爸爸的胡须。

黄昏接到花城出版社的电话，《守口如瓶》印好了，明天特快一本给我。

特快最多三天，可也难说。这次特快能真正“特快”吗？上帝保佑。

护士长再次提醒我们应该戴手套和口罩，我们听话地戴上，可一旦抚摸爸爸，我们还是脱掉。

我们不忍心隔离，哪怕仅仅隔一层薄薄的塑料手套。

我们扔掉手套抚摩爸爸的手、脸、头发，隔会调换他的睡姿，哪怕病毒真的像医生讲的那样无孔不入。

爸爸今天答应我的呼喊了。

“爸爸！”

“哎！”

像我们曾经的那样亲密。

再次体会到，世上最幸福的事就是这样，我喊他，他能答应我。

姐姐妹妹都跟着喊，“爸爸”“爸爸”。

可怕的是，爸爸二十四小时没有小便。

4月27日星期二

早上爸爸很平稳，高压九十左右，低压五十左右，心跳二十上下。

爸爸睡得很沉静，是药物的作用。偶尔他会哼哼，脚和手会动，脚不肿，有很深的皱子，一道一道。

脸上瘦了，嘴巴瘦得尖出来。嘴唇肿了，眼里汪着水，黄的，和胆汁一样。

医生说就是胆汁。昨晚抽出三千毫升腹水。成主任早上来看爸爸,说现在可以以小时计算。

成主任说完马上摇头,“也不一定,老爷子有点神。”

爸爸已经挺过好几次险峰,我们对爸爸生出了很强的信念。觉得爸爸不会这么快,爸爸会出人意料的。

“爸爸不平凡了一辈子,最后他也不会轻易地走,他得一步三回头。”

“的确一步三回头,上上个礼拜医生就说不行了。”姐姐惊讶。

肝臭让人无法忍受,在房间久了会头痛。

清洁工戴了双层手套和双层口罩,把自己裹得严严实实才敢进来。送饭的师傅也怕我们,好像我们全是瘟神。

给爸爸梳头发,洗脸,湿润嘴唇。我们喊他,好久才有反应。

热了小半碗营养,爸爸不知道张嘴,但知道吞咽。一口一口喂进去,爸爸吃着打起了呼噜。

和邹一起回家,他说昨夜爸爸在睡梦中好几次喊妈妈。

爸爸在弥留之际对妈妈的依恋让我们感动,他从没喊过其他人,包括妙姨。他的原始意识里只剩下妈妈。他像孤儿一样需要她,说明爸爸灵魂深处只有妈妈。毕竟妈妈对他逆来顺受了一辈子,妈妈其实是他精神上的母亲。

妙姨只是他的爱情,爱情从来只是生命的附庸,妈妈才是他生命的归属和灵粮。可惜他把妈妈伤得太狠了,歪歪倒倒的妈妈委实没体力陪伴他。

可怜的人啊。陪着他的只有我们,我们给他拥抱,给他湿润嘴唇,擦洗身子,喂养饮食。

不能想象爸爸走。爸爸躺在那里,我们就不是孤儿。我们都有奔头,每天跑来跑去,浑身都是力气。

爸爸也舍不得丢下我们，四十八小时之后，爸爸奇迹般的又有了小便。

爸爸用上了监护仪，血压九十四/五十三，心跳三十二。

但爸爸真的深度昏迷了。他的沉静不再让我感到安慰和踏实。而是害怕、担忧、恐惧。

哥哥留在那里，邹和妹夫也在。他们将我们赶回家。

透露给汐汐，我们将要失去外公了。幼儿园中班的她一脸严肃，问："你们为什么不想好一点的办法救他呢？"

"想了。"

"他要去哪里？"

"可能是去山上。"

"他吃什么住什么呢，为什么去山上？"

"他将要变成一棵树，树当然最好在山上生活，山上都是树，有伴儿。"

"妈妈，我不想去送外公。"

"为什么？"

"我害怕将要变成树的人。是木头一样一动不动吗？"

"也不是木头一样，也不一定是树，我只是打比方。"

明天她要去中山陵春游。

"孙中山爷爷住的地方。"她说，但愿她玩得开心，把我说的忘掉。

4月28日星期三

爸爸嘴巴大张着，鼻子插了氧气管，监护仪显示他的血压正常，心跳在一百左右，偏快。

爸爸脸色发黑，暗淡，嘴唇多处干裂。舌头缩成一团，眼睛紧紧闭着。不能喂水，他不知道吞咽。

用棉签擦洗他的嘴唇、舌头、牙齿，喊爸爸。我们一起喊，爸爸没有任何反应。

很难过，以前看他那么闹就希望他平静。现在平静了，听着他均匀的呼吸又觉得遗憾。

在走廊上隐约听见爸爸喊，姐姐说我是幻觉。

哥哥继续用水维持爸爸的生命。

“就这样让他自然而然地去吧。”

爸爸平静地睡到晚上。七点半，爸爸又小便了，很多，都在尿不湿上。我们给他换上新尿片，像伺弄自己孩子。有了这泡尿，今夜他又能平安度过了。

成主任说明天肯定很危险。

邵主任说不一定，说不定真能拖到五一。老爷子多次说他五一回家。

我们已经麻木了。

不是不伤心，是爸爸奇迹般的“胜出”让我们一次次惊喜。这对我们是多大的安慰啊。每天害怕爸爸走，结果他都好好地躺在那里。

爸爸是不是在拉练我们的心理？

这些日子我们其实就在守灵，守着爸爸日日夜夜，守着他在世的最后光阴。

我们喊他，给他湿润嘴和脸，看着他呼吸，摸他的脚，给他换尿片，抱他翻身……这一切有多幸福啊。就像他当初生下我们，给我们洗浴、喂养、爱抚。

能为他做事情就是幸福。

爸爸要是突然好起来该多好啊。

我问邵主任有没有这种可能，他说除非肿瘤自身坏死脱落，那样的情况很少。确实有，不过爸爸不可能了。

老天是不是也伤感，天气一个劲地恶化，气象预报说后面几天都是阴雨，气温还要下降。

暴风雨真的要来了吗？

4月29日星期四

爸爸的呼吸太响太急促，心跳一〇二，呼吸在三十九至四十之间，血压七十五/三十四。成主任早上过来说熬不过今天白天，邵主任说快了，中午十二点注意。

我们感到离别的痛苦，隔会潮湿纱布，帮爸爸滋润脸和嘴。翻身时，爸爸呼吸急促，血压下降。给他调换脚的位置，发现脚跟有两块血斑。

心情和外面的天空一样滞湿。

虎子中午考试结束，下午他会过来。

妈妈推测说，爸爸可能一直在等虎子。

中午十二点哥哥来了，哥哥脸色很差。我们让他去车里补觉。一会儿他又跑过来，根本睡不着。

下午阴雨蒙蒙，四点左右突然雷电交加，黑压压的雨倾盆而下，成主任从人民医院跑过来，湿漉漉的淋了一身。

爸爸血压降到六十五，呼吸四十，问题真的很严重了。

虎子来了，喊了两声“爷爷”!

爸爸血压突然降到六十三，妈妈摸着他的脚说，“你放心哦，虎子考好了，安心地去哦!”

爸爸依然呼吸急促，面色黑，皮肤上有汗。爸爸瘦成了皮包骨头，只是那双手还是肉乎乎的，和先前差不多。

我们不断去握爸爸的手，和他说话，让他放心，告诉他我们爱他。

爸爸好像有反应，妹妹说爸爸流泪了。

五点，单位来电话，花城出版社邮来了《守口如瓶》。感谢上帝，这次真是“特快专递”。

激动万分，赶紧让邹带过来。雨大，打不到车，公交车也慢。

五点半，邹到了。拆开信封，把簇新的书塞到爸爸手里。

“爸爸，我以前跟你说过的那本书现在印好了。你看，《守口如瓶》。来，爸爸摸摸。”我拿着爸爸的手抚摸书。

就算让爸爸先看了，爸爸到底等到了，我的心无比安慰。

冥冥之中，这也是爸爸对我最后的交代？世上他对我的期望是什么，他最在意我什么。

文字，书，书写文字。

我以为《守口如瓶》的到来也是一个奇迹，是我和爸爸的又一次默契。

大家纷纷传看，最后传到我手里。

我抱着书趴在爸爸耳边，“爸爸，你放心，你安心吧！我会继续努力的，我要永远写下去。”

很快，爸爸的血压降到六十，心跳很乱。似乎他也很激动，这一切他都知道，只能用心跳来回应了。

晚上九点多，医生让我们走，男士们纷纷催我们回家带孩子，他们集体留下来。

我们犹犹豫豫，背上包，爸爸的血压下降到五十八。

“爸爸不愿意我们走。”

爸爸害怕分离，突然下降的血压让我们觉得爸爸在挽留我们。

我们一起趴到爸爸身上，重新抚摸他，和他说话。

摸着爸爸的手，我突然想到一个保存爸爸的办法——让爸爸在我的书上留下手印。

那双手，那双抱着我们长大，牵着我们向前，领着我们从农村走到城市，直到我们长大、独立的手啊。

那双最终也热乎乎软绵绵厚墩墩的爸爸的手，我们要永远地留下来。

姐姐妹妹首先想到了口红，积极地在包里找，没找到。这段日子我们一个个焦头烂额，哪会用口红。

情急之下，我想起护士台的印泥，蓝色的。

我殷切地借过来。

姐姐妹妹抓着爸爸的右手，那是爸爸拿笔的手，操琴的手，挣钱的手，创造的手。

爸爸开玩笑说过："我这双手抓过的钱，真是多得吓死人！"

就是它开创了我们幸福、神秘的人生。

我把蓝色的印泥抹上去，尽量细致均匀。

我们印了三次，终于在《守口如瓶》洁白的扉页上留下了爸爸的右手印。

爸爸的手呈圆形，粗朴，厚实，福相。

有了这只手印，我们等于把爸爸拓印下来了，永远的。

想起爸爸前几天一直在喊："来，拉手——"

将来我们想他，随时可以牵手。

雨不知何时停了，地上潮湿。后面几天都是雨，是苍天要流泪？我其实多希望阳光灿烂。

再见了十九楼，我们和爸爸的情意就这么了却？我们亲密到这个份上，还要阴阳两隔，这不是人的悲哀是什么。

姐姐妹妹临走之前打赌，要是新测的血压还往下降，就说明爸爸不希望我们走。

结果血压真的从五十八降到五十六，姐姐放下包，哭着上前去摸爸爸，"爸爸，你真不愿意我们走?!"

真神奇，爸爸叫住我们两回。爸爸用他的血压呼唤我们，依恋我们，和我们话别。

我知道，爸爸是用命。

我们的所有都是爸爸的命换来的。

凌晨三点半，电话响了，弹起来抢住话筒。

“爸爸怎么样?”没等对方回应，我翻身下床。

是邹，他缓解着嗯了一声，说:“爸爸还好，你可以来了。”

我知道不好了，一只手开始穿衣服。

“爸爸到底怎么样?”我要具体的。

“他血压二十七。”

爸爸还活着。

路灯让深夜更深，小雨若有若无，很冷。楼下正好停着一辆出租，司机在车里睡觉。

“中医院。”我的脑子特别清醒，心空了，车子穿行在空无一人的街巷，一切像过滤尽了。黑暗、寒冷、潮湿、寥落，内心的世界一如窗外。

看到灯火通明的十九楼，冲过去上电梯，心跳开始加快，不知道即将面临什么。

男士们统统在，病房里很安静，大家围拢着爸爸，保持静穆。

血压稳定在二十七，爸爸的呼吸非常缓慢，像叹息一样悠长轻浅，让人感觉他的微弱。

走上前，双手握住已经被我们印下来的爸爸的右手，“爸爸、爸爸——”

门外有很多脚步声，妈妈他们一起到了。

妈妈握住爸爸的左手，把一串念珠和一只画有佛像的手帕塞进爸爸怀里，说:“老头子，老头子，大家都来了，你安心地走好啊!”

“爷爷——”

“爸爸——”

“爸爸——”

……

大家挨个地呼喊爸爸，告别爸爸。哭声起来，哀哀地，轻轻地。

先前哥哥交代过，万一爸爸深夜走，我们不能吵着其他病人，一定要抑制悲痛。

“爸爸你放心地走啊，我们会记住你的。”

“爸爸我们会想着你的！”

“爸爸你到我们梦里来啊！你好歹怎样要告诉我们?!”

“爷爷，我会听你的话。”

血压下降了，变换很快，22、20、18、16……

“爸爸——”

“爷爷——”

我们看着那可怕的不断下落的数字，忍不住频频呼喊。我紧紧地抱住爸爸的右手，爸爸的手软软的温温的。

妈妈抱着爸爸的左手，闭上眼睛，默默念经。

我们把哭声竭力压抑住，用心呼喊爸爸。我们想让他最后感知到我们，让他知道我们和他在一起，或者爸爸能再次回过神来。

我用全部力量握着爸爸，我们手牵手。

血压10、9、8——

“爸爸！”

“爷爷！”

爸爸呼吸急促了，同时费力，他全身的力气最后都汇集到呼吸上。

我们看见他的脸因为紧张而吃力地伸张，眼睛、嘴巴——最后爸爸的舌头伸直了。

哥哥用手帕轻轻接住并擦了擦爸爸的嘴，像一个完整的“吻你的手”。

心跳没有了，呼吸没有了，血压没有了，爸爸脸上哗地褪尽颜色，握在我手中的右手转瞬凉了。

哥哥让我们出去，他们给爸爸净身，穿衣服。

我们失去了爸爸。

这个世界逝去了一个生命，在二〇〇四年四月三十日四点四十五分。

窗外无雨，天空露出第一线蓝，很深很深的蓝，接近黑但不是黑。世界干干净净，即将黎明。

我的爸爸飘尘出世。万物即将舒醒，辰光已经初现。他终于和这万恶的病痛解除关系了。

五月一日，是爸爸相约回家的日子。

我们设置灵堂。老家的亲戚朋友浩浩荡荡一起来吊唁爸爸。

哥哥在灵前哭：“爸爸，我们之间有许多许多话都没来得及说啊！”

是夜，去年清明我给爸爸拍摄放大的那张照片，兀地从哥哥家的墙上掉下来，玻璃粉碎。

哥哥说：“爸爸走得好不甘心。”

爸爸安息于茅山脚下。

七月，爷爷奶奶的墓迁到爸爸身边。山坡朝阳，绿树环绕，野花成趣，是个清朗安逸的地方。爸爸终于回到了他爸爸妈妈的怀抱。

深秋，妈妈回老家收银杏。妙姨去看望。妈妈将她留在爸爸那里的三百元钱还给了她。她们虽不是朋友，但彼此真诚，互相关爱，遥相惦念。

爸爸去世的第三年，妙姨因脑癌匆匆离世。村里人都说妙姨是伤心死的。

爸爸留下的家产，我们捐给乡政府。大家齐心协力，拆了那座让爸爸临终不安的老桥。在它的原址上，建了一座白色的、带栏杆的、宽展展的新桥。桥上红笔写着：公益桥。

我们的家成了那片土地上的空屋。

春天，院子里月季盛开，红艳艳地热闹绽放，丝毫没有“开无主”的寂寥。那是爸爸晚年种下的。

晚年的爸爸还栽下了十几棵银杏。秋天结果，我们年年都会吃到自家树上长的银杏。

老屋所有的都成了故事，传奇。

爸爸走后，我把妈妈送进了老年大学。小时候看她一笔画出飞鸟，活灵活现，感觉妈妈有绘画天赋。

妈妈从此迷上了画画，终日沉湎，乐此不疲，成为老年大学的佼佼者。七十岁的她在社区举办了画展。七十九岁出版画册。乐善好施的她一直是社区慈善明星。

健康美丽的妈妈终于走进了生命的春天。

二〇一五年四月三十日，爸爸的重孙出世。是个漂亮、内秀、聪明、机灵的男孩。

生命永生。

我相信，爸爸借着我们，一年又一年，一代又一代，他的精神与灵魂永远活着。

思念是生命的后记

一切就像一场梦，潜意识里我还觉得爸爸活着。

任何时候，只要念及，爸爸的声音包括咳嗽就会穿击我的心脏。我看见他的样子，他雄赳赳有点匆促的走姿，好像他还在老家。

可是爸爸的照片明明蒙了黑纱，我们明明将爸爸的名字写在冥纸上。

爸爸弥留之际，我曾想过克隆他。只要把他的肌体保存下来，我们能定期去抚摩膜拜，哪怕不能言语也好；或者制作一种特殊的电脑芯片，把爸爸的精神拷贝下来，那样我们敲击键盘就能进入爸爸的灵魂。我们依然能知道他好不好，开不开心，哪怕看不到他的容颜。

安葬爸爸以后，我的心仿佛和他一起下葬了。如果我手里没有一个小女儿，如果不是风雨飘摇中茕茕独立的母亲，我不知道后来会不会从那绝望的巅峰挪步下来。

那些日子我宁愿待在痛苦的尖峰，时时触摸与痛惜父亲。不管在什么地方，不管在做什么，一念及顷刻万箭穿心。

我们把大红的衣服压进箱底，我们拒绝约会宴请，拒绝一切奢华与享受，不愿与遗像里的爸爸有点点疏离。那样甘心情愿，只想领会痛失之痛，不分昼夜。好像只有痛着，才和爸爸在一起。

两个月后，姐姐参加同学会，坐进包间就泪流不止，结果只好跑进卫生间号啕大哭。

哥哥每天总要给爸爸点燃一根烟，任何时候推开他家的门，都能看见一根烟的遗骸。那些日子妈妈总是泪光莹莹，仿佛时时濒临万丈深渊，一不小心就栽下去了。

手机上爸爸的号码一直没舍得删，留着哪怕看一眼也是温暖。我甚至忍不住拨了那号码，企图听到奇迹。怎么就没有奇迹呢?！每到夜黑深处，我会故意放慢脚步，故意看那一团黑漆，我希望从中获得爸爸的消息。

哪怕头顶掉一片落叶，我也要想一想是不是爸爸的来信。

某天我突然看见一个熟悉的背影，癫狂地跟上去，直到那人猛回头——当然不是爸爸。但我依然万分感激，感激上帝借助这个人让爸爸复活了哪怕几秒。

我们想爸爸想得实在太辛苦。

姐姐说她打听到一个地方可以下阴曹，我们便迫切地要去试。明知道那是假的。

爸爸走后的日子，我们多次去他的墓地。我们带他喜欢的烟酒和吃食，给他擦洗墓碑，趴在墓上和他说话，告诉他我们的近况，就当他能感知。

我们去最灵应的寺庙彻夜给他做佛事，听那道士缠缠绵绵唱，“今宵我们来会合……”

我们把头磕得晕厥，望穿双眼，却不见一丝魂魄过来。

我们没办法，各自寄托来去无定的梦。梦见爸爸，我们总会在第一时间互相转告，像遭遇最大的幸运。

我们交流与梦相关的甜蜜或痛苦，点点滴滴，费心猜来猜去，细想爸爸究竟在哪里，到底好不好。尽管我们亲眼所见爸爸被火化，可我们还是宁愿相信他仍存在于某个我们无法透视的地方，我们想冲破那层藩篱。

思念让我们晨昏颠倒，魂里梦里，真真假假。时间长了，干脆糊涂地以为爸爸还在呢，在老家呢！那样的以为会短暂地减轻那种烦愁。

理智往往客观而残酷地提醒我们，爸爸没了，我们失去了他。痛苦又会潮水样地兜头覆来。或者淅淅沥沥，像一场滞涩而忧愁的雨。

所有的疯的傻的痴的狂的挣扎做过之后，剩下的只有承认。

那一年，朋友说我被巨大的悲伤笼罩着。我是在街头走着走着被神的使女领进教堂的。一声“我们在天上的父”让我泪如雨下，我仿佛重新找到了爸爸。

爸爸消逝在“五一劳动节”，他是个十足踏实而光荣的劳动者，这是巧合，也是对他最好的告慰。

爸爸入土的那天上午，天空阴沉。可是合墓的瞬间，我像得了神的呼唤，抬头发现了太阳。

太阳圆圆的，白白的，刚从厚厚的云层里出来。

我忍不住喊：“太阳出来了！”

少倾，太阳明亮。

片刻的工夫，山坡阳光灿烂，爸爸金色的名字在汉白玉的墓碑上闪闪发光。

等送葬的队伍上车，世界已经光芒万丈。

我们多次去那山上，回回阳光明媚。有回是阴天的一个傍晚，我们的车刚到，奇怪，太阳又晴和地出来了。于是在我们心里，爸爸像安置在阳光里，爸爸仿佛成了太阳之子。

那日，我为丢失的二十六万字原版《每天都在失去你》哭泣。小女儿懂事地上来抱住我，说，“没事的，妈妈，我会帮助你的。”

是的，她帮助了我。我爱爸爸。她爱我。这就是我们生生不息、魅力无穷的人生。

事实上所有的记录都解救不了生死，不如女儿给我的这个拥抱。

韩青辰

2011 年 3 月初版

2016 年 6 月第二次修订

给每日以永恒

——读韩青辰《每天都在失去你》

黄毓璜

韩青辰是儿童文学作家中的佼佼者，冰心儿童文学奖、陈伯吹儿童文学奖、全国优秀儿童文学奖、《儿童文学》首届“十大青年金作家”奖等十多个奖项(次)的频频关顾，使其差不多成为“获奖专业户”。私下以为，一个并非刻意于题材独特、思想独到以及艺术独步的作家，如此为文坛瞩目，大体缘自文学公众的一种青睐和倾心，缘自她诸多文本鲜有例外地传导着的那份近于童稚的真诚和近乎纯粹的关爱。当她以直率的观测、贴实的体验深情眷顾于、和煦临照于那些普通而素朴的生命，一种真切的临场感和热切的亲和力便伴和作家的挚爱到达并打动我们的心灵。

约略提到阅读青辰儿童文学作品的印象，自然是议题所需。我是指可以看成父亲“亡故档案”的这本《每天都在失去你》，不妨说秉承了、凸显了作者一以贯之的艺术旨意和创作倾向。一个女儿为了患上绝症的父亲最后八个月的生存境况记录“病历”似的逐日记下日记，是否想到“文章千古事”、想到以“记录”“记载”来弥补“记忆”的无能和“时光”的无情，这无关重要；作家面对亲人生命的飘逝，是否自觉于“应当学会在短暂无常的事物中寻找那永久的成分”(爱默生语)、是否认同于“人生一世就是为了化短暂的事物为永久”(歌德语)而来求诸文字的打理、文学的揭橥？也不必臆测；重要的是：一篇篇啼血的日记，确实以一个生命的祭奠，一种精神的礼拜，在形象与情感的内质上，从“短暂”接通了“永久”，从“失去”昭告了“长在”。这是面对生与死的文学富于终极意味的思辨，是怀抱一泓真诚、一份至爱的作家对于生命永恒题义的发见和理喻。

八个月的日记是父亲病苦岁月的展开，也是其生命高光的提挈，是儿女们揪心痛楚的体味，也是他们对生命价值的领略。通常说的“父爱如山”，其至大至重至高至远，在这位平常而特定的父亲那里得到贴实的解说。父亲不是什么大款、大腕、大拿，却无疑是一个强者，一个怀抱理想而奋进不已的勇者。不甘乡村贫困的厮守，他以穷年的漂泊谋生于异乡，对孩子们提供了令乡里称羡的条件，我甚至会由他想到“父亲是大自然规定的银行家”这句欧洲的民谚，想到那些恪尽职守的父亲们光彩的人生和可以想见的生命酸辛。或许还可以套用这样的话语方式，说“父亲是大自然规定的教育家”。我不仅是从培养“成功”的意义上，说他促成了四个孩子学业、事业的“成功”，更是从抚育“成人”的意义上，激赏其为孩子们做出的有效诱掖和良好范式，那些包含柔情的苛严，挟带自审的执拗，那些对于人际的帮衬、人情的体恤，对于事业的信念和对于生活的希冀，无疑以耳濡目染抑或耳提面命的方式滋养了子女们健旺的生长，促成了孩子们不懈的努力。尤其是，在那些成长的烦恼中，他的睿识和知解，可以说慧敏而超常的。我这样说当然是依据了作者表现了的跟父亲特定的投契和心照，也是依据了我对作者幼、少时期的些许了解，个性和处境造成过她的某种自闭、自卑，她遭遇过一般人未必遭遇过的高高的“青春价值病”的门槛，是父亲贴心的理解、细致的利导、充分的激励，鼓舞了她跨越生命沟坎的信心和自我实现的勇力。如今，“每天都在失去你”的书写，固属是饱和亲情的岁月追挽，亦不啻面对死亡黑暗背景反衬下父亲不灭的生命之光，情动于中地深深礼赞、无法割舍地苦苦流连。

在文学的意义上,《每天都在失去你》是很为典型的"为情造文"的篇制。作家在"可以复制的情感"抒写中的不惮反复,难免会让人想到"有所浓缩""有所芟夷"的可能与必要。不过,也正是这种"反复"的情感回荡,铺排了情感的方位也组合了父亲的形象。父亲的一生诚然只是被一些琐屑小事缝缀出来,可如同叔本华所称,"在一些区区小事上更容易看出人的性格。因为在大事面前,人们往往谨小慎为,而在区区小事上,他们不假思索的率性而动"。正是借助日常叙事,借助那些"率性而动"的心理事实和行为方式,父亲的生命恋情、生存欲望以及生活态度、处事原则得到真切贴实的表现。那一次次难以下咽地强制进食、一天天勉为其难地锻炼走路、那至死不渝地注重服饰仪容、不肯通融地坚持自我打理一类细微情事,让人动容而令人唏嘘地呈示出体现个性也及于普泛的人生操持和生命执拗。不知别人如何,我读这部作品,总是会在那些浓酽的父女之情的流淌中,触摸到作家超越亲情的人生憧憬和心灵呼唤,憧憬于人的自爱、自强、自重,呼唤于人际的相知、相识、相爱,这原本是文明社会的必然走向,是文学经典性的永恒主题,只是在物化、信息化的社会情势下,人们颇为自觉地矮化精神,人际之间物理距离拉近而心理距离的日甚其远,这呼唤对于人文精神的重建和生活信念的重整,其意义便不言自明。

或许不能不提到父亲在最后的日子一晤情人的内心幽隐,这里纠集了父亲不可泯灭的情感欲求和无法消释的心理矛盾。我无意用巴尔德斯的话作为父亲的辩词,他说过"爱情本身就是生命,它不会死亡,只会迁徙",也无意用子女们包括他们母亲的"理解"和"宽容"来赞助一种襟怀;事实上,父亲始终在"迁徙"与"回归"的两难中痛苦地徘徊,最后对无果的情人和受伤的妻子的那声"对不起",其实是发自其与事俱来的疚痛。我愿意于此作出一点未必合乎作者初衷的阐发:似乎可以说,这里的记载,其艺术旨向应该不在别处，仍然在于那些常在的人生情状和永恒的生命题义。在这种情状和题义之中，爱情和婚姻、欲望与理智、动机与行为、“做人”与“做自己”，以及外部的遭逢和内心的律令，自在的意志与自为的守护、心灵的求索与责任的担当，并非可以诉诸径直的伦理和简单的心理逻辑，情感和心理的复杂性，常常在选择上造设两难、在道义上构成悖论。从这层意义上说，父亲在行将谢世的时分，在至爱亲人们面前屡屡吐露的那声“对不起”，就不能归之于“其言也善”“愧悔既往”一类性相，对于牵挂于人生而执着于自我的善良者，实在就是一种无以了结而无可奈何的深长太息。我们无由要求作家条分缕析地作出答案，一如生与死的“值得思考”，她提示了和生命同在的困扰，也就诉告了生生不息的人类须得在无休无止的索解中谋求心灵的提升和自我的救赎。

作者简介：

黄毓璜，江苏著名评论家。

爱如河流般宽广

——读韩青辰的长篇散文《每天都在失去你》

李东华

几年前，当我和韩青辰第一次相遇聊天的时候，她就迅速地打开了自己，睁着无邪的大大的眼睛，用南方女子特有的温婉绵软的声音，徐徐道来，仿佛在说别人的故事一般说着她生命中的隐秘往事，她的坦率让人感到惊异，但她又如同一杯没有污染过的水一样清澈，以至于过滤掉了听者内心深处蠢蠢欲动的阴暗的窥探欲。我总觉得她很像郁达夫，当我看了她寄来的新作《每天都在失去你》后，觉得她更像了。郁达夫说："文学作品都是作家的自叙传。"韩青辰为文一如她的为人，不遮拦地敞开自己的内心，不羞缩不矫饰，一片赤诚和天真。

韩青辰是细心的情感丰富的女子，这本书里记录了她的父亲最后八个月的生命历程，点点滴滴都是浓得化不开的父女亲情，在她的笔下宛如雨中的花朵，饱满的，湿润的，淋漓的。这是一种怎样的父女之情，不是纯粹的简单的那种——父亲早年长时间在外做生意，在她的童年生活中基本是缺席的，在情感生活中又爱上了婚外的一个女人，这让父女之间的关系变得复杂而微妙。然而，因为有恨，所以有爱；因为有怨，所以有恋；因为有隔膜，所以更亲密；因为有分别，所以更依依不舍；因为有缺憾，所以更渴望圆满；因为有刺，所以爱得更深更疼痛，在韩青辰的笔下，所有对立的和相反的情感都互为表里，和谐地融为一体。她以一个女作家特有的细腻，把人性中的这种微妙，一点一点剔抉出来。

韩青辰的情感世界不是决绝的，不是爱憎分明的，在一种宽阔和包容的无边大爱里，所有的爱恨情仇都织成了绵延不绝的爱的河流。父亲用一生的奔波为妻子儿女支撑起一片天空，父亲是伟岸的骄傲的。父亲因为责任心和母亲维系一生的感情，父亲是有情有义的。在责任和真爱的夹缝间，父亲无奈地挣扎，这种爱如同沉默中的熔岩，无声地奔突和咆哮，父亲又是浪漫自由的。父亲的命运就在这种欲爱不能，欲罢不得中令人叹惋，父亲像一头受伤的豹子，在女儿如怨如慕的目光中风一般奔跑。母亲恨父亲的背叛，但对丈夫的一腔痴爱让她最终选择了理解和接受。这一家人都不是决绝的冷漠的人，亲情让一切恩怨后退，对于那个他们家庭的入侵者，他们恨过，也怨过，但在千回百折之后，终究因为对父亲的爱而化解了感情上所有的块垒。父亲行走在刀刃上的危险边缘的爱，就这样落脚到了踏实的大地。书中有一个细节让人震撼，当病危的父亲无法承受对爱人的思念，和女儿倾诉时，他不知道他的儿子正在为他寻找墓地。也许正是在"死"面前，在这堵隔开阴阳两界的庄严的高墙面前，一家人达到了对爱的最深领悟。书中这样写道："爸爸、妈妈、我们，每个人都差不多。我们都是容易恋旧的人，脆弱的人，需要温情的人，没必要不会走极端的人，有一半冲动有一半隐忍，这就成了我们一桩桩人生。有时候阴雨朦胧，有时候阳光灿烂。"

也许这就是普通人的一生，没有极端的爱，也没有极端的恨，或者我们以为会走向极端，但人性中原来还隐藏着极仁厚的底子，在一次次的考验中，在一次次情感的磨砺中，竟然走过了激流险滩，把一条羊肠小道走成了宽宽的大路，让人一点一点看到亲情的厚度、宽度和温度。这就是韩青辰，这就是韩青辰所理解的人性、人生和亲情。她要的是"恕"，是"理解"，是上帝般仁慈的爱。这本书与其说是怀念父亲，不如说是她完成了一次自我救赎。在反复的诉说中，在喃喃低语中，她一点一点缝补上了童年因为父亲不在家还空着的那块父爱，她对父爱的饥渴，她因为缺少父爱而生出的自卑，都在流水般舒缓的回忆里，一一得到温情的抚慰。

这是一部亲情散文，这更是一部成长散文。她把自己的内心那么坦诚地打开来，每一处细微的皱褶，每一道小小的伤痕，她都告诉你这其中所凝聚的酸甜苦辣，她不回避心灵成长的艰难和期间的迂回曲折，最终，她总能把生命中的辛苦、尴尬、悲痛和失去都化成爱，化成感动，让你不能不闪着泪光读完这本书。

作者简介：

李东华，《人民文学》副主编，儿童文学作家。

一个父亲的完满人生

——读韩青辰《每天都在失去你》

忻之湄

一直以为，公众只对名人的生活有窥探的欲望。近年来，读了不少传记类作品，大多出自名门之后。儿子笔下的国学大师孤独、寂寞、吝啬、无情、“有国无家”，对于妻子、儿女都没有什么温情(季承《我与父亲季羡林》)。女儿笔下的政要父亲，那位曾经被描绘成情圣的男人只是一个“可怜”人，临终前还在哭泣“我这个人很可怜啊”(乔松都《乔冠华与龚澎——我的父亲母亲》)。光环背后的真相，显赫背后的无奈，读来令人颇为寒心。

倒是倪萍的《姥姥语录》，为平民姥姥立传，让读者感受到了一种属于寻常人的幸福。姥姥不识字，但明理、知足、惜福，过的日子比名人、政要、大师们要滋润得多。著名作家韩青辰的这部《每天都在失去你》，给我同样的感受，寻常人家的父女、夫妻情意，真实、质朴、温厚。

父亲，儿女们心目中充满活力与魅力的父亲，在不算太老的年纪，猝不及防地收到了死亡通知书。全体家庭成员——懵了。所谓“死有重于泰山，有轻于鸿毛”。平常人，影响不了社稷民生，但却可以是整个家族顶梁柱，他的离去，对于家庭、对于爱他的全体家人而言，一定——重于泰山。韩青辰笔下的父亲就是家庭中顶重要的那个人。父亲是那个带着孩子们走出农村，成为城市人的“贵人”，父亲是母亲又爱又怨的夫，父亲也是“妙姨”半生的倚赖……

韩青辰以日记体的方式记下了父亲患癌症住院治疗期间发生的一切，并非医学专业出身的作者，娴熟地运用着各种医学术语，治疗方案、服药情况，胆汁引流的量，包括父亲每日的食量、运动量……琐碎而详尽的记录里，是一个女儿细细密密的爱。写作的女人特有的敏感和灵性，又令书中充满了关于生命、死亡和爱情的思索，全书不乏发人深省的警句和妙语。有些个章节，又如不断闪回的电影镜头。“我”给父亲擦身的时候，儿时，父亲给姐妹俩洗澡的镜头跳出来；我给父亲买新衣的时候，童年时的姐妹仨穿着父亲买来的上海连衣裙，艳惊乡村的情形浮现出来……

类似的记载，令一部看似寻常的家庭记录，丰富起来。

生命在渐渐凋零，父亲不甘、徒劳的努力与抗争，让人想到《老人与海》里的圣地亚哥老人。有时候，人与病魔的作战如同人与大自然之间的对峙一样的徒劳。

多少人厌生，多少人离开这个世界的时候，犹有无尽的遗憾。作家笔下的父亲，无憾无悔。儿女是他的得意之作，儿女们的配偶，也是他所满意的。父亲生命中所有的亲人，都在想尽一切办法挽留父亲的生命。“我”甚至幻想，如果爱情能延长和挽救父亲生命，就让他“爱”吧。“我”说服了母亲，让父亲的红颜知己“妙姨”来到父亲身边……

如此看来，父亲所享受到的真爱，比那些位高权重、声名显赫的人们更多。

张爱玲说，生命是一袭华美的袍，爬满了虱子，而韩青辰说不如不看虱子看袍子。

私下里，不由生出这样的慨叹：做国学大师的儿子不若做这个寻常父亲的儿女；生女如讥诮刻薄的张爱玲，不若生女如善解人意的韩青辰。

父亲的人生，在众人的陪伴之下完满谢幕。父亲走后，儿女们把父亲的家产捐给了乡政府。父亲种下的月季在每年春天盛开，栽下的银杏在秋天结果。母亲上了老年大学，在绘画中重新找回了生命的春天。妙姨伤心过度，在父亲走后三年，也过世了……

据说，有的学校要求孩子给父母洗脚表达孝心。我想，不如让孩子们读读这本《每天都在失去你》，一起感知——如何去爱。

生命可以消亡，但灵魂不灭，一个女儿的文字是可以令父亲——永生的。

作者简介：

忻之湄，上海市作协会员，情感专栏作家。

句子摘录

1. 世上最幸福的事就是这样，我喊他，他能答应我。

2. 我们喊他，给他湿润嘴和脸，看着他呼吸，摸他的脚，给他换尿片，抱他翻身……这一切多幸福啊。就像他当初生下我们，给我们洗浴、喂养、爱抚。

3. 我们亲密到这个份上，还要阴阳两隔，这不是人的悲哀是什么。

4. 我感觉哥哥赶过来，就是为了再喊这一声“爸爸”。哥哥喊得很用心。哥哥这声“爸爸”喊得我们眼泪汪汪。一时间，我们兄妹四个像即将流落街头的孤儿。

5. 爸爸真的到了他的最后吗，世界慢慢地黑下来，我几乎感觉不到白天了。

6. 现在爸爸真做了我的爸爸。我用半个肩膀让他靠着帮他用力坐起来；他喝水我一勺一勺地喂他。我给他穿袜子，系扣子，拔鞋子。我只有在为他做这些琐碎的事情时，才会忘却难过和伤心。

7. 在医院，死寂的太平间与和煦的天堂门对门。你能非常清楚地看见人与人之间相互维系、难以割舍的情感之河——它在涓涓地流啊流。我们原来如此依恋，生命原来如此多情，我们原来如此相似。金钱、地位、价值……一切一切物质的能量化为乌有，一个高官显贵和一个卑微贫民在癌症晚期的哭泣没什么不同，伤心的热度和纯度完全一样。我们原本不过只是生命。

8. 这一天是惊险的，是根本性恶化的一天。但这一天是爸爸对我们最平和最关爱的一天。

9. 也许情是生命所有的意义，就像灯芯之于灯。

10. 在死亡面前，人定胜天似乎是个笑话，但爱能。

11. 从某种意义上说，生活是强大的，谁也不可以任性，任性就会被罚。

12. 我们的内存再强大也敌不过生命的有期限。

13. 在医院人们一眼看着生一眼看着死，生和死成为左眼和右眼那么近，对生的渴望从没这么急切与明确，同时对死的恐惧从没这么恳切和决绝。